Diogenes Taschenbuch 20912

detebe

Werkausgabe
in zehn Bänden

Band 7

Dashiell Hammett

Fracht für China

und andere
Detektivstories
Aus dem Amerikanischen von
Antje Friedrichs, Elizabeth Gilbert
und Walter E. Richartz

Diogenes

Dieser Band bringt drei Geschichten
aus der ursprünglich unter dem Titel ›Das große Umlegen‹
1976 erschienenen Sammlung.
Als Vorlage diente die amerikanische Ausgabe
›The Big Knockover. Selected Stories and Short Novels‹,
Random House, New York.

Umschlagfoto: Vince Barnett und
Paul Muni

Veröffentlicht als Diogenes Taschenbuch, 1981

150/81/9//1
ISBN 3 257 20912 6

Inhalt

Fracht für China

Sie saß hoch aufgerichtet und bewegungslos in einem Sessel des Alten, als er mich zu sich ins Büro rief – ein großes Mädchen von vielleicht vierundzwanzig, breitschultrig, flachbusig, in männlich-strenger grauer Kleidung. Daß sie Orientalin war, bekundeten der schwarze Glanz ihres Pagenkopfes, das blasse Gelb ihres ungepuderten Gesichts und, von den dunklen Rändern ihrer Brille halb verdeckt, die obere Lidfalte in den äußeren Augenwinkeln. Doch ihre Augen standen nicht schräg, ihre Nase war fast gebogen, und sie hatte mehr Kinn, als es sonst bei Mongolen der Fall ist. Sie war die moderne Sino-Amerikanerin, von den flachen Absätzen ihrer hellbraunen Schuhe bis zum Kopf ihres ungarnierten Filzhutes.

Sie war mir schon bekannt, noch ehe der Alte mich ihr vorgestellt hatte. Ihre Affären hatten zwei Tage lang die Spalten der San Franziskoer Blätter gefüllt. Sie hatten Fotografien und Diagramme, Interviews, Leitartikel und mehr oder weniger sachkundige Meinungen verschiedenartiger Herkunft abgedruckt. Sie waren sogar bis zum Jahre 1912 zurückgegangen, um an den hartnäckigen Kampf der ansässigen Chinesen – die meistens aus Fokien und Kwantung stammten, wo demokratische Ideale und Mandschu-Haß sich mischen – gegen die Einreise ihres Vaters in die Vereinigten Staaten zu erinnern, in die er floh, als die Mandschu-Herrschaft zusammenbrach. Die Zeitungen hatten an die Empörung in Chinatown erinnert, als Shan Fang die Erlaubnis bekam, an Land zu gehen – beleidigende Plakate waren in den Straßen aufgehängt, und ein unangenehmer Empfang war geplant worden.

Doch Shan Fang hatte den Kantonesen ein Schnippchen geschlagen. Chinatown hatte ihn nie zu sehen bekommen. Er hatte seine Tochter und sein Gold – vermutlich seine ein Leben lang durch provinziale Mißwirtschaft angehäuften Profite – nach San Mateo hinuntergenommen und hatte dort am Ufer des Pazifik das, was die Zeitungen einen Palast nannten, gebaut. Dort hatte er gelebt, und dort war er auch gestorben, in einem Stil, wie er einem Ta Jen* und Millionär entsprach.

Soviel über den Vater. Was die Tochter betrifft – diese junge Dame, die mich so kühl abschätzend musterte, während ich ihr am Tisch gegenübersaß –: sie war die zehnjährige Ai Ho, ein echtes kleines Chinesenmädchen, gewesen, als ihr Vater sie nach Kalifornien mitbrachte. Jetzt waren nur noch die von mir erwähnten Merkmale exotisch und das Geld, das ihr Vater ihr hinterlassen hatte. Ihr Name war, ins Englische übersetzt, zu Water Lily und dann im weiteren Verlauf zu Lillian geworden. Und als Lillian Shan hatte sie eine ostamerikanische Universität besucht, mehrere Grade erlangt, 1919 irgendeine Tennismeisterschaft gewonnen und ein Buch über die Natur und Bedeutung von Fetischen publiziert, was immer das auch alles ist oder sein mag.

Seit ihres Vaters Tode, 1921, lebte sie mit ihren vier chinesischen Dienerinnen in dem Haus am Meer, wo sie ihr erstes Buch verfaßt hatte und jetzt das zweite schrieb. Vor ein paar Wochen hatte sie das Gefühl gehabt, ausgepumpt und, wie sie sich ausdrückte – in eine Sackgasse geraten zu sein. Es gäbe, hatte sie gesagt, in der Zeughausbibliothek in Paris ein bestimmtes kabbalistisches Manuskript, das, wie sie glaubte, ihre Probleme lösen würde. Sie hatte einige Kleider eingepackt und hatte, begleitet von ihrer Zofe, einer Chinesin namens Wang Ma, einen Zug nach New York genommen und ihren drei anderen Dienerinnen während ihrer Abwesenheit die Sorge für das Haus überlassen. Der Gedanke, nach Frankreich zu gehen, um einen Blick in das Manuskript zu werfen, war ihr eines Morgens gekommen – vor Einbruch der Dunkelheit saß sie bereits im Zug.

* Großer Herr

Im Zug zwischen Chicago und New York war ihr plötzlich die Lösung des Problems, das sie so gequält hatte, aufgegangen. Ohne sich auch nur eine Nacht in New York auszuruhen, kehrte sie kurzerhand um und fuhr zurück nach San Franzisko. Auf der Fähre versuchte sie, ihren Chauffeur telefonisch zu erreichen, um sich einen Wagen bringen zu lassen. Keine Antwort. Ein Taxi hatte sie und ihre Dienerin dann nach Hause gebracht. Sie klingelte vergebens.

Als sie ihren Schlüssel in das Türschloß steckte, war die Tür plötzlich von einem ihr völlig fremden jungen Chinesen geöffnet worden. Er hatte ihr den Eintritt verweigert, bis sie ihm sagte, wer sie sei. Er murmelte eine unverständliche Erklärung, als sie und ihre Zofe in die Vorhalle gingen. Beide wurden fein säuberlich in irgendwelche Vorhänge eingeschnürt.

Zwei Stunden später konnte Lillian Shan sich befreien – in einer Wäschekammer im ersten Stock. Sie knipste das Licht an und begann, die Dienerin auszuwickeln. Sie hielt inne. Wang Ma war tot. Der Strick um ihren Hals war zu fest angezogen worden.

Lillian Shan ging durch das leere Haus und rief das Büro des Sheriffs in Redwood City an.

Zwei seiner Stellvertreter waren ins Haus gekommen, hatten sich ihre Geschichte angehört, herumgestöbert und noch eine chinesische Leiche – noch eine erdrosselte Chinesin – im Keller vergraben gefunden. Anscheinend war sie schon seit einer Woche oder anderthalb tot. Die Feuchtigkeit des Kellerbodens machte eine genauere Zeitangabe unmöglich. Lillian Shan identifizierte sie als eine ihrer Dienerinnen: Wan Lan, ihre Köchin.

Die anderen Bedienten – Hoo Lun und Yin Hung – waren verschwunden. Von der Einrichtung, die mehrere hunderttausend Dollar wert war und die Shan Fang während seines Lebens in das Haus gebracht hatte, war auch nicht für einen Cent Wert abhanden gekommen. Es gab auch keinerlei Anzeichen einer Auseinandersetzung. Alles war in Ordnung. Das nächste Nachbarhaus war annähernd achthundert Meter entfernt. Die Nachbarn hatten nichts gesehen und wußten von nichts.

Das ist die Geschichte, die die Zeitungen mit großen Schlagzeilen gebracht hatten, und das ist die Geschichte dieses Mädchens, das so aufrecht in seinem Sessel saß und sie mit geschäftsmäßigem Elan dem Alten und mir erzählte, indem es jedes Wort so akzentuierte, als wäre es in schwarzen Lettern gedruckt.

»Ich bin keinesfalls befriedigt von dem Versuch, den der Kreis San Mateo unternommen hat, um den oder die Mörder zu fassen«, schloß sie. »Ich möchte Ihre Agentur engagieren.«

Der Alte klopfte mit der Spitze seines unvermeidlich langen gelben Bleistifts auf den Tisch und nickte mir zu.

»Haben Sie nicht von sich aus irgendeinen Verdacht in bezug auf die Morde, Miss Shan?« fragte ich sie.

»Nein.«

»Was wissen Sie von Ihrem Dienstpersonal – von den Vermißten sowohl wie von den Toten?«

»Ich weiß wirklich so gut wie nichts von ihnen.« Sie schien auch nicht besonders interessiert zu sein. »Wang Ma war eine der letzten, die ins Haus kamen, und sie ist schon seit etwa sieben Jahren bei mir. Mein Vater hat sie alle angestellt, und ich nehme an, daß er etwas von ihnen wußte.«

»Wissen Sie auch nicht, woher sie kamen? Ob sie Verwandte haben? Ob sie Freunde haben? Was sie getan haben, wenn sie keine Beschäftigung hatten?«

»Nein«, sagte sie. »Ich habe mich nicht in ihr Leben eingemischt.«

»Und die beiden, die verschwunden sind – wie sehen die aus?«

»Hoo Lun ist ein alter Mann, fast weißhaarig und dünn und gebeugt. Er hat die Hausarbeit gemacht. Yin Hung, der mein Chauffeur und Gärtner war, ist jünger – ungefähr dreißig, schätze ich. Er ist, selbst für einen Kantonesen, recht klein, aber kräftig. Irgendwann einmal hat er sich die Nase gebrochen, die nicht ordentlich gerichtet worden ist. Sie ist sehr flach, mit einer tiefen Einbuchtung im Nasenrücken.«

»Glauben Sie, daß diese beiden, oder einer von ihnen, die Frauen getötet haben könnte?«

»Nein, das glaube ich nicht.«

»Wie sah denn dieser junge Chinese aus – der fremde, der Sie ins Haus ließ?«

»Er war sehr schlank und nicht mehr als zwanzig oder einundzwanzig Jahre alt. Er hatte große Goldplomben in seinen Schneidezähnen und war ziemlich dunkel, wie mir schien.«

»Würden Sie mir genauer sagen, warum Sie mit dem, was der Sheriff tut, nicht zufrieden sind, Miss Shan?«

»Erstens bin ich nicht sicher, ob sie kompetent sind. Die beiden, die ich gesehen habe, haben mich jedenfalls nicht durch ihre Intelligenz beeindruckt.«

»Und zweitens?«

»Also ist es denn wirklich notwendig, alle meine Denkprozesse zu verfolgen?« fragte sie eisig.

»Ja.«

Sie sah den Alten an, der sie mit seinem höflichen, unpersönlichen Lächeln anschaute – eine undurchsichtige Maske. Sie besann sich einen Moment lang: »Meiner Meinung nach suchen sie nicht an den richtigen Stellen. Sie scheinen sich die meiste Zeit in der Nähe des Hauses aufzuhalten. Es ist doch absurd zu glauben, daß die Mörder zurückkommen werden.«

Ich überlegte.

»Miss Shan«, sagte ich dann, »halten Sie es nicht für möglich, daß ihr Verdacht sich gegen Sie richtet?«

Ihre dunklen Augen funkelten mich durch ihre Brillengläser an, und wenn es gegangen wäre, hätte sie sich in ihrem Sessel noch höher aufgerichtet.

»Lächerlich!«

»Das ist nicht meine Frage«, beharrte ich. »Werden Sie von ihnen verdächtigt?«

»Ich bin nicht imstande, die Gedanken von Polizistengehirnen zu lesen«, entgegnete sie. »*Sie* vielleicht?«

»Ich weiß nichts weiter über diesen Fall, außer dem, was ich gelesen habe und was Sie mir soeben erzählt haben. Um irgend jemanden zu verdächtigen, brauche ich mehr Material als das.

Aber ich verstehe, warum man im Büro des Sheriffs ein wenig skeptisch ist. Sie sind überstürzt abgereist. Beim Sheriff hat man nur Ihre Aussage, weshalb Sie abgereist und weshalb Sie zurückgekommen sind, aber außer Ihrer Aussage nichts. Die Frau, die man im Keller gefunden hat, könnte ebensogut *vor* Ihrer Abreise wie danach umgebracht worden sein. Wan Ma, die etwas darüber hätte aussagen können, ist tot. Die andern Diener sind fort. Gestohlen wurde nichts. Das sind doch mehr als genügend Gründe für den Sheriff, Sie zu verdächtigen!«

»Verdächtigen *Sie* mich?« fragte sie wieder.

»Nein«, antwortete ich wahrheitsgemäß. »Aber das beweist noch gar nichts.«

»Würden Sie diese Arbeit für mich übernehmen?« fragte sie den Alten mit einer ruckartigen Bewegung ihres Kinns, als redete sie über mich hinweg.

»Mit dem größten Vergnügen! Wir werden tun, was wir können«, sagte er, und dann, nachdem sie die Bedingungen besprochen hatten und während sie den Scheck ausschrieb, zu mir: »Das übernehmen Sie. Nehmen Sie so viele Männer, wie Sie brauchen.«

»Ich möchte zuerst in das Haus hinausfahren und mir das Ganze ansehen«, sagte ich.

Lillian Shan steckte ihr Scheckbuch ein.

»Sehr gut. Ich fahre jetzt sowieso nach Hause. Ich nehme Sie mit.«

Es war eine ruhige Fahrt. Weder das Mädchen noch ich verschwendeten irgendwelche Energie an eine Unterhaltung. Meine Klientin und ich schienen einander nicht sehr sympathisch zu sein. Sie fuhr gut.

Das Shan-Haus war eine große braune Sandsteinangelegenheit, inmitten grüner Rasenflächen. Der Besitz war an drei Seiten von einer schulterhohen Hecke umgrenzt. Die vierte Grenze bildete der Ozean, da, wo er hereinbrach, um zwischen zwei kleinen Felsspitzen eine schmale Bucht in sein Ufer zu kerben.

Das Haus war voll von Wandbehängen, Teppichen, Bildern und sonst allem möglichen – eine Mischung aus amerikanischen, europäischen und asiatischen Gegenständen aller Art. Nach einem Blick in die Wäschekammer, in das noch offene Grab im Keller und in das bleiche, grobgeschnittene Gesicht der Dänin, die das Haus besorgte, bis Lillian Shan eine neue Dienerschaft gefunden hatte, ging ich wieder hinaus. Ein paar Minuten inspizierte ich die Rasenflächen, warf einen Blick in die Garage, wo außer dem Wagen, mit dem wir aus der Stadt gekommen waren, noch zwei andere standen, und ging dann weg, um mich den restlichen Nachmittag mit den Nachbarn des Mädchens zu unterhalten. Keiner von ihnen wußte etwas. Die Leute des Sheriffs bemühte ich mich gar nicht erst zu finden, da wir ja Gegner in diesem Spiel waren.

Bei Einbruch der Dämmerung war ich wieder in der Stadt und ging in das Apartmenthaus, in dem ich während meines ersten Jahres in San Franzisko wohnte. Ich fand den Burschen, den ich brauchte, in seinem winzigen Stübchen. Er war gerade im Begriff, seinen kleinen Körper mit einem ceriseroten Hemd zu bekleiden, einem wahren Prachtstück. Cipriano war der freundliche junge Filipino, der tagsüber den Vordereingang des Hauses überwachte. Nachts war er unten in der Kearny Street, in nächster Nähe von Chinatown, zu finden, außer wenn er sich in einer chinesischen Spielhölle aufhielt und sein Geld an seine gelben Brüder verlor.

Ich hatte dem Burschen, halb im Scherz, einmal versprochen, daß er gelegentlich mal einen Versuch mit Kaugummi machen dürfe. Ich dachte, er könnte mir jetzt nützlich sein.

»Treten Sie doch ein, Sir!«

Aus einer Ecke zog er, sich dabei verneigend und lächelnd, einen Stuhl für mich hervor. Was immer die Spanier für das Volk tun, das sie regieren, eines tun sie bestimmt: sie lehren es Höflichkeit.

»Was tut sich denn jetzt so in Chinatown?« fragte ich, während er sich weiter anzog.

Er lachte mich mit seinen weißen Zähnen an. »Ich gewinne zehn Eier aus Fan-Tan* letzte Nacht.«

»Und jetzt machst du dich gerade fertig und trägst es heute nacht wieder zurück, wie?«

»Nicht alles davon, Sir! Fünf Eier habe ich bezahlt für dieses Hemd.«

»Das war sehr gescheit.« Ich lobte ihn, daß er einen Teil seines Gewinns nutzbringend angelegt hatte. »Was tut sich denn sonst so da unten?«

»Nichts Ungewöhnliches, Sir. Sie wollen etwas finden?«

»Möglich. Zufällig etwas gehört von den beiden Morden in der vorigen Woche? Draußen auf dem Land?«

»Nein, Sir. Chinaboy redet nicht viel von solchen Sachen. Nicht wie wir Amerikaner. Ich lese darüber in Zeitungen, aber ich habe nicht gehört.«

»Viele Fremde in Chinatown, dieser Tage?«

»Immer Fremde da, Sir. Aber mir scheint, vielleicht neue Chinaboys sind da. Aber vielleicht auch nicht.«

»Wie wär's denn? Würdest du mir gern ein bißchen helfen?«

»Ja, Sir! Ja, Sir! Ja, Sir!« Er sagte es noch viel öfter, aber das hier gibt einem schon eine Idee. Während ich das sagte, lag er bereits auf den Knien und zog einen Koffer unter dem Bett hervor. Aus dem Koffer nahm er zwei Schlagringe und einen blanken Revolver.

»Halt mal! Ich will ja nur eine Auskunft. Ich will doch nicht, daß du jemanden für mich zusammenschlägst.«

»Ich schlag nicht zsam«, versicherte er mir und verstaute seine Waffen in seinen Gesäßtaschen. »Trage nur diese bei mir – muß vielleicht brauchen.«

Ich ließ es dabei bewenden. Wenn er sich denn durchaus an dieser Tonne Eisen krummbeinig tragen wollte, sollte mir's recht sein.

»Paß auf, was ich von dir will. Zwei von den Dienern sind

* chinesisches Würfelspiel

plötzlich aus dem Haus da draußen verschwunden.« Ich beschrieb ihm Yin Hung und Hoo Lun. »Die will ich finden. Ich will jeden in Chinatown finden, der etwas über die Morde weiß. Ich will herausbekommen, wer die Freunde und Verwandten der toten Frauen sind, woher sie gekommen sind, und dasselbe von den beiden Männern. Ich möchte gern etwas über diese fremden Chinesen erfahren – wo sie sich aufhalten, wo sie schlafen, und was sie vorhaben. Aber versuch nicht etwa, das alles in einer Nacht herauszufinden. Wenn du auch nur einen Teil davon in einer Woche schaffst, hast du gut gearbeitet. Da hast du zwanzig Dollar. Fünf davon sind deine Bezahlung für die Nacht. Das übrige kannst du verwenden, dich überall umzutun. Aber sei nicht verrückt und steck deine Nase nicht in jeden Dreck. Sei vorsichtig und sieh zu, was du für mich herausbekommen kannst. Ich komme dann morgen wieder vorbei.«

Vom Stübchen des Filipinos aus ging ich ins Büro. Alle, außer Fiske, der Nachtdienst hatte, waren schon weg, aber Fiske dachte, der Alte käme vielleicht später noch auf ein paar Minuten vorbei.

Ich rauchte und tat so, als hörte ich Fiskes Rapport über alle Witze, die diese Woche im Orpheum gebracht wurden, und ärgerte mich über meinen Auftrag. Ich war zu bekannt, als daß ich in Chinatown irgend etwas so unter der Hand hätte erfahren können. Ich war auch nicht sicher, ob Cipriano eine große Hilfe für mich sein könnte. Ich brauchte jemanden, der dort unten zu Hause war.

Dieser Gedankengang brachte mich auf Dummy Uhl. Uhl spielte den Taubstummen, der sein Geschäft verloren hatte. Vor fünf Jahren saß er noch auf dem hohen Roß. Jeder Tag, an welchem sein trauriges Gesicht, sein Päckchen Stecknadeln und sein Umhängeschild *›Ich bin taubstumm‹* ihm nicht zwanzig Dollar aus den umliegenden Bürohäusern eingebracht hatte, war ein lausiger Tag. Seine Trumpfkarte war seine Fähigkeit, völlig unbeweglich stehenzubleiben, wenn mißtrauische Leute hinter ihm schrien oder Krach machten. Wenn der Gauner sich zusammennahm, konnte ein Schuß neben seinem Ohr losgehen, ohne daß er mit der Wimper zuckte. Aber zuviel Heroin hatte seine Nerven so zerstört, daß ein Flüstern schon genügte, ihn zusammenzucken zu lassen. Er legte seine Stecknadeln und sein Schild ab – noch ein Mensch, den sein gesellschaftliches Leben ruiniert hatte.

Seit damals war Dummy Laufbursche für jeden, der ihm den Preis für seinen Nasenbonbon* zahlte. Er schlief irgendwo in Chinatown, und er war nicht besonders wählerisch, auf welche Weise er zu Geld kam. Ich hatte ihn vor sechs Monaten schon einmal gebraucht, mir eine Auskunft über einen Schaufenstereinwurf zu besorgen, und ich entschloß mich, es wieder mit ihm zu versuchen.

Ich rief Loop Pigattis Lokal an – eine Kneipe unten an der Pacific Street, wo Chinatown in das Latin Quarter übergeht. Loop ist ein berüchtigter Bürger, der eine berüchtigte Spelunke leitet, und der sich nicht um anderer Leute Angelegenheiten kümmert, was sein Kellerlokal profitabel macht. Für Loop sind alle gleich. Ob einer Geldschrankknacker, Denunziant, Detektiv oder Sozialarbeiter ist, bei Loop haben alle die gleiche Chance, und was anderes gibts nicht. Aber er kann sicher sein, daß Loop – falls es nicht gerade etwas ist, das seinem Geschäft schaden könnte – nichts weitererzählt, und was immer er einem erzählt, höchstwahrscheinlich stimmt.

Er war selbst am Telefon.

»Können Sie Dummy Uhl für mich ausfindig machen?« fragte ich, nachdem ich meinen Namen genannt hatte.

»Möglich.«

»Danke. Ich würde ihn gern noch heute nacht sehen.«

»Sie haben nichts Belastendes gegen ihn?«

»Nein, Loop, und es ist auch nicht zu erwarten. Ich wollte nur, daß er etwas für mich ausfindig macht.«

»Gut. Wo soll er hinkommen?«

* jede Droge, die man schnupft

»Schicken Sie ihn zu mir rauf in die Wohnung. Ich werde dort auf ihn warten.«

»Falls er kommen will«, versprach Loop und legte auf.

Ich hinterließ bei Fiske, der Alte möge mich gleich anrufen, sobald er käme. Dann ging ich hinauf in meine Wohnung, um auf meinen Gewährsmann zu warten.

Kurz nach zehn kam er – ein kleiner, stämmiger Mann von annähernd vierzig, mit einem schwammigen Gesicht und mausgrauen, von gelblichweißen Strähnen durchzogenen Haaren.

»Loop sagt, S' ham was f'r mich.«

»Jawohl«, sagte ich, wies ihn zu einem Stuhl hin und machte die Tür zu, »ich kaufe neueste Nachrichten.«

Er spielte an seinem Hut herum, wollte gerade ins Zimmer spucken, besann sich dann aber eines Besseren und leckte sich nur die Lippen – und sah dann zu mir auf.

»Was'n f'r Nachrichten? 'ch weiß von gar nichts.«

Ich war verblüfft. Des Gauners gelbliche Augen hätten die stecknadelkopfkleinen Pupillen des Heroinsüchtigen aufweisen sollen. Das war nicht der Fall. Sie waren normal. Das hieß zwar noch lange nicht, daß er den ›Stoff‹ aufgegeben hatte – er hatte einfach Belladonna hineingeträufelt, um sie zur normalen Größe zu erweitern. Die Frage war – weshalb? Er war sonst gar nicht so heikel, was sein Aussehen betraf, um sich einer solchen Mühe zu unterziehen.

»Haben Sie von den chinesischen Morden in der vorigen Woche unten am Strand gehört?« fragte ich ihn.

»Nein.«

»Wissen Sie«, sagte ich, ohne mich um sein Nein zu kümmern, »ich bin nämlich hinter den beiden Gelben, Hoo Lun und Yin Hung, her, die abgehauen sind. Wissen Sie vielleicht was von denen?«

»Nein.«

»Es wäre mir zweihundert Dollar für Sie wert, wenn Sie auch nur einen von ihnen für mich finden könnten. Und zweihundert, wenn Sie etwas über die Morde für mich erfahren könnten. Und noch mal zweihundert, wenn Sie den kleinen Chinesen mit den Goldzähnen finden, der dem Shan-Mädchen und seiner Dienerin die Tür aufgemacht hat.«

»'ch weiß üb'rhaupt nichts von so'n Sachen.«

Aber das sagte er ganz mechanisch, während er im Geiste damit beschäftigt war, die Hunderte zusammenzuzählen, die ich ihm vorgegaukelt hatte. Wahrscheinlich ging die Summe in seinem drogenverseuchten Gehirn in die Tausende. Er sprang auf.

»'ch werd mal sehn, was 'ch tun kann. 'ch denke, S' gebn mir erst mal 'n Hunderter Vorschuß.«

Ich dachte gar nicht daran. »Zahlung bei Lieferung.«

Über diesen Punkt mußten wir uns auseinandersetzen, aber schließlich ging er dann raunzend und grollend, um mir meine Nachrichten zu holen.

Ich ging zurück ins Büro. Der Alte war noch nicht da. Kurz vor Mitternacht kam er.

»Ich beschäftige Dummy Uhl wieder«, erzählte ich ihm, »und einen jungen Filipino habe ich auch da unten angesetzt. Ich hätte noch einen andern Plan, aber ich kenne niemanden, der ihn ausführen könnte. Ich dachte mir, wenn wir dem verschwundenen Chauffeur und dem Hausboy eine Anstellung in einem ganz entlegenen Ort irgendwo auf dem Lande anzubieten hätten, würden sie vielleicht darauf reinfallen. Kennen Sie nicht jemanden, der das für uns deichseln könnte?«

»Wie stellen Sie sich denn das Ganze so vor?«

»Es müßte jemand sein, der ein Haus auf dem Lande hat, je weiter weg und je einsamer, desto besser. Diese Leute müßten einen chinesischen Stellennachweis anrufen, daß sie drei Dienstboten brauchten – Koch, Hausboy und Chauffeur. Den Koch nehmen wir nur pro forma noch dazu, um das Spiel nicht zu verraten. Die andere Seite darf nichts davon ahnen, und wenn wir unseren Fisch fangen wollen, müssen wir ihnen Zeit lassen, ihre Fühler auszustrecken. Also wer sich darauf einläßt, muß schon einige Dienstboten haben und muß dann in seiner Nachbarschaft verbreiten, daß sie weggehen; und zwar müßten die Dienstboten auch eingeweiht sein. Dann müssen wir zwei, drei Tage warten, um unseren Freunden Zeit zu lassen, herumzuhorchen. Ich denke, wir wenden uns am besten an Fong Yicks Stellennachweis in der Washington Street.

Wer die Sache übernimmt, könnte Fong Yick morgen früh anrufen und sagen, er käme Donnerstag früh vorbei, um sich die Bewerber anzusehen. Heute ist Montag – das dürfte genügen. Unser Helfer wird dann Donnerstag morgen um zehn im Stellennachweis sein. Miss Shan und ich kommen zehn Minuten später in einem Taxi nach, wenn er mittendrin ist, die Bewerber zu prüfen. Ich schlüpfe aus dem Taxi zu Fong Yick hinein und greife mir jeden dort, der wie einer unserer entlaufenen Dienstboten aussieht. Miss Shan wird ein bis zwei Minuten nach mir hereinkommen und mich kontrollieren – damit nicht aus Versehen die Falschen verhaftet werden.«

Der Alte nickte zustimmend.

»Sehr gut«, sagte er. »Ich glaube, ich kann das arrangieren. Ich gebe Ihnen morgen Bescheid.«

Ich ging nach Hause und zu Bett. So endete der erste Tag.

Am nächsten Morgen, Dienstag früh um neun Uhr, sprach ich mit Cipriano in der Eingangshalle des Apartmenthauses, wo er beschäftigt ist. Seine Augen waren wie schwarze Tintentropfen in weißen Schälchen. Er glaubte, etwas herausgefunden zu haben.

»Ja, Sir! Fremde Chinaboys sind in der Stadt – mehrere. Sie schlafen in einem Haus am Waverly Place – an der Westseite, vier Häuser von Jair Quon, wo ich manchmal Würfel spiele. Und da ist noch mehr – ein Weißer, den ich spreche, weiß, daß sie Banditen sind und aus Portland und Eureka und Sacramento kommen. Es sind Hip Sings Leute – ein Clan-Krieg kommt – vielleicht schon sehr bald.«

»Würdest du diese Vögel für Killer halten?«

Cipriano kratzte sich am Kopf.

»Nein, Sir, vielleicht nicht. Aber so ein Bursche kann manchmal schießen, auch wenn er nicht so aussieht. Dieser Weiße sagt mir, sie sind Hip Sings Leute.«

»Wer war denn dieser Weiße?«

»Ich kenne nicht seinen Namen, aber er lebt dort. Ein kleiner Mann, ›Schneehuhn‹*.«

»Graue Haare, gelbliche Augen?«

»Ja, Sir.«

Das konnte, der Beschreibung nach, nur Dummy Uhl sein. Der eine meiner Leute führte den andern irre. Die Sache mit dem Clan-Krieg war mir sowieso schon verdächtig gewesen. Dann und wann machen sie zwar gemeinsame Sache, aber gewöhnlich werden sie für die Verbrechen eines andern dann zur Verantwortung gezogen. Die meisten Massenmorde in Chinatown sind die Folge von Familien- oder Clanfehden – wie sie zum Beispiel die ›Vier Brüder‹ zu veranstalten pflegten.

»Und das Haus, wo deiner Meinung nach die Fremden wohnen – weißt du was darüber?«

»Nein, Sir. Aber vielleicht Sie könnten da durch zu dem Haus von Chang Li Ching in der andern Straße gehen – Spofford Alley.«

»So? Und wer ist dieser Chang Li Ching?«

»Ich weiß nicht, Sir. Aber er ist da. Keiner sieht ihn, aber alle Chinesenboys sagen, er ist großer Mann.«

»So? Und sein Haus ist in der Spofford Alley?«

»Ja, Sir, ein Haus mit roter Tür und roten Stufen. Sie finden es leicht, aber besser nichts anfangen mit Chang Li Ching.«

Ich wußte nicht, ob das ein guter Rat oder nur eine allgemeine Bemerkung war.

»Wohl ein großes Tier, häh?« provozierte ich ihn.

Aber mein guter Filipino wußte wirklich nichts über diesen Chang Li Ching. Seine Meinung über diese chinesische Größe beruhte nur auf der Reaktion seiner Landsleute, wenn sein Name fiel.

* Kokainschnupfer

»Irgendwas über die beiden Chinesenmänner gehört?« fragte ich, nachdem ich diesen Punkt geklärt hatte.

»Nein, Sir, aber ich werde – Sie können wetten darauf!«

Ich lobte ihn für seine gute Arbeit, trug ihm auf, es heute nacht wieder zu versuchen, und ging zu mir hinauf, um auf Dummy Uhl zu warten, der versprochen hatte, um zehn Uhr dreißig bei mir zu sein. Als ich hinaufkam, war es noch nicht ganz zehn, und ich benutzte die Zwischenzeit, um das Büro anzurufen. Der Alte sagte, Dick Foley – unser Beschattungsexperte – sei frei, und so lieh ich ihn mir aus. Dann machte ich meinen Revolver schußbereit, setzte mich hin und wartete auf meinen Denunzianten.

Um elf Uhr klingelte er. Er kam mit einem ungeheuren Stirnrunzeln herein.

»Zum Teufel, Jung, ich weiß nicht, was 'ch davon halten soll«, sprach er wichtigtuerisch über die Zigarette hinweg, die er sich gerade drehte: »Irgendwas ist da unten im Gange, so viel steht fest. Es gibt keine Ruhe mehr, seit die Japs angefangen haben, in den Chink-Straßen* Geschäfte zu kaufen, und das hat wahrscheinlich etwas damit zu tun. Aber fremde Chinks sind nicht in der Stadt – kein einziger! 'ch habe so 'n Gefühl, daß ihre Leute runter nach L. A.** sind, aber heute abend wer' ich schon Genaues wissen. Ich hab mir 'n Chink beigebogen, er soll mal mit der Ware rausrücken. Wenn ich Sie wäre, würd ich mal die Schiffe in San Pedro überwachen lassen. Diese Burschen wollen vielleicht ihre Papiere mit zwei Matrosen-Chinks tauschen, die gerne hierbleiben würden.«

»Und es sind keine Fremden in der Stadt?«

»Auch nicht einer.«

»Dummy«, sagte ich erbittert, »du bist ein Lügner und ein Dummkopf, und ich habe dich reingelegt. Du bist an diesen Morden beteiligt und genauso deine Freunde, und ich bringe dich ins Kittchen und deine Freunde dazu!«

* Chinesenstraßen
** Los Angeles

Ich legte meinen Revolver hin, dicht vor sein erschrecktes, ganz graues Gesicht.

»Rühr dich nicht, während ich telefoniere.«

Mit meiner freien Hand griff ich nach dem Telefon und behielt den Gauner im Auge.

Das genügte nicht. Mein Revolver lag zu dicht vor ihm.

Er riß ihn mir aus der Hand. Ich machte einen Satz auf ihn zu. Der Revolver drehte sich in seinen Fingern herum. Ich griff danach – zu spät. Der Schuß ging los, die Mündung weniger als ein halber Meter von meiner dicksten Stelle entfernt. Feuer stach meinen Körper.

Den Revolver mit beiden Händen festhaltend, sank ich zu Boden... Dummy rannte davon und ließ die Tür hinter sich offen... Eine Hand an meinem schmerzenden Bauch, lief ich zum Fenster hinüber und winkte mit dem freien Arm Dick Foley zu, der, auf ein Zeichen von mir wartend, unten an einer Ecke stand. Dann lief ich ins Badezimmer und betrachtete meine Wunde. Ein Streifschuß von einer Platzpatrone tut wirklich sehr weh!

Mein Jackett, mein Hemd und meine Unterwäsche waren hin, und ich hatte eine häßliche Brandwunde am Körper. Ich tat Salbe drauf, klebte einen Verband darüber, zog mich um, lud den Revolver von neuem und ging hinunter ins Büro, um dort auf Nachricht von Dick zu warten. Der erste Stich im Spiel schien mir zu gehören. Mit oder ohne Heroin – Dummy Uhl wäre nicht auf mich losgegangen, hätte mein Verdacht – der darauf gründete, daß er sich die Mühe gemacht hatte, seine Augen natürlich erscheinen zu lassen, und auf der Lüge, die er mir versetzt hatte, daß keine Fremden in Chinatown seien – nicht fast ins Schwarze getroffen.

Dick brauchte nicht lange, um zu mir zu stoßen.

»Es hat sich gelohnt!« sagte er beim Eintreten. »Der kleine Kanadier redet im Telegrammstil eines Menschen, der spart. ›Renne zum Telefon. Rief Hotel Irvington an. Telefonkabine – konnte nichts erfahren außer Nummer. Sollte genügen. Dann

Chinatown. Ging runter in Keller Westseite Waverly Place. Konnte nicht nah genug dranbleiben, Stelle ausfindig zu machen. Angst vor Risiko, noch länger dazubleiben.‹ Wie gefällt dir das?«

»Gefällt mir gut. Wir wolln uns doch mal die Akte vom ›Whistler‹ ansehen.«

Ein Registrator brachte sie uns – ein dicker Umschlag von der Größe einer Aktentasche, vollgestopft mit Memoranda, Zeitungsausschnitten und Briefen. Die Biographie des Herrn, wie wir sie da hatten, lautete wie folgt:

Neil Conyers, alias The Whistler*, wurde 1883 in Philadelphia – draußen am Whisky Hill – geboren. Im Jahre 1894 wurde er im Alter von elf Jahren in Washington von der Polizei geschnappt. Er war da hingefahren, um zu Coxeys Armee** zu stoßen. Man schickte ihn nach Hause. 1898 wurde er in seiner Heimatstadt verhaftet, weil er einem anderen Jungen in einem Streit über ein Wahlnachts-Freudenfeuer einen Messerstich versetzt hatte. Diesmal wurde er der Obhut seiner Eltern übergeben. 1901 verhaftete ihn die Philadelphiaer Polizei von neuem unter dem Verdacht, der Anführer der ersten organisierten Bande von Autodieben zu sein. Er wurde aus Mangel an Beweisen ohne Prozeß wieder freigelassen. Aber der Staatsanwalt verlor in dem daraus entstehenden Skandal seine Stellung. 1908 tauchte Conyers an der pazifischen Küste auf – in Seattle, Portland, San Franzisko und Los Angeles –, in Begleitung eines notorischen Schwindlers, bekannt unter dem Namen ›Duster‹ Hughes. Hughes wurde im darauffolgenden Jahr von einem Mann erschossen, dem er ein betrügerisches Flugzeugproduktionsgeschäft aufgeschwindelt hatte. Conyers wurde im Zusam-

* Der Pfeifer

** Eine kleine Gruppe von etwa hundert unzufriedenen Arbeitslosen, die am 25. März 1894 von Massillon, Ohio, unter der Führung von Jacob S. Coxey, einem Selfmademan, nach Washington, D. C., marschierte, um dort auf die Notwendigkeit ökonomischer Reformen aufmerksam zu machen. Auf ihrem Marsch war diese ›Armee‹ auf fünfhundert Teilnehmer angewachsen.

menhang mit dem gleichen Geschäft verhaftet. Zwei Geschworene waren verschiedener Meinung, und er wurde wieder freigelassen. 1910 wurde er bei der berühmten Hauptpostrazzia auf die Werde-schnell-reich-Organisatoren gefaßt. Wieder waren nicht genügend Beweise gegen ihn vorhanden, um ihn einzusperren. 1915 ereilte ihn das Gesetz zum ersten Mal. Er kam nach San Quentin, weil er einige Besucher in die Internationale Panama-Pazifik-Ausstellung eingeschmuggelt hatte. Dort saß er drei Jahre ab. 1919 erschwindelten er und ein Japaner namens Hasegawa von der Japanischen Kolonie in Seattle $ 20 000, indem Conyers als ein Amerikaner auftrat, der während des letzten Krieges als Kommissionär in der japanischen Armee gedient hatte. Er hatte einen gefälschten Orden der aufgehenden Sonne, den ihm der Kaiser angeblich selbst angeheftet hatte. Als dies Spiel aufflog, machte die Familie Hasegawa den Schaden wieder gut – Conyers kam mit einem guten Profit – und einer nicht einmal so unangenehmen Publizität – aus der Sache heraus. Die Affäre war vertuscht worden. Danach kehrte er nach San Franzisko zurück, kaufte das Hotel Irvington und lebt jetzt seit fünf Jahren dort, ohne daß irgend jemand imstande wäre, seinem Strafregister noch ein Wort hinzuzufügen. Er hatte irgend etwas vor, aber niemand konnte herausbekommen, was. Es gab nicht die geringste Chance auf der Welt, einen Detektiv als Gast in sein Hotel zu schmuggeln. Scheinbar waren in diesem Etablissement nie Zimmer frei. Es war so exklusiv wie der Pacific-Union-Club.

Das also war der Besitzer des Hotels, mit dem Dummy Uhl telefoniert hatte, bevor er in seiner Höhle in Chinatown untergetaucht war.

Ich hatte Conyers nie gesehen, und auch Dick nicht. Zwei Fotografien lagen bei seiner Akte. Eins war ein Profil- und Frontfoto der hiesigen Polizei, aufgenommen nach seiner Verhaftung in der Affäre, die ihn nach San Quentin gebracht hatte. Das andere war ein Gruppenbild: alle in Abendanzügen, stand er, mit seinem falschen japanischen Orden auf der Brust, zwischen dem halben Dutzend Japaner, die er hineingelegt hatte – eine Blitzlichtaufnahme, aufgenommen, während er sie zur Schlachtbank führte.

Nach diesen Bildern war er ein hohes Tier, feist und pompös aussehend, mit einem schweren viereckigen Kinn und schlauen Augen.

»Glaubst du, du könntest ihn verhaften?« fragte ich Dick.

»Aber sicher!«

»Ich schlage vor, du gehst dorthin und siehst zu, ob du da irgendwo in der Nähe ein Zimmer oder ein Apartment mieten kannst – eins, von wo aus du das Hotel beobachten kannst. Vielleicht hast du eine Chance, ihn hin und wieder zu beschatten.«

Ich steckte die Fotos in meine Tasche, für den Fall, daß man sie brauchte, stopfte das übrige Zeug wieder in den Umschlag und ging zum Alten ins Büro.

»Ich habe diesen Trick mit dem Stellennachweis arrangiert«, sagte er. »Ein gewisser Frank Paul, der draußen hinter Martinez eine Ranch hat, wird Dienstag morgen um zehn Uhr in Fong Yicks Büro sein und seine Rolle dort spielen.«

»Wunderbar! Ich mach jetzt mal 'n paar Besuche in Chinatown. Sollten Sie ein paar Tage nichts von mir hören, sagen Sie doch bitte den Straßenkehrern, sie möchten ein bißchen drauf achten, was sie da zusammenkehren.«

Er sagte, das wolle er tun.

San Franziskos Chinatown beginnt beim Einkaufszentrum an der California Street und läuft hinauf bis zum Latin Quarter – ein Komplex, zwei Blocks breit und sechs lang. Vor dem großen Brand lebten annähernd fünfundzwanzigtausend Chinesen in diesen zwei Dutzend Blocks. Ich glaube nicht, daß die Einwohnerzahl jetzt auch nur mehr als ein Drittel ausmacht.

Grant Street, die Hauptstraße und Hauptverkehrsader dieses Streifens, ist fast in ihrer ganzen Länge eine Straße mit geschmacklosen Geschäften, auffallenden Chop-Suey-Lokalen, die den Tourismus poussieren und wo der Radau amerikanischer Jazz-Orchester das gelegentliche Pfeifen einer chinesischen Flöte verschlingt. Weiter draußen gibts nicht soviel Farbe und Geglitzer, und der echte chinesische Geruch von Gewürzen, Essig und getrockneten Sachen steigt einem in die Nase. Wenn man die Hauptdurchgangsstraßen und Sehenswürdigkeiten verläßt und sich aufmacht, um in Gäßchen und dunklen Winkeln herumzustöbern, und es passiert einem nichts, hat man die Chance, interessante Dinge zu entdecken – obgleich einem manche davon gar nicht gefallen werden.

Ich jedoch stöberte nicht herum, als ich an der Clay Street von der Grant Avenue abbog und zur Spofford Alley hinaufging, auf der Suche nach dem Haus mit der roten Tür und den roten Stufen, von dem Cipriano gesagt hatte, es gehöre Chang Li Ching. Ich blieb ein paar Sekunden stehen, um mich ein wenig auf dem Waverly Place umzusehen, während ich vorbeiging. Der Filipino hatte mir doch erzählt, daß die fremden Chinesen dort wohnten und daß er glaube, durch ihr Haus gelange man vielleicht zu dem Chang Li Chings. Und Dick Foley war Dummy Uhl bis dorthin gefolgt.

Ich hatte keine Ahnung, welches dieses wichtige Haus sein könnte. Vier Türen von Jair Quons Spielsalon, hatte Cipriano gesagt, aber ich wußte nicht, wo Jair Quons Spielsalon war. Waverly Place war jetzt nur ein Bild des Friedens und der Ruhe. Ein fetter Chinese stellte Kisten voll Gemüsen vor einem Lebensmittelgeschäft aufeinander. Ein halbes Dutzend kleiner gelber Buben spielte in der Mitte der Straße Murmeln. Auf der anderen Seite kam gerade ein blonder junger Mann aus einem Keller die sechs Stufen zur Straße hinauf, während hinter ihm einen Moment lang das geschminkte Gesicht einer Chinesin auftauchte, bevor sie die Tür hinter ihm schloß. Weiter oben in der Straße wurden vor einer der chinesischen Zeitungsdruckereien gerade Papierrollen abgeladen. Ein schäbig aussehender Führer kam mit vier Touristen aus dem Tempel der Himmelskönigin – einem chinesischen Tempel über dem Sue-Hing-Hauptquartier.

Ich ging die Spofford Alley weiter hinauf und fand mein Haus ohne jede Schwierigkeit. Es war ein schäbiges Gebäude, mit Stufen und Tür von der Farbe getrockneten Blutes und Fenstern mit fest schließenden Fensterladen aus dicken, eng zusammengenagelten Brettern. Was es von seinen Nachbarhäusern unterschied, war, daß sein Erdgeschoß nicht aus einem Laden oder sonst einem Geschäftslokal bestand. Reine Wohnhäuser sind in Chinatown selten; das Erdgeschoß bleibt fast immer dem Geschäft vorbehalten, und die Wohnräume befinden sich entweder im Keller oder in den oberen Stockwerken.

Ich stieg die drei Stufen hinauf und schlug mit den Fingerknöcheln gegen die Tür.

Es rührte sich nichts.

Ich klopfte stärker. Noch immer nichts. Ich versuchte es noch einmal, und diesmal wurde ich belohnt durch schurrende und klappernde Geräusche von innen.

Mindestens fünf Minuten dieses Schurrens und Klapperns, dann öffnete sich die Tür – kaum zehn Zentimeter weit.

Ein schrägstehendes Auge und der Teil eines runzligen braunen Gesichts sah mich über einer schweren Kette, welche die Tür hielt, durch den Spalt an.

»Was Sie wünschen?«

»Ich möchte zu Chang Li Ching.«

»Nicht wohnt. Vielleicht dlüben auf Stlaße.«

»Quatsch. Mach du deine kleine Tür zu, lauf zurück und sage Chang Li Ching, ich wünsche ihn zu sehen.«

»Nicht kann tun. Nicht wohnt Chang.«

»Sag ihm, ich bin hier«, sagte ich, indem ich der Tür den Rücken zukehrte. Ich setzte mich auf die oberste Stufe und fügte noch hinzu: »Ich werde warten.«

Während ich meine Zigaretten herausnahm, war es still hinter mir. Dann wurde die Tür leise geschlossen, und gleich darauf begann wieder das Schlurfen und Klappern dahinter. Ich rauchte eine Zigarette und noch eine und ließ Zeit vergehen und versuchte, so auszusehen, als hätte ich eine unendliche Geduld. Ich hoffte, der Gelbe machte keinen Trottel aus mir und ließ mich da sitzen, bis ich genug hatte.

Chinesen gingen die Spofford Alley hinauf und hinunter, schlurfend in ihren amerikanischen Schuhen, die nie so gemacht werden können, daß sie ihnen passen. Manche blickten neugierig zu mir herüber, manche schenkten mir überhaupt keine Aufmerksamkeit. So vergingen eine Stunde und ein paar Minuten, und dann wurde die Tür durch das vertraute Schlurfen und Klappern belästigt.

Die Kette rasselte, als die Tür aufschwang. Ich wollte mich nicht umdrehn.

»Sie weggehn! Nich gesehn dem Chang!«

Ich sagte nichts. Wenn er mich nicht einließ, würde er mich da sitzen lassen, ohne sich weiter um mich zu kümmern.

»Was Sie wünschen?«

»Ich will zu Chang Li Ching«, sagte ich, ohne mich umzudrehn.

Wieder eine Pause, die mit dem Knallen der Kette gegen den Türrahmen endete.

»All light.«

Ich flippte meine Zigarette auf die Straße, stand auf und trat ins Haus. In dem Halbdunkel konnte ich nur ein paar billige, abgestoßene Möbelstücke erkennen. Ich mußte warten, während der Chinese vier armdicke Stangen über die Tür legte und sie dort mit einem Vorhängeschloß festmachte. Dann nickte er mir zu und schlurfte über den Fußboden, ein kleiner gebeugter Mann, mit einem haarlosen gelben Kopf und einem schnurdünnen Hals.

Aus diesem Raum führte er mich in einen andern, noch dunkleren, in einen Hausflur und eine wacklige Treppe hinunter. Der Geruch von muffigen Kleidern und feuchter Erde war ekelhaft. Wir gingen eine Weile durch das Dunkel über einen ungepflasterten Gang, bogen links ein, und ich hatte wieder Zement unter den Füßen. Wir bogen im Dunkeln noch zweimal ab, stiegen dann eine Treppe mit ausgetretenen Holzstufen hinauf in einen Vorraum, der durch brennende, abgeschirmte elektrische Birnen einigermaßen hell beleuchtet war.

In diesem Vorzimmer schloß mein Führer eine Tür auf, und wir durchquerten einen Raum, in dem Räucherkerzen brannten und wo, im Licht einer Öllampe, kleine rote Tische mit gefüllten Teeschalen vor hölzernen Paneelen standen, die, mit goldenen chinesischen Schriftzeichen bedeckt, an der Wand hingen. Eine Tür an der gegenüberliegenden Seite dieses Raumes führte uns in pechschwarze Finsternis, wo ich das Ende der losen, maßgeschneiderten blauen Jacke meines Führers festhalten mußte.

Bis dahin hatte er sich nicht einmal nach mir umgesehen, seit unsere Tour begann, und keiner von uns hatte etwas gesagt. Dieses Treppauf-Treppab, Nach-rechts-Einbiegen, Nach-links-Einbiegen schien ziemlich harmlos. Wenn es ihm Spaß machte, mich zu verwirren, bitte schön. Jetzt war ich schon verwirrt genug, was die Richtungen betraf. Ich hatte nicht die leiseste Idee, wo ich mich befinden könnte. Aber das kümmerte mich nicht so sehr. Falls ich umgelegt werden sollte, würde das durch die Kenntnis meiner geographischen Lage auch nicht vergnüglicher gemacht. Sollte ich indessen heil herauskommen, war ein Ort so gut wie der andere.

Wir machten noch eine Menge Umwege, gingen treppauf und treppab und absolvierten noch all den übrigen Blödsinn. Ich schätzte, daß ich mittlerweile fast eine halbe Stunde hier drin gewesen sein mußte, und ich hatte außer meinem Führer noch keinen Menschen gesehen.

Dann aber sah ich etwas anderes.

Wir gingen durch einen langen, engen Gang, der zu beiden Seiten, dicht nebeneinander, braun gestrichene Türen hatte. Alle diese Türen waren geschlossen – was in dem matten Licht ganz geheimnisvoll wirkte. Gegenüber der einen wurde mein Blick plötzlich vom Schein matten Metalls angezogen – ein dunkler Ring in der Mitte der Tür.

Ich warf mich zu Boden.

Das geschah so schnell, als hätte man mich gestoßen, und

deshalb entging mir das Mündungsfeuer. Aber ich hörte das Dröhnen und roch das Pulver.

Mein Führer drehte sich blitzschnell um und verlor dabei einen Pantoffel. In jeder Hand hielt er eine Selbstladepistole, so groß wie ein Kohleneimer. Sogar während ich noch versuchte, meinen eigenen Revolver zu ziehen, staunte ich, wie ein so kleiner Mann soviel Maschinerie auf sich hatte verbergen können.

Die beiden Pistolen in den Händen des kleinen Mannes blitzten gegen mich auf. Nach guter chinesischer Sitte schoß er sie leer – Kräsch! Kräsch! Kräsch!

Ich glaubte schon, er hätte mich nicht getroffen, bis ich meinen Finger fest an meinem Abzug hatte. Dann kam ich noch rechtzeitig zu mir, um meinen Schuß zurückzuhalten.

Er schoß gar nicht auf mich. Er ballerte Blei in die Tür hinter mir – die Tür, durch die man auf mich geschossen hatte.

Ich rollte mich auf die gegenüberliegende Seite des Ganges, weg von der Tür.

Der hagere kleine Mann trat noch dichter heran und vollendete sein Bombardement. Seine Schüsse zerfetzten das Holz wie Papier. Seine Pistolen klickten leer.

Die Tür flog auf, aufgestoßen von einem Menschenwrack, das versuchte, sich aufrecht zu halten, indem es sich an die verschiebbare Holzplatte in der Mitte der Tür anklammerte.

Dummy Uhl – seine ganze Mitte weg – glitt zu Boden und lag dort, eher eine Lache als eine Leiche.

Der Gang füllte sich mit gelben Gestalten, schwarze Pistolen im Anschlag, herausgeschnellt wie die Dornenranken in einem Brombeergesträuch.

Ich stand auf. Mein Führer ließ seine Pistolen zu seinen Hüften herunterfallen und schrie ein gutturales Solo. Die Chinesen verschwanden hinter den verschiedenen Türen, bis auf vier, die aufzulesen begannen, was zwanzig Kugeln von Dummy Uhl übriggelassen hatten.

Der sehnige alte Knabe steckte seine leeren Pistolen weg, kam den Gang herunter auf mich zu und streckte eine Hand nach meinem Revolver aus.

»Sie mir geben«, sagte er höflich.

Ich gab sie. Er hätte meine Hosen haben können.

Mit meinem Revolver in seiner Hemdbrust sah er gelassen auf das, was die vier Chinesen wegtrugen, dann sah er mich an.

»Nicht gut Fleund, häh?« fragte er.

»Nicht sehr«, gab ich zu.

»All light. Ich Sie fühle.«

Unsere Zweimannparade machte sich wieder auf den Weg. Der Ringelreihen ging nun weiter, wieder eine Treppe hinauf, noch einige Rechts- und Linkswendungen, und dann blieb mein Führer vor einer Tür stehen, an der er mit seinen Fingernägeln ein kratzendes Geräusch machte.

Die Tür wurde von einem andern Chinesen geöffnet. Doch das hier war keiner dieser kantonesischen Liliputaner. Das war ein riesiger, fleischfressender Ringkämpfer – Stiernacken, gewaltige Schultern, Gorilla-Arme und Lederhaut. Der Gott, der ihn schuf, hatte Mengen von Material gehabt und ihm Zeit gelassen, hart zu werden.

Während er den Vorhang, der die Tür bedeckte, aufhielt, trat er zur Seite. Ich ging hinein und sah seinen Zwilling an der anderen Seite der Tür.

Der Raum war groß und quadratisch, seine Türen und Fenster – sofern vorhanden – hinter Wandgehängen aus Samt, in Grün und Blau und Silber. In einem großen schwarzen, reich geschnitzten Sessel saß, hinter einem eingelegten schwarzen Ziertisch, ein alter Chinese. Sein Gesicht war rund und voll und durchtrieben, mit einer dünnen Strähne weißer Barthaare am Kinn. Auf dem Kopf trug er eine dunkle, enganliegende Kappe. Eine violette, am Halse eng umsitzende Robe zeigte unten am Saum, wo eine Ecke über seinen blauen Seidenhosen zurückgeschlagen war, ihr Zobelfutter.

Er erhob sich nicht aus seinem Sessel, doch er lächelte milde über seiner weißen Barststrähne und neigte seinen Kopf fast bis zum Teegeschirr auf dem Tisch hinunter.

»Es war nur die Unfähigkeit zu glauben, daß einer von Eurer Exzellenz himmlischen Erhabenheit seine kostbare Zeit an einen so unwürdigen Tölpel verschwenden würde, die den niedrigsten Eurer Sklaven davon zurückgehalten hat, hinunterzulaufen, um sich vor Eure edlen Füße zu werfen, als er hörte, daß der Herr der Detektive vor seiner unwürdigen Türe stehe.«

Das kam in einem fließenden Englisch heraus, das viel reiner war als mein eigenes. Ich verzog keine Miene und wartete.

»Wenn der Schrecken der Übeltäter einem meiner Sessel die Ehre antun möchte, seinen göttlichen Körper darin auszuruhen, kann ich ihm versichern, daß dieser Sessel nachher verbrannt wird, auf daß kein Geringerer ihn benutze. Oder möchte der Fürst der Diebefänger mir erlauben, einen Diener nach einem seiner eigenen, ihm gemäßen Sessel aus seinem Palast zu senden?«

Ich ging gemessen auf einen Sessel zu und versuchte unterdessen, Worte in meinem Kopf zu ordnen. Dieser alte Bursche machte sich mit seiner Übertreibung, einer Burleske der berühmten chinesischen Höflichkeit, über mich lustig. Mit mir ist nicht schwierig auszukommen. Bis zu einem gewissen Punkt spiele ich jedermanns Spiel mit.

»Es ist nur, weil ich aus Ehrfurcht vor dem mächtigen Chang Li Ching weiche Knie habe, daß ich es wage, mich zu setzen«, erklärte ich und ließ mich auf dem Sessel nieder. Ich drehte mich um und sah, daß die beiden Riesen neben der Tür verschwunden waren.

Ich hatte so ein Gefühl, daß sie sich nicht weiter entfernt hatten als bis zur Rückseite der Samtvorhänge, die die Tür verdeckten.

»Wüßte ich nicht, daß der König der Herausfinder« – er fing schon wieder an – »alles weiß, wäre ich sehr erstaunt, daß er meinen geringen Namen gehört hat.«

»Gehört? Wer hätte ihn nicht gehört?« ulkte ich zurück.

»Kommt nicht das englische Wort *change* von Chang? Change, was ändern bedeutet, ist das, was mit den Anschauungen selbst des weisesten Mannes geschieht, nachdem er die Weisheit Chang Li Chings vernommen hat!« Ich versuchte, von diesem Vaudeville-Geschwätz wegzukommen, das mich sehr anstrengte. »Ich danke Ihnen, daß Ihr Diener mir da im Gang das Leben gerettet hat.«

Er spreizte die Hände über dem Tisch.

»Ich habe nur gefürchtet, daß der Herrscher der Detektive den Geruch gewöhnlichen Blutes für seine eleganten Nasenflügel unerträglich finden würde, daß dieser Halunke, der Eure Exzellenz gestört hat, schnell niedergemacht wurde. Sollte ich mich jedoch geirrt haben, und Sie hätten es vorgezogen, ihn in kleine Stücke schneiden zu lassen, kann ich statt seiner nur einen meiner Söhne als Sühneopfer anbieten.«

»Lassen Sie den Knaben ruhig leben«, sagte ich gleichgültig und kam auf das Geschäftliche zu sprechen. »Ich hätte Sie nicht behelligt, aber ich bin so unwissend, daß ich nur mit Hilfe Eurer großen Weisheit wieder ein normaler Mensch werden kann.«

»Fragt man einen Blinden nach dem Weg?« fragte der alte Narr, mit zur Seite geneigtem Kopf. »Kann ein Stern, und sei er noch so willig, dem Monde helfen? Wenn es dem Ahnherrn der Bluthunde gefällt, Chang Li Ching zu schmeicheln und ihn glauben zu machen, er könne des Großen Mannes Kenntnis etwas hinzufügen, wer ist Chang, seinen Meister zu enttäuschen und sich zu weigern, sich lächerlich zu machen?«

Ich faßte es so auf, daß er bereit war, sich meine Fragen anzuhören.

»Was ich gerne wissen möchte, ist: wer hat Lillian Shans Dienerinnen, Wang Ma und Wan Lan, getötet?«

Er spielte mit einer dünnen Strähne seines weißen Bartes, indem er sie um einen seiner dicken Finger drehte.

»Schaut der Rotwildjäger nach einem Hasen?« wollte er wissen. »Und wenn ein so mächtiger Jäger schon so tut, als interessiere er sich für den Tod von Dienstboten, kann Chang da etwas anderes vermuten, als daß es dem Großen Herrn gefällt, den wahren Gegenstand seines Interesses zu verheimlichen? Doch es könnte auch sein, daß der Lord der Fallstricke gedacht hat, der schwerfällige Chang Li Ching, unbedeutend unter den hundert Namen, könnte vielleicht Kenntnis von ihnen haben, weil die Toten Dienerinnen und keine Gürtelträgerinnen waren. Kennen Ratten nicht das Verhalten von Ratten?«

Er hielt sein Geschwätz noch einige Minuten lang aufrecht, während ich dasaß und zuhörte und die rundliche, durchtriebene gelbe Maske seines Gesichts betrachtete und hoffte, daß dabei vielleicht etwas klar herauskäme. Aber nichts geschah.

»Meine Unkenntnis ist sogar noch größer, als ich mir in meiner Überheblichkeit vorgestellt habe«, beendete er seine Rede. »Die einfache Frage, die Sie stellen, geht über die Fähigkeit meines verwirrten Gehirns hinaus. Ich weiß nicht, wer Wang Ma und Wan Lan getötet hat.«

Ich grinste ihn an und stellte eine andere Frage: »Wo kann ich Hoo Lun und Yin Hung finden?«

»Wieder muß ich mich wegen meiner Unkenntnis im Staube wälzen«, murmelte er, »und nur der Gedanke tröstet mich, daß der Meister der Geheimnisse die Antwort auf diese Fragen kennt und es ihm gefällt, seinen unfehlbar erreichten Zweck vor Chang zu verbergen.«

Und weiter kam ich nicht.

Noch mehr verrückte Komplimente, noch mehr Verbeugungen und Kratzfüße, weitere Versicherungen unendlicher Verehrung und Zuneigung, und dann folgte ich meinem schnurhalsigen Führer durch Windungen, dunkle Gänge, durch dunkle Räume und wieder treppauf, treppab, über wacklige Stufen.

Bei der Haustür zog er meinen Revolver aus seiner Hemdbrust und übergab ihn mir, nachdem er die Stangen an der Tür losgemacht hatte. Ich unterdrückte die Anwandlung, auf der Stelle nachzusehen, ob irgend etwas damit geschehen war. Statt dessen steckte ich ihn in die Tasche und trat vor die Tür.

»Vielen Dank für die Tötung da oben«, sagte ich.

Der Chinese brummelte etwas, verneigte sich und schloß die Tür.

Ich ging die Stockton Street hinauf, auf dem Wege ins Büro langsam dahinspazierend und zerbrach mir den Kopf.

Da war zunächst Dummy Uhls Tod, über den ich nachgrübelte. War er vorher geplant worden, um ihn für seine Stümperei am Vormittag zu bestrafen und gleichzeitig, um mir zu imponieren? Und wie? Und weshalb? Oder war es die Absicht, mich dadurch den Chinesen zu verpflichten? Und wenn es so wäre, warum? Oder war es wieder nur einer jener so beliebten, komplizierten chinesischen Tricks? Ich ließ den Gedanken fallen und richtete mein Denken auf den kleinen, rundlichen Chinesen in der violetten Robe.

Er gefiel mir. Er hatte Humor, Verstand, Kaltblütigkeit – alles. Ihn in eine Zelle zu sperren, das wäre ein Husarenstückchen, mit dem man sich laut brüsten könnte. Er war mein Ideal eines würdigen Gegners. Doch bildete ich mir nicht ein, belastendes Material gegen ihn zu haben. Durch Dummy Uhl war mir nur klargeworden, daß eine Verbindung zwischen dem Hotel Irvington und Chang Li Ching bestand. Dummy Uhl war losgegangen, als ich ihn beschuldigte, in die Shan-Morde verwickelt zu sein. Soviel hatte ich – aber nicht mehr, außer, daß Chang nichts gesagt hatte, was hätte beweisen können, er sei an der Shan-Affäre nicht interessiert.

Wenn man es so sah, konnte Dummys Tod kein vorher geplantes Manöver gewesen sein. Viel wahrscheinlicher war, daß er mich hatte kommen sehen, versucht hatte, mich umzulegen, und von meinem Führer erledigt worden war, weil er die mir von Chang gewährte Audienz stören wollte. Dummy konnte für chinesische Augen kein sehr wertvolles Leben gehabt haben – übrigens auch für anderer Leute Augen nicht.

Soweit war ich gar nicht unzufrieden mit meiner Tagesarbeit. Ich hatte zwar nichts Tolles geleistet, war mir aber über mein zukünftiges Vorgehen klargeworden – oder meinte es jedenfalls. Wenn ich jetzt mit dem Kopf gegen eine Mauer anrenne, weiß ich doch wenigstens, wo die Mauer ist und wem sie gehört.

Im Büro fand ich eine Nachricht von Dick Foley vor. Er hatte schräg gegenüber vom Irvington eine Vorderhauswohnung gemietet und sich ein paar Stunden damit beschäftigt, den Whistler zu beschatten.

Der Whistler hatte eine halbe Stunde in Big Fat Thomsons Spielsalon in der Market Street zugebracht, hatte sich mit dem Besitzer und einigen systematischen Spielern unterhalten, die sich dort treffen. Dann war er mit einem Taxi zu einem Apartmenthaus in der O'Farrell Street – dem Glenway-Haus, wie es hieß – hinausgefahren und hatte dort irgendwo geklingelt. Als niemand reagierte, habe er sich mit einem Schlüssel selbst Eingang verschafft. Eine Stunde später sei er wieder herausgekommen und in sein Hotel zurückgekehrt. Dick hatte nicht sehen können, wo er geklingelt hatte, noch in welches Apartment er gegangen war.

Ich rief Lillian Shan an.

»Werden Sie heute abend zu Hause sein?« fragte ich. »Ich muß mit Ihnen über etwas sprechen, was ich Ihnen am Telefon nicht sagen kann.«

»Ich werde bis sieben Uhr dreißig zu Hause sein.«

»Gut, ich komme runter.«

Es war sieben Uhr fünfzehn, als das Mietauto mich vor ihrem Haupteingang absetzte. Sie machte mir selbst auf. Die Dänin, die zur Aushilfe da war, bis neues Personal kam, blieb nur tagsüber dort und kehrte abends in ihr eigenes Haus – eine Meile landeinwärts – zurück.

Das Abendkleid, das Lillian trug, war ziemlich streng, ließ aber doch vermuten, daß sie, wenn sie ihre Brille ablegen und sich auch sonst ein wenig zurechtmachen würde, letzten Endes gar nicht so unweiblich aussehen mochte. Sie ging mit mir hinauf in die Bibliothek, wo ein hübscher junger Bursche von etwa zwanzig Jahren im Abendanzug von einem Stuhl aufstand, als wir hereinkamen – ein gutsituierter Junge, mit blondem Haar und heller Haut.

Sein Name war Garthorne, wie ich hörte, als wir einander vorgestellt wurden. Das Mädchen schien eindeutig willens, unsere Unterredung in seiner Gegenwart stattfinden zu lassen. Ich nicht. Nachdem ich alles versucht hatte, außer geradenwegs zu verlangen, sie allein zu sehen, entschuldigte sie sich – sie nannte ihn Jack – und führte mich in ein anderes Zimmer.

Inzwischen war ich etwas ungeduldig geworden.

»Wer war denn das?« fragte ich.

Sie sah mich mit hochgezogenen Brauen an.

»Mr. John Garthorne«, sagte sie.

»Wie gut kennen Sie ihn?«

»Darf ich fragen, weshalb Sie das so interessiert?«

»Sie dürfen. Mr. Garthorne scheint mir kein Umgang für Sie.«

»Kein Umgang für mich?«

Mir fiel etwas anderes ein.

»Wo wohnt er?«

Sie gab mir die Nummer in der O'Farrell Street.

»Die Glenway-Apartments?«

»Ja, ich glaube.« Sie sah mich unbefangen an. »Würden Sie sich bitte etwas deutlicher ausdrücken?«

»Nur noch eine Frage, dann gern. Kennen Sie einen Chinesen namens Chang Li Ching?«

»Nein.«

»Gut. Ich werde Ihnen jetzt was von Garthorne erzählen. Bis jetzt bin ich in Ihrer Sache auf zwei Aspekte gestoßen. Einer bezieht sich auf diesen Chang Li Ching und einer auf einen ehemaligen Sträfling namens Conyers. Dieser John Garthorne war heute in Chinatown. Ich habe ihn gesehen, als er aus einem Keller kam, der wahrscheinlich einen Zugang zu Chang Li Chings Haus hat. Der ehemalige Sträfling hat heute am frühen Nachmittag jemanden in dem Hause besucht, in dem Garthorne wohnt.«

Ihr Mund blieb offenstehen. Dann schloß er sich wieder.

»Das ist ja absurd!« rief sie ärgerlich. »Ich kenne Mr. Garthorne schon zimlich lange –.«

»Wie lange genau?«

»Sehr – einige Monate.«

»Wo haben Sie ihn kennengelernt?«

»Durch ein Mädchen, das ich noch vom College her kenne.«

»Wovon lebt er? Was tut er?«

Sie stand hoch aufgerichtet da und schwieg.

»Hören Sie zu, Miss Shan«, sagte ich. »Garthorne mag in Ordnung sein, aber ich muß ihn mir genau anschaun. Wenn er nichts auf dem Kerbholz hat, war es kein Schaden. Ich muß von Ihnen erfahren, was Sie über ihn wissen.«

Nach und nach bekam ich alles heraus. Er sei, so glaubte sie wenigstens, der jüngste Sohn einer bekannten Familie in Richmond, Virginia, der augenblicklich wegen irgendeines Dummenjungenstreiches in Ungnade sei. Er sei vor vier Monaten nach San Franzisko gekommen, um hier zu warten, bis die Wut seines Vaters sich abgekühlt habe. In der Zwischenzeit versorge seine Mutter ihn mit Geld, damit er während seines Exils nicht nötig habe zu arbeiten. Er habe von einer der Schulfreundinnen Lillians einen Empfehlungsbrief gebracht.

Lillian Shan hatte, wie ich allem entnahm, eine große Zuneigung zu ihm gefaßt.

»Sie gehen doch heute abend mit ihm aus?« fragte ich, nachdem ich das alles erfahren hatte.

»Ja.«

»In seinem Wagen oder in Ihrem?«

Sie runzelte die Stirn, aber sie beantwortete meine Frage.

»In seinem. Wir wollen zum Essen zum Half Moon hinunterfahren.«

»In dem Fall muß ich einen Schlüssel haben, weil ich hierher zurückkomme, wenn Sie weg sind.«

»Was tun Sie?«

»Ich komme hierher zurück. Ich bitte Sie auch, ihm nichts von meiner mehr oder weniger unwichtigen Verdächtigung zu sagen, aber meine ehrliche Meinung ist, daß er Sie für den Abend hier weg haben will. Also, wenn Sie auf dem Rückweg eine Panne haben, tun Sie so, als sähen Sie gar nichts Ungewöhnliches daran.«

Das hörte sie nicht gern, aber sie wollte nicht zugeben, daß ich vielleicht recht haben könnte. Den Schlüssel bekam ich jedenfalls, und ich erzählte ihr dann von meinem Plan mit dem Stellennachweis, der ihrer Mithilfe bedurfte. Sie versprach, Donnerstag morgen um halb zehn im Büro zu sein.

Garthorne sah ich nicht mehr, bevor ich das Haus verließ.

Wieder in meinem Mietwagen, ließ ich mich vom Fahrer ins nächste Dorf bringen, wo ich im Gemischtwarenladen ein Stück Kautabak, eine Taschenlampe und eine Schachtel Patronen kaufte. Mein Revolver ist ein .38 Spezial, aber ich mußte die kürzeren, schwächeren Patronen nehmen, weil der Ladeninhaber die andern nicht auf Lager hatte.

Mit meinen Einkäufen in der Tasche machten wir uns auf den Rückweg zum Shan-Haus. Zwei Wegbiegungen davor ließ ich halten, bezahlte den Chauffeur, schickte ihn weg und ging den Rest des Weges zu Fuß.

Das Haus lag völlig im Dunkeln.

Nachdem ich mich so leise wie möglich eingelassen hatte und die Taschenlampe kaum brauchte, durchsuchte ich das Haus vom Keller bis zum Dach. Ich war der einzige im Haus. In der Küche erleichterte ich den Kühlschrank um ein paar Bissen, die ich mit Milch hinunterspülte. Ich hätte gern einen Kaffee gehabt, aber Kaffee riecht zu stark.

Mit dem Essen fertig, machte ich es mir im Korridor zwischen der Küche und dem übrigen Haus auf einem Stuhl bequem. Auf der einen Seite führten Stufen ins Souterrain hinunter, auf der andern führten Stufen nach oben. Mit allen Türen im Hause offen, außer denen, die nach draußen führten, lag der Korridor genau in der Mitte, was das Hören von Geräuschen betraf.

Eine Stunde verging – friedlich, bis auf das Geräusch der Autos, die in hundert Metern Entfernung auf der Straße vorbeifuhren, und die Brandung des Pazifik unten in der kleinen Bucht.

Ich kaute an meinem Stück Tabak – ein Ersatz für Zigaretten – und versuchte, die Stunden zu zählen, die ich in meinem Leben schon in der gleichen Weise verbracht hatte – sitzend oder herumstehend und wartend, daß etwas geschähe.

Das Telefon klingelte.

Ich ließ es klingeln. Vielleicht war es Lillian, die Hilfe brauchte, aber ich durfte nichts riskieren. Es war zu wahrscheinlich, daß es ein Kerl war, der ausspionieren wollte, ob jemand im Hause sei.

Eine weitere halbe Stunde verging, mit einem auffrischenden Wind vom Ozean und dem Rauschen von Bäumen.

Da plötzlich ein Geräusch – nicht vom Wind, nicht von der Brandung oder vorbeifahrenden Autos.

Irgendwo klickte etwas.

Es war ein Fenster, aber ich wußte nicht, welches. Ich ließ meinen Kautabak und nahm Revolver und Taschenlampe heraus.

Da war es wieder – ganz laut.

Jemand versuchte mit aller Gewalt, ein Fenster zu öffnen – mit zu viel Gewalt. Der Fensterriegel klapperte, und etwas schlug gegen die Scheibe. Dann ein Abwarten. Wer immer es sein mochte, hätte das Glas mit weniger Krach einschlagen können, als er es jetzt tat.

Ich stand auf, verließ aber den Korridor nicht. Das Fenstergeräusch war nur ein Trick, um die Aufmerksamkeit von demjenigen abzulenken, der im Hause sein mochte. Ich wandte dem Korridor den Rücken und versuchte, in die Küche hineinzuschauen.

Die Küche war zu dunkel, um irgend etwas sehen zu können.

Ich sah dort nichts. Ich hörte dort nichts.

Feuchte Luft blies mich aus der Küche an.

Jetzt hieß es auf der Hut sein. Ich hatte Gesellschaft, und der Betreffende war raffinierter als ich. Er konnte unter meiner Nase Türen und Fenster öffnen. Das war gar nicht schön.

Jemand auf Gummiabsätzen. Ich trat von meinem Stuhl zurück, bis der Rahmen der Kellertür meine Schulter berührte.

Es schien mir gar nicht so sicher, daß mir diese Party gefallen würde. Ich habe gerne gleiche Chancen, und wenn's geht, sogar bessere, aber danach sah mir das hier gar nicht aus.

Als dann ein dünner Lichtstrahl aus der Küche tanzte und den Stuhl im Korridor traf, war ich drei Stufen die Kellertreppe hinunter, den Rücken eng an die Treppenmauer gepreßt.

Der Lichtstrahl blieb ein paar Sekunden lang auf dem Stuhl haften und begann dann, im Korridor herumzuflitzen und durch die Tür in das dahinterliegende Zimmer. Ich sah nur den Lichtstrahl, sonst nichts.

Frische Geräusche kamen auf mich zu – das Surren von Automobilmotoren an der Straßenseite nahe beim Haus, das gedämpfte Tappen von Füßen auf der hinteren Terrasse, auf dem Küchenlinoleum – ziemlich viele Füße. Ein Geruch machte sich bemerkbar – ein unverkennbarer Geruch – der Geruch nach ungewaschenen Chinesen.

Dann achtete ich nicht mehr auf diese Dinge. Ich hatte genug mit denen in meiner Nähe zu tun.

Der Besitzer der Taschenlampe stand jetzt oben an der Kellertreppe. Ich hatte mir durch das Verfolgen des Lichtstrahls die Augen verdorben; ich konnte ihn nicht sehen.

Der erste dünne Strahl, der in den Keller hinunterfiel, ging um Haaresbreite an mir vorbei – was mir Zeit ließ, mir dort im Dunkeln eine ungefähre Vorstellung zu machen: wenn er mittelgroß wäre und die Lampe in seiner linken Hand hielte, eine Pistole in seiner rechten, und so wenig wie möglich von sich freigab – müßte seine ›Birne‹ fünfundvierzig Zentimeter oberhalb der Lichtquelle sitzen, und in der gleichen Entfernung, fünfzehn Zentimeter nach links – meine linke Hand.

Das Licht schwenkte zur Seite und traf eins meiner Beine.

Sein Schuß versengte meine Wange. Einer seiner Arme versuchte, mich mitzuziehen. Ich entwischte ihm und ließ ihn allein in den Keller hinuntersausen. Goldzähne blitzten auf, während er an mir vorbeisauste.

Das Haus war voll von ›Yaei-Yaeis‹ und tapsenden Füßen. Ich mußte da weggehen – oder ich würde da weggestoßen.

Unten könnte eine Falle sein. Ich stieg wieder zum Korridor hinauf.

Der wimmelte von stinkenden Körpern. Hände und Zähne machten sich daran, mir die Kleider wegzureißen, und es wurde mir nur allzu klar: ich hatte mich da auf was Schönes eingelassen!

Ich war inmitten eines sich wälzenden, zerrenden, ächzenden und stöhnenden Mobs von Unsichtbaren. Ein Knäuel von ihnen schleppte mich auf die Küche zu. Um mich schlagend und tretend und Kopfstöße austeilend, ging ich mit.

Eine schrille Stimme schrie chinesische Befehle.

Meine Schulter streifte den Türrahmen, als ich in die Küche geschleppt wurde, so gut ich es vermochte gegen Feinde kämpfend, die ich nicht sehen konnte, und zu ängstlich, den Revolver zu gebrauchen, den ich noch gepackt hielt.

Denn so war ich wenigstens nur ein Teil dieses wilden Gewühls, doch das Aufblitzen meiner Waffe hätte mich zu seinem Mittelpunkt machen können. Diese Wahnsinnigen kämpften jetzt panisch, und ich wollte von ihnen nicht in Stücke gerissen werden.

Ich stolperte mit ihnen weiter, alles wegstoßend, was mir in die Quere kam, und wurde selbst gestoßen. Ein Blecheimer geriet mir zwischen die Beine.

Ich krachte zu Boden, stieß dabei meine Peiniger um und rollte über einen Körper hinweg, fühlte einen Fuß auf meinem Gesicht, wand mich darunter hervor und kam, noch immer mit dem Blecheimer, in eine Ecke zu liegen.

Gott sei Dank für diesen Eimer!

Ich wollte nur eines, diese Leute sollten verschwinden. Es war mir gleich, wer oder was sie waren. Wenn sie in Frieden abzogen, vergäbe ich ihnen ihre Sünden.

Ich steckte meinen Revolver in den Eimer und drückte ab. Ich kriegte zwar das Schlimmste an Krach, aber es blieb noch genug für meine Umgebung. Es hörte sich an wie ein Kanonenschuß.

Ich ballerte wieder in den Eimer und kam noch auf eine andere Idee. Zwei Finger meiner linken Hand im Mund, pfiff ich so schrill ich konnte, während ich die Trommel leerschoß.

Es war ein süßer Krach!

Als mein Revolver keine Patronen und ich keine Luft mehr hatte, war ich allein. Ich war froh, allein zu sein. Jetzt wußte ich, warum Menschen davonlaufen und allein in Höhlen leben. Und ich konnte es ihnen nicht verdenken!

Da saß ich nun allein im Dunkeln und lud meinen Revolver wieder.

Kriechend fand ich meinen Weg zur offenstehenden Küchentür und spähte hinaus in die Dunkelheit, die mir nichts verriet. Die Brandung unten in der kleinen Bucht machte gurgelnde Geräusche. Von der andern Seite des Hauses kam das Geräusch von Autos. Ich hoffte, daß es meine ›Freunde‹ waren, die die Flucht ergriffen.

Ich machte die Tür zu, schloß sie ab und knipste das Licht in der Küche an.

Das Haus war nicht so schlimm verwüstet, wie ich es erwartet hatte. Ein paar Pfannen und Töpfe lagen auf dem Boden, und ein Stuhl war zerbrochen, und es roch nach ungewaschenen Körpern. Aber das war auch alles – außer einem blauen Baumwollärmel in der Mitte auf dem Fußboden, einer Strohsandale nah bei der Tür zum Korridor und einem schwarzen, etwas blutverschmierten Haarbüschel neben der Sandale.

Im Keller fand ich den Mann nicht mehr, den ich hinuntergestoßen hatte. Eine offene Tür zeigte, wie er mir entkommen war. Da war noch seine Taschenlampe und meine eigene und etwas Blut von ihm.

Wieder oben angekommen, ging ich durch die vorderen Räume des Hauses. Die Eingangstür stand offen. Teppiche waren verkrumpelt, eine blaue Vase lag zerbrochen auf dem Boden, und zwei Stühle waren umgefallen. Ich fand einen alten, fettigen braunen Filzhut, ohne Schweiß- und Hutband. Ich fand eine schmutzige Fotografie von Präsident Coolidge – aus einer chinesischen Zeitung, wie es schien – und sechs Blättchen Reispapier für Zigaretten.

Im oberen Stock fand ich nichts, was darauf hätte schließen lassen, daß meine Gäste oben gewesen waren.

Es war halb zwei Uhr morgens, als ich einen Wagen auf die Eingangstür zufahren hörte. Vorsichtig schaute ich von Lillian Shans Schlafzimmerfenster im zweiten Stock hinunter. Sie verabschiedete sich gerade mit einem ›Gute Nacht‹ von Jack Garthorne. Ich ging wieder in die Bibliothek zurück, um dort auf sie zu warten.

»Nichts passiert?« waren ihre ersten Worte, und sie hörten sich eher wie ein Gebet an als etwas anderes.

»Doch«, sagte ich zu ihr, »und Sie hatten Ihre Panne, nehme ich an.«

Eine Sekunde dachte ich, sie würde mich anlügen, doch sie nickte und sank in einen Sessel, nicht ganz so aufrecht wie sonst.

»Ich hatte reichlich viel Gesellschaft«, sagte ich, »aber ich könnte kaum etwas über sie aussagen. Tatsache ist, ich hatte mich übernommen und mußte froh sein, daß ich sie verjagen konnte.«

»Sie haben nicht beim Sheriff angerufen?« Der Ton ihrer Frage war etwas merkwürdig.

»Nein – ich möchte nicht, daß Garthorne schon jetzt verhaftet wird.«

Das vertrieb ihre Niedergeschlagenheit. Sie sprang auf, stand groß und hoch aufgerichtet vor mir und sagte kalt: »Darauf möchte ich lieber nicht noch einmal zurückkommen.«

Damit war ich durchaus einverstanden. »Ich hoffe doch, Sie haben ihm nichts gesagt?«

»Ihm nichts gesagt?« Sie schien erstaunt. »Glauben Sie wirklich, ich würde ihn beleidigen, indem ich Ihre Verdächtigungen wiederhole – Ihre absurden Verdächtigungen?«

»Ausgezeichnet.« Ich lobte sie für ihr Stillschweigen, wenn auch nicht für ihre Ansicht über meine Theorien. »Also ich bleibe heute nacht hier. Es besteht zwar kaum eine Gefahr, daß etwas passiert, aber ich gehe lieber auf Nummer Sicher.«

Sie schien zwar nicht sehr begeistert davon, doch ging sie schließlich zu Bett.

Inzwischen geschah natürlich bis zum Sonnenaufgang nichts. Bei Tagesanbruch verließ ich das Haus und inspizierte das Grundstück noch einmal. Überall, vom Strand bis zur Einfahrt, waren Fußspuren. Entlang der Einfahrt hatten Wagen Spuren in den Rasen gegraben, wo die Wagen rücksichtslos gewendet worden waren.

Ich lieh mir eins der Autos aus der Garage und war bereits zu Beginn des Vormittags wieder in San Franzisko.

Im Büro ersuchte ich den Alten, einen Detektiv auf Jack Garthorne anzusetzen, den alten Hut, die Taschenlampe, die Sandale und meine übrigen Souvenirs mikroskopisch untersuchen zu lassen und Finger-, Fuß-, Zahn- und sonstwelche Abdrücke durchsehen zu lassen und unser Richmond-Büro anzuweisen, Auskünfte über die Garthornes einzuholen. Dann suchte ich meinen Filipino-Gehilfen auf.

Er war niedergeschlagen.

»Was ist los? Hat dich einer fertiggemacht?« fragte ich.

»O nein, Sir!« wehrte er ab. »Aber vielleicht ich bin nicht so gut ein Detektiv. Ich versuche, einem Kerl zu folgen, er geht um die Ecke, und er ist verschwunden.«

»Wer war es, und was hatte er vor?«

»Ich weiß das nicht, Sir. Da ist vier Automobile mit Männer, die aussteigen und in den Keller gehen, wo ich Ihnen gesagt habe, daß der fremde Chinese wohnt. Nachdem sie hineingegangen sind, ein Mann kommt heraus. Er hat seinen Hut über eine Bandage oben an seinem Kopf gezogen und geht ganz schnell weg. Ich versuche hinter ihm herzugehen, aber er geht um diese Ecke, und wo ist er hin?«

»Um welche Zeit ist das alles vor sich gegangen?«

»Zwölf Uhr vielleicht.«

»Könnte es auch später gewesen sein, oder früher?«

»Ja, Sir.«

Meine Besucher zweifellos. Und der Mann, den Cipriano zu

beschatten versucht hatte, könnte der gewesen sein, den ich hinuntergestoßen hatte. Der Filipino hatte nicht daran gedacht, die Wagennummern zu notieren, ja nicht einmal die Wagentypen. Er wußte auch nicht, ob die Fahrer Weiße gewesen waren oder Chinesen.

»Du hast fein gearbeitet«, versicherte ich ihm. »Versuch es heute nacht noch mal. Sei vorsichtig, dann wirst du's schon schaffen.«

Von ihm aus ging ich zu einer Telefonkabine und rief das Polizeipräsidium an. Von Dummy Uhls Tod wußte man dort noch nichts, wie mir mitgeteilt wurde.

Zwanzig Minuten später hämmerten meine Fingerknöchel gegen Chang Li Chings Haustür.

Der kleine alte Chinese mit dem schnurdünnen Hals öffnete mir diesmal nicht; statt seiner ein junger Chinese mit pockennarbigem Gesicht und einem breiten Grinsen.

»Sie wolln sehn Chang Li Ching«, sagte er, bevor ich noch etwas geäußert hatte, und trat zurück, um mich hereinzulassen.

Ich trat ein und wartete, bis er alle Stangen und Schlösser wieder festgemacht hatte. Unser Weg zu Chang Li Ching war kürzer als zuvor, aber immer noch weit entfernt von einem direkten Zugang. Ein Weilchen beschäftigte ich mich spaßeshalber damit, während er voranging, den Weg im Kopf festzuhalten, doch das war zu kompliziert, und so gab ich es auf.

Der samtbehangene Raum war leer, als mein Führer mich hineinwies, sich verneigte, grinste und mich verließ. Ich setzte mich in einen Sessel beim Tisch und wartete.

Chang Li Ching machte gar kein Theater. Er tauchte nicht plötzlich geräuschlos vor mir auf oder ähnliche Scherze. Ich hörte seine weichen Pantoffeln schon auf dem Fußboden, noch ehe er die Vorhänge auseinanderschob und eintrat. Er war allein. Seine weißen Bartsträhnen sträubten sich in einem Lächeln, das großväterlich war.

»Der Zerstreuer der Horden ehrt meine armselige Wohnstätte

wiederum«, begrüßte er mich und erging sich ausführlich in dem gleichen Unsinn, den ich mir bei meinem ersten Besuch schon hatte anhören müssen.

Dies ›Zerstreuer der Horden‹ klang recht kühl – denn es bezog sich auf die Vorgänge der letzten Nacht.

»Erst als es zu spät war, wußte ich, daß es sich um einen Ihrer Diener handelte, den ich niedergeschlagen hatte«, sagte ich, als er mit seinem Vorrat an blumigen Reden vorläufig am Ende war. »Ich weiß, es gibt nichts, womit ich den angerichteten Schaden wiedergutmachen könnte. Jedoch hoffe ich, Sie werden mir gestatten, daß ich mir die Kehle durchschneide und als eine Art Entschuldigung in einem Ihrer Mistkübel verblute.«

Ein Geräusch wie ein kleiner Seufzer – das auch ein unterdrücktes Kichern hätte sein können – entfuhr den Lippen des alten Mannes, und das violette Käppchen auf seinem runden Schädel vibrierte.

»Der Zerstreuer der Plünderer weiß alles«, murmelte er schmeichlerisch, »sogar den Wert von Geräuschen, welche Dämonen vertreiben. Wenn er sagt, der Mann, den er geschlagen hat, war Chang Li Chings Diener, wer ist Chang, es zu leugnen?«

Ich provozierte ihn mit meiner andern Platte.

»Ich weiß gar nicht so viel – nicht einmal, warum die Polizei noch nichts vom Tod des Mannes gehört hat, der gestern hier getötet wurde.«

Eine seiner Hände drehte kleine Locken in seinen weißen Bart.

»Ich hatte nichts davon gehört«, sagte er.

Ich konnte mir schon denken, was jetzt kam, wollte aber sichergehen.

»Sie könnten vielleicht den Mann fragen, der mich gestern hierhergeführt hat«, schlug ich vor.

Chang Li Ching nahm einen kleinen Schlegel vom Tisch und schlug gegen einen mit Quasten verzierten Gong, der neben seiner Schulter hing. Die Vorhänge an der gegenüberliegenden Seite teilten sich, und herein kam der pockennarbige Chinese, der mich hereingeführt hatte.

»Hat der Tod gestern unsere elende Hütte geehrt?« fragte Chang auf Englisch.

»Nein, Ta Jen«, antwortete der Pockennarbige.

»Es war der Höfling, der mich gestern hierhergeleitet hat«, erklärte ich, »nicht dieser Sohn eines Kaisers.«

Chang mimte Überraschung.

»Wer hat den König der Spione gestern willkommen geheißen?« fragte er den Mann an der Tür.

»Ich bring 'm, Ta Jen.«

Ich grinste den Pockennarbigen an, er grinste zurück, und Chang lächelte wohlwollend.

»Ein glänzender Einfall«, sagte er.

Das war es.

Der Pockennarbige verneigte sich und war im Begriff, sich durch den Vorhang wieder zurückzuziehen, als zu locker sitzende Schuhe auf den Brettern hinter ihm polterten. Er drehte sich blitzschnell um. Einer der mächtigen Ringer, die ich am vorhergehenden Tag gesehen hatte, stand drohend hinter ihm. Die Augen des Ringers leuchteten vor Erregung, und grunzende chinesische Silben ergossen sich aus seinem Munde. Der Pockennarbige antwortete. Chang Li Ching brachte sie mit einem scharfen Befehl zum Schweigen. Alles war auf Chinesisch – unverständlich für mich.

»Würde der Großherzog der Menschenjäger seinem Diener gestatten, sich einen Augenblick zu entfernen, um sich dieser leidigen häuslichen Affäre zuzuwenden?«

»Gewiß.«

Chang verneigte sich mit aneinandergelegten Handflächen und sprach mit dem Ringer.

»Du wirst hierbleiben und aufpassen, daß der große Herr nicht gestört wird und daß alle Wünsche, die er äußert, erfüllt werden.«

Der Ringer verneigte sich, trat zur Seite, um Chang mit dem Pockennarbigen an sich vorbei durch die Tür hinausgehen zu lassen. Die Vorhänge an der Tür schlossen sich hinter ihnen.

Ich verschwendete keinerlei Worte an den Mann bei der Tür, sondern zündete mir eine Zigarette an und wartete auf Changs Rückkehr. Die Zigarette war erst halb geraucht, als, nicht weit entfernt, ein Schuß im Hause fiel.

Der Riese bei der Tür runzelte die Stirn.

Ein zweiter Schuß fiel, und rennende Füße tapsten draußen im Vorraum. Das Gesicht des Pockennarbigen tauchte zwischen den Vorhängen auf. Er überschüttete den Ringer mit Beschuldigungen. Der Ringer sah stirnrunzelnd und protestierend zu mir herüber. Der andere ließ nicht nach.

Wieder sah mich der Ringer stirnrunzelnd an und brummte: »Sie warten«, und verschwand mit dem andern.

Ich fühlte, daß ich nicht allein war.

Die Behänge an der Wand gegenüber der Tür bewegten sich. Der blau, grün und silber gemusterte Samt bauschte sich ein paar Zentimeter nach außen und fiel wieder zurück.

In etwa drei Meter Entfernung entlang der Wand wiederholte der Vorgang sich ein zweites Mal. Dann eine Weile keine Bewegung, und dann ein Zittern in der hinteren Ecke.

Irgend jemand kroch zwischen der Wand und den Behängen herum.

Ich ließ ihn herumkriechen und blieb untätig in meinem Sessel sitzen. Wenn das Bauschen Gefahr bedeutete, führte jede Aktion meinerseits sie um so schneller herbei.

Ich verfolgte die Bewegung an jener Wand entlang und bis zur Mitte der gegenüberliegenden, wo, wie ich wußte, die Tür war. Dann verlor ich sie eine Zeitlang aus den Augen. Gerade als ich zu der Überzeugung gekommen war, daß der betreffende Leisetreter durch die Tür verschwunden war, teilte sich der Vorhang und die Leisetreterin trat hervor.

Sie war nicht einmal einen Meter fünfunddreißig groß – eine lebendige Nippesfigur von jemandes Etagere. Ihr Gesicht war ein winziges Oval geschminkter Schönheit, dessen Vollkommenheit noch durch das lackschwarze Haar gesteigert wurde, das sich dicht und glänzend an ihre Schläfen schmiegte. Goldene

Ohrgehänge bewegten sich zu beiden Seiten ihrer weichen Wangen, und ein Schmetterling aus Jade schmückte ihr Haar. Ein lavendelfarbenes, mit glitzernden weißen Steinen besetztes langes Jackett umhüllte sie vom Kinn bis zu den Knien. Lavendelfarbene Strümpfe kamen unter ihren kurzen lavendelfarbenen Hosen hervor, und ihre durch Einbinden kleinen Füße steckten in Pantoffeln der gleichen Farbe, in der Form von Kätzchen, mit gelben Augen aus Steinen und Schnurrhaaren aus Reihern.

Das Wesentliche an der Modebeschreibung unserer jungen Dame ist, daß sie unwahrscheinlich zart war. Doch da stand sie – weder eine Skulptur noch ein Gemälde, sondern eine lebendige kleine Frau, mit furchtsamen schwarzen Augen, deren nervöse, winzige Finger die Seide an ihrem Busen hin und her zerrten.

Zweimal, während sie eilig mit den ungeschickt trippelnden Schritten der Chinesin mit den eingebundenen Füßen auf mich zukam, drehte sie den Kopf, um einen schnellen Blick auf den Vorhang an der Tür zu werfen.

Ich war inzwischen aufgestanden und ging ihr entgegen.

Ihr Englisch war nicht viel wert. Das meiste von dem, was sie mir erzählte, entging mir, obgleich ich glaubte, ›Sie hel'm'‹ könnte vielleicht bedeuten: ›Sie helfen mir?‹

Ich nickte und erwischte sie unter den Ellbogen, als sie auf mich zutaumelte.

Sie redete weiter in ihrer Sprechweise auf mich ein, was die Situation auch nicht klarer machte – es sei denn ›Se-ka-lave Girl‹ sollte Sklavenmädchen und ›nimm-weck‹ bring mich weg heißen.

»Sie wollen, daß ich Sie hier wegbringe?« fragte ich.

Ihr Kopf, dicht unter meinem Kinn, ging nickend auf und ab, und ihr roter Blütenmund formte ein Lächeln, daß jedes andere Lächeln, an das ich mich erinnern konnte, zur Grimasse wurde.

Jetzt sprach sie wieder. Ich verstand nichts davon. Da nahm sie einen ihrer Ellbogen aus meiner Hand, schob ihren Ärmel hinauf, über einen Unterarm, den ein Künstler in lebenslanger Arbeit aus Elfenbein geschnitzt hatte. Darauf zeichneten sich handförmige blaue Flecken ab, die in Schnitten endeten, wo die Nägel das Fleisch durchbohrt hatten.

Sie ließ den Ärmel wieder darüberfallen und redete von neuem auf mich ein. Die Worte gaben keinen Sinn für mich, doch klingelten sie so reizend.

»Einverstanden«, sagte ich und zog meinen Revolver heraus. »Wenn Sie hier weg wollen, gehen wir.«

Sie griff mit beiden Händen nach dem Revolver, drückte ihn hinunter und redete aufgeregt in mein Gesicht, bis sie mit einer flippenden Handbewegung quer über ihre Kehle endete – eine mimische Darstellung, wie eine Kehle durchschnitten wird.

Ich schüttelte heftig den Kopf und drängte sie zur Tür.

Sie wehrte sich. In ihren Augen eine ungeheure Angst.

Eine ihrer Hände langte nach meiner Uhrtasche. Ich ließ sie die Uhr herausziehen.

Sie legte die winzige Spitze eines ihrer spitz zulaufenden Finger auf die Zwölf und ließ sie dreimal um das Zifferblatt kreisen. Ich glaubte zu verstehen. Sechsunddreißig Stunden von Mittag bedeutete die morgige Mitternacht – Donnerstag.

»Ja«, sagte ich.

Sie warf einen schnellen Blick zur Tür und führte mich zu dem Tischchen mit dem Teegeschirr. Sie stippte einen Finger in den kalten Tee und begann auf der eingelegten Tischplatte etwas zu zeichnen. Zwei parallele Linien hielt ich für eine Straße. Zwei weitere kreuzten die ersten. Ein drittes Paar kreuzte die zweite und lief parallel zur ersten.

»Waverly Place?« spekulierte ich.

Ihr Gesicht bewegte sich ganz entzückt ruckartig auf und ab.

An der Seite, die ich für die Ostseite von Waverly Place hielt, zeichnete sie ein Quadrat – vielleicht ein Haus. In das Quadrat zeichnete sie etwas, das einer Rose glich. Ich runzelte die Stirn. Sie radierte die Rose aus und setzte statt dessen einen krummlinigen Kreis ein und fügte noch Punkte hinzu. Die Rose war ein Kohlkopf gewesen, das hier sollte eine Kartoffel sein. Das

Quadrat stellte das Lebensmittelgeschäft dar, das ich am Waverly Place bemerkt hatte. Ich nickte.

Ihr Finger überquerte die Straße und zeichnete auf der anderen Seite ein zweites Quadrat, und ihr Gesicht sah flehend zu meinem auf, daß ich sie verstehen möge.

»Das Haus gegenüber vom Lebensmittelgeschäft«, sagte ich zögernd, und als sie dann auf meine Uhrtasche tippte, fügte ich hinzu: »Morgen um Mitternacht.«

Wieviel sie verstanden hatte, wußte ich nicht, doch sie nickte so heftig, daß ihre Ohrgehänge wie kleine verrückt gewordene Pendel hin und her schwangen.

Mit einer schnellen, ruckartigen Bewegung beugte sie sich hinunter, ergriff meine rechte Hand, küßte sie und verschwand mit eiligen hoppelnden, hüpfenden Schritten hinter den Samtvorhängen.

Ich benutzte mein Taschentuch, um die Zeichnung vom Tisch wegzuwischen, und saß rauchend in meinem Sessel, als Chang Li Ching etwa zwanzig Minuten später wieder hereinkam.

Kurz darauf ging ich, sobald wir noch ein paar verrückte Komplimente ausgetauscht hatten. Der Pockennarbige geleitete mich hinaus.

Im Büro gab es nichts Neues für mich. Foley hatte den Whistler in der vorigen Nacht nicht beschatten können.

Ich ging nach Hause, um den Schlaf nachzuholen, um den ich gestern nacht gekommen war.

Zehn Minuten nach zehn kamen Lillian Shan und ich am nächsten Morgen vor der Tür von Fong Yicks Stellennachweis in der Washington Street an.

»Lassen Sie mir nur zwei Minuten Zeit«, sagte ich zu ihr, als ich ausstieg, »dann kommen Sie herein.«

»Lassen Sie den Motor man lieber laufen«, schlug ich dem Fahrer vor. »Vielleicht müssen wir uns noch in größter Eile verdrücken.«

In Fong Yicks Büro redete ein hagerer, grauhaariger Mann –

den ich für den gewissen Frank Paul unseres Alten hielt – um eine zerkaute Zigarre herum mit einem halben Dutzend Chinesen. Über den arg mitgenommenen Ladentisch hinweg beobachtete sie ein fetter Chinese gelangweilt durch seine riesigen, stahlumrandeten Brillengläser.

Ich sah mir dieses halbe Dutzend an. Der dritte, von mir aus gesehen, hatte eine gebrochene Nase – ein kleiner, kräftiger Mann.

Ich stieß die andern beiseite und griff nach ihm.

Welche Methode er an mir versuchte – Jiu-Jitsu vielleicht oder sein chinesisches Äquivalent –, weiß ich nicht. Jedenfalls duckte er sich und bewegte tückisch seine steifgemachten offenen Hände.

Ich griff ihn hier und dort an, hatte ihn schließlich beim Genick gepackt und einen seiner Arme nach hinten abgedreht.

Ein anderer Chinese sprang mir auf den Rücken. Der hagere, grauhaarige Mann griff ihm ins Gesicht, der Chinese flog in eine Ecke und blieb dort liegen.

Das war die Situation, als Lillian Shan eintrat.

Ich schüttelte den plattnasigen Burschen vor ihr hin und her.

»Yin Hung!« rief sie aus.

»Hoo Lun ist nicht zufällig einer von denen?« fragte ich und zeigte auf die Zuschauenden.

Sie schüttelte emphatisch den Kopf und begann, chinesisch auf meinen Gefangenen einzuquackeln. Er quackelte zurück und hielt ihrem Blick stand.

»Was werden Sie mit ihm machen?« fragte sie mit einer Stimme, die merkwürdig klang.

»Ihn der Polizei übergeben, die ihn für den San-Mateo-Sheriff festhalten wird. Können Sie denn gar nichts aus ihm rauskriegen?«

»Nein.«

Ich war im Begriff, ihn auf die Tür zuzustoßen, als der stahlbebrillte Chinese, eine Hand auf dem Rücken, uns den Weg versperrte.

»Nicht kann tun«, sagte er.

Ich stieß Yin Hung in ihn hinein. Er flog rückwärts gegen die Wand.

»Schnell raus!« schrie ich dem Mädchen zu.

Der grauhaarige Mann packte zwei Chinesen, die auf die Tür zusprangen, und stieß sie in die entgegengesetzte Richtung – wo sie rückwärts gegen die Wand prallten.

Wir verließen den Laden.

Auf der Straße war keinerlei Auflauf. Wir stiegen in das Taxi und fuhren anderthalb Blocks zum Polizeipräsidium, wo ich meinen Gefangenen herauszerrte. Der Rancher Paul sagte, er ginge nicht hinein, die Party sei ihm ein Vergnügen gewesen, aber jetzt müsse er sich ein wenig um sein eigenes Geschäft kümmern, und ging zu Fuß die Kearny Street hinauf.

Schon halb aus dem Taxi, änderte auch Lillian Shan ihre Meinung: »Wenn es nicht nötig ist, komme ich auch lieber nicht mit hinein. Ich warte hier auf Sie.«

»Auch recht!« sagte ich und stieß meinen Gefangenen über den Bürgersteig und die Stufen hinauf.

Im Präsidium entwickelte sich eine interessante Situation.

Die San Franziskoer Polizei hatte gar kein besonderes Interesse an Yin Hung, war aber natürlich durchaus bereit, ihn für den Sheriff von San Mateo County zu verwahren.

Yin Hung behauptete, kein Englisch zu können, und ich war gespannt, welche Art von Geschichte er zu erzählen hatte; darum schaute ich ins Konferenzzimmer der Detektive, bis ich Bill Thode von der Chinatown-Abteilung gefunden hatte, der die Sprache ein wenig spricht.

Er und Yin Hung quackelten eine Zeitlang aufeinander ein.

Dann sah Bill mich an, lachte, biß das Ende einer Zigarre ab und lehnte sich in seinen Stuhl zurück.

»Nach dem, wie er's erzählt, hatten diese Wan Lan und Lillian Shan einen Streit. Am nächsten Tag war Wan Lan nirgendwo zu finden. Das Shan-Mädchen und Wang Ma behaupten, Wan Lan sei weggegangen, aber Hoo Lun hat diesem Burschen hier erzählt, er habe Wang Ma einige Kleider von Wan Lan verbrennen sehen.

Hoo Lun und dieser Bursche hier denken, etwas stimmt nicht, und am nächsten Tag sind sie verdammt sicher, weil dieser Bursche hier einen Spaten aus seinen Gartengeräten vermißt. Er findet ihn am selben Abend wieder, und er sei noch feucht von Moder gewesen, aber nirgends auf dem Grundstück habe man Moder ausgegraben – jedenfalls nicht außerhalb des Hauses. Da hätten er und Hoo Lun die Köpfe zusammengesteckt, aber das Resultat habe ihnen gar nicht gefallen,und sie beschlossen, lieber schnell zu verduften, bevor sie da hinkämen, wo Wan Lan hingekommen sei. Das ist der Bericht.«

»Wo ist Hoo Lun jetzt?«

»Er sagt, er weiß nicht.«

»Also waren Lillian Shan und Wang Ma noch im Hause, als dieses Paar davonlief?« fragte ich. »Sie waren also noch nicht auf dem Wege nach New York?«

»So sagt er.«

»Hat er eine Ahnung, warum Wan Lan umgebracht worden ist?«

»Nach dem, was ich bis jetzt aus ihm rausgekriegt habe, nicht.«

»Vielen Dank, Bill. Wirst du dem Sheriff Bescheid geben, daß du ihn hier behältst?«

»Klar.«

Lillian Shan und das Taxi waren natürlich weg, als ich aus dem Präsidium kam.

Ich ging zurück in die Eingangshalle und benutzte eine der Telefonkabinen dort, um das Büro anzurufen. Noch kein Rapport von Dick Foley – jedenfalls nichts von Bedeutung – und keiner von dem Kriminalbeamten, der versuchte, Jack Garthorne zu beschatten. Nur vom Richmond-Revier war ein Telegramm gekommen, daß die Garthornes eine reiche, prominente, dort ansässige Familie seien, daß der junge Jack gewöhnlich in Schwierigkeiten sei, daß er vor zwei Monaten einen Prohibitions-Beamten während einer Café-Razzia zusammengeschlagen habe, daß sein Vater ihn enterbt und aus dem Hause gejagt habe, daß man aber glaube, seine Mutter schicke ihm Geld.

Das stimmte mit dem überein, was das Mädchen mir erzählt hatte.

Eine Elektrische brachte mich zu der Garage, wo ich den Roadster untergebracht hatte, den ich mir am vorhergehenden Morgen aus der Garage des Mädchens geliehen hatte. Ich fuhr zu Ciprianos Apartmenthaus. Er hatte keine Neuigkeiten von Bedeutung für mich. Er hatte die Nacht dazu benutzt, sich in Chinatown herumzutreiben, hatte aber nichts ausfindig machen können.

Ich hatte einen Anflug von schlechter Laune, als ich den Roadster westwärts lenkte und durch den Golden-Gate-Park zum Ocean Boulevard hinausfuhr. Die Arbeit ging nicht so zügig vorwärts, wie ich gewünscht hätte. Ich ließ den Roadster in einem guten Tempo den Boulevard entlanggleiten, und die Salzluft jagte einen Teil meiner Grillen davon.

Ein Mann mit groben Zügen und rötlichem Schnurrbart öffnete die Tür, als ich an Lillian Shans Haustür klingelte. Ich kannte ihn, es war Tucker, ein stellvertretender Sheriff.

»Höllo«, sagte er. »Was wolln S'?«

»Ich jage auch für sie.«

»Dann jagen S' man weiter«, grinste er. »Lassen S' sich durch mich nicht aufhalten.«

»Nicht zu Hause, was?«

»Nööh, die Schwedin, die für sie arbeitet, sagt, 'ne halbe Stunde, bevor ich hier ankam, is sie rein und gleich wieder raus, und ich bin jetzt vielleicht zehn Minuten hier.«

»Haben Sie 'n Haftbefehl für sie?« fragte ich.

»Das glaube ich, Sir! Ihr Chauffeur hat ›gesungen‹.«

»Ja, ich habe ihn gehört«, sagte ich. »Ich bin nämlich der kluge Knabe, der ihn eingefangen hat.«

Ich unterhielt mich noch ein paar Minuten mit Tucker und stieg dann wieder in den Roadster.

»Würden Sie unsere Agentur anrufen und Bescheid geben, wenn Sie sie verhaften?« fragte ich.

»Ja, Sie, darauf können S' sich verlassen!«

Ich lenkte den Roadster nach San Franzisko zurück.

Kurz hinter Daly City fuhr ein Taxi in entgegengesetzter Richtung an mir vorbei. Jack Garthornes Gesicht schaute durch das Fenster.

Ich trat auf die Bremse und winkte. Das Taxi wendete und kam zu mir zurück. Garthorne öffnete den Schlag, stieg aber nicht aus.

Ich stieg in der Mitte der Fahrbahn aus und ging zu ihm hinüber.

»Da wartet ein Sheriff-Stellvertreter in Miss Shans Haus, falls Sie auf dem Weg dahin sein sollten.«

Er riß seine blauen Augen auf, kniff sie dann aber zusammen und sah mich mißtrauisch an.

»Kommen Sie, wir gehn mal da drüben an den Straßenrand und unterhalten uns ein bißchen«, forderte ich ihn auf.

Er stieg aus dem Taxi, und wir gingen über die Straße auf zwei bequem aussehende Felsblöcke zu.

»Wo ist Lil- Miss Shan?« fragte er.

»Fragen Sie mal den Whistler«, schlug ich vor.

Dieses blonde Bürschchen war gar nicht sehr geschickt; es dauerte eine ganze Weile, bis er seinen Revolver gezogen hatte. Ich ließ ihm Zeit und wartete.

»Was meinen Sie damit?« fragte er drohend.

Ich hatte gar nichts gemeint. Ich hatte nur sehen wollen, wie diese Bemerkung ihn träfe. Ich schwieg.

»Hat der Whistler sie geschnappt?«

»Ich glaube nicht«, gestand ich, obgleich es mir leid tat. »Aber die Sache ist die, daß sie sich verstecken muß, um nicht für die Morde gehängt zu werden, die der Whistler gedeckt hat.«

»Gehängt?«

»A-h. Der Sheriff-Stellvertreter hat einen Haftbefehl für sie – wegen Mord.«

Er steckte seinen Revolver wieder weg, und aus seiner Kehle kamen glucksende Laute.

»Ich fahre sofort hin! Ich sage alles, was ich weiß!«

Er rannte auf sein Taxi zu.

»Warten Sie!« rief ich ihm nach. »Erzählen Sie *mir* lieber zuerst, was Sie wissen. Ich arbeite doch für sie, das wissen Sie ja.«

Er machte kehrt und kam zurück.

»Ja, das stimmt. Sie werden wissen, was man tun muß.«

»Also, was wissen Sie wirklich, wenn überhaupt?« fragte ich, als er vor mir stand.

»Ich weiß *alles*!« schrie er. »Von den Morden und dem Alkoholschmuggel und –«

»Langsam! Langsam! Es ist doch unsinnig, dieses Wissen an den Taxifahrer zu verschwenden.«

Er beruhigte sich, und ich begann ihn auszufragen. Es verging fast eine Stunde, bis ich alles aus ihm rausgeholt hatte.

Die Geschichte seines jungen Lebens, so wie er sie mir erzählte, hatte mit seinem Weggang von zu Hause begonnen, nachdem er den Prohi zusammengeschlagen hatte und deswegen dort in Ungnade gefallen war. Nach San Franzisko war er gekommen, um zu warten, bis sein Vater sich beruhigt hatte. In der Zwischenzeit unterstützte ihn seine Mutter mit Geld, schickte ihm aber nicht so viel, wie ein junger Mensch in einer wilden Stadt hätte brauchen können.

In dieser Situation war er zufällig auf den Whistler gestoßen, der ihm suggerierte, daß es für einen jungen Burschen mit Garthornes Aussehen ganz leicht sei, im Prohibitions-Geschäft durch Alkoholschmuggel schnell zu Geld zu kommen, wenn er nur tue, was man ihm sage. Garthorne willigte nur allzugern ein. Die Prohibition war ihm zuwider – sie war die Ursache der meisten seiner Unannehmlichkeiten. Alkoholschmuggel hatte einen romantischen Klang für ihn gehabt – Schüsse im Dunkeln, Lichtsignale von Steuerbord und so weiter.

Der Whistler hatte, so schien es, Schiffe und Schnaps und

wartende Kunden, aber seine Landeabmachungen waren ›defekt‹ geworden. Er hatte eine kleine Bucht unten an der Küste im Auge, ein idealer Landeplatz für ›hooch‹*. Sie war weder zu nah noch zu weit von San Franzisko entfernt, war zu beiden Seiten durch Felsspitzen geschützt und von der Straße durch ein großes Haus und hohe Hecken abgeschirmt. Stände ihm dieses Haus zur Verfügung, wären alle seine Schwierigkeiten behoben. Er könnte seinen Whisky in der Bucht landen, ins Haus laufen, ihn dort unauffällig wieder verpacken, ihn – durch den Vordereingang – in seine Automobile verladen und auf dem schnellsten Wege der durstigen Stadt zuführen.

Dieses Haus, hatte er Garthorne informiert, gehöre einer jungen Chinesin namens Lillian Shan, die es weder verkaufen noch vermieten wolle. Garthorne sollte ihre Bekanntschaft machen – der Whistler war bereits im Besitz eines Empfehlungsbriefes von einer ehemaligen Mitschülerin des Mädchens, einer Mitschülerin, die seit ihrer Studentenzeit ziemlich tief gesunken war – und versuchen, sich bis zu einem solchen Grade von Intimität mit ihr einzulassen, der ihm gestatten würde, ihr ein Angebot für die Benutzung des Hauses zu machen. Das heißt, er sollte herausfinden, ob sie zu der Sorte von Menschen gehörte, der man mit einem solchen mehr oder weniger offenen Angebot einer Gewinnbeteiligung am Spiel des Whistlers kommen konnte.

Garthorne hatte einen Teil durchgeführt, den ersten wenigstens, und war schon ziemlich intim mit dem Mädchen, als Lillian plötzlich nach dem Osten Amerikas abreiste und ihm in einer kurzen Nachricht mitgeteilt hatte, daß sie einige Monate wegbliebe. Für die Alkoholschmuggler war das wunderbar. Garthorne, der sich am nächsten Tag im Haus meldete, hatte erfahren, daß Wang Ma ihre Herrin begleitete und daß die drei andern Bediensteten zur Betreuung des Hauses zurückgeblieben waren.

* geschmuggelter Whisky

Das alles wußte Garthorne aus erster Quelle. An der Landung des Alkohols hatte er nicht teilgenommen, obgleich er das gern getan hätte. Aber der Whistler hatte ihm befohlen, sich fernzuhalten, um seine eigentliche Rolle wiederaufzunehmen, wenn das Mädchen zurückkäme.

Der Whistler hatte Garthorne erzählt, daß er die Hilfe der drei chinesischen Bediensteten gekauft habe, daß aber die Frau, in einem Streit über die Verteilung des Geldes, von den Männern getötet worden sei. Schmugglerware sei nur einmal während Lillian Shans Abwesenheit durch das Haus geschleust worden. Ihre unerwartete Rückkehr hatte alles blockiert. Es sei noch immer etwas ›Ware‹ im Haus gewesen. Man hatte sie und Wang Ma packen und in einen Wandschrank stecken müssen, bis man das Zeug weggebracht hatte. Die Erdrosselung Wang Mas sei ein Unfall gewesen – ein zu fest angezogener Strick.

Die schlimmste Komplikation war jedoch gewesen, daß die Landung einer zweiten Schiffsladung in der Bucht für den folgenden Dienstagabend angekündigt war, es aber keine Möglichkeit gegeben habe, dem Boot Nachricht zukommen zu lassen, daß der Platz gesperrt sei. Der Whistler hatte nach unserm Helden gesandt und ihm befohlen, das Mädchen aus dem Haus zu lotsen und es mindestens bis Mittwoch zwei Uhr morgens fernzuhalten.

Garthorne hatte sie an jenem Abend eingeladen, mit ihm nach Half Moon zu fahren, um dort zu Abend zu essen. Sie hatte zugesagt. Er hatte eine Motorpanne vorgetäuscht und sie bis zwei Uhr dreißig vom Hause ferngehalten, und der Whistler hatte ihm später erzählt, daß alles ohne Zwischenfall vor sich gegangen sei.

Von da an mußte ich raten, auf was Garthorne eigentlich hinauswollte, denn er stotterte und stammelte und quasselte hemmungsloser drauflos als zuvor. Ich glaube, es lief auf folgendes hinaus: über die moralische Seite dieses Spiels mit dem Mädchen hatte er nicht viel nachgedacht. Das Mädchen hatte keinen Reiz für ihn – zu streng und ernst, um wirklich weiblich zu erscheinen. Und er hatte nicht geheuchelt – hatte nichts mit ihr gehabt, was man einen Flirt hätte nennen können. Dann war ihm plötzlich bewußt geworden, daß *sie* nicht so uninteressiert war wie er. Das war ein Schock für ihn gewesen – ein Schock, dem er nicht gewachsen war. Zum ersten Mal sah er die Dinge richtig. Vorher hatte er es einfach für ein Gesellschaftsspiel gehalten. Zuneigung veränderte es – selbst wenn die Zuneigung gänzlich einseitig war.

»Ich habe dem Whistler heute nachmittag gesagt, daß ich nicht mehr mitmache«, schloß er.

»Wie hat ihm das gefallen?«

»Gar nicht sehr. Ich mußte ihn sogar schlagen.«

»Soo? – Und was hatten Sie als nächstes vor?«

»Ich wollte gerade zu Miss Shan, um ihr die Wahrheit zu sagen, und dann – dann habe ich gedacht, lasse ich mich lieber eine Zeitlang nicht mehr sehen.«

»Das halte ich auch für besser. Der Whistler schätzt es vielleicht nicht so sehr, geschlagen zu werden.«

»Aber jetzt noch nicht! Ich melde mich bei der Polizei und sage die Wahrheit.«

»*Das* lassen Sie mal!« riet ich ihm. »Das führt zu nichts. Sie wissen nicht genug, um ihr helfen zu können.«

Das entsprach nicht ganz der Wahrheit, weil er ja wußte, daß der Chauffeur und Hoo Lun nach ihrer Abreise noch im Hause gewesen waren. Aber ich wollte ihn noch nicht so schnell laufenlassen.

»An Ihrer Stelle«, fuhr ich fort, »würde ich mir ein stilles Versteck suchen und dort bleiben, bis Sie von mir hören. Kennen Sie so einen Ort?«

»Ja«, kam es zögernd. »Ich habe eine – eine Freundin, die mich verstecken wird – unten beim – beim Latin Quarter.«

»Beim Latin Quarter?« Das konnte Chinatown sein. Ich ging direkt auf mein Ziel los. »Waverly Place?«

Er zuckte zusammen.

»Woher wissen Sie?«

»Ich bin Detektiv. Ich weiß alles. Mal was von Chang Li Ching gehört?«

»Nein.«

Ich mußte an mich halten, um ihm nicht ins Gesicht zu lachen.

Als ich dieses Bürschchen zum ersten Mal sah, kam er gerade aus einem Haus am Waverly Place, wo in der Tür hinter ihm kurz das Gesicht einer Chinesin aufgetaucht war. Das Haus hatte sich gegenüber einem Lebensmittelgeschäft befunden. Die junge Chinesin, mit der ich bei Chang sprach, hatte sich als Sklavenmädchen ausgegeben und mich in das gleiche Haus eingeladen. Der ritterliche Jack war auf diesen Schwindel hereingefallen, wußte aber nicht, daß dieses Mädchen etwas mit Chang Li Ching zu tun hatte; wußte auch gar nichts von der Existenz Chang Li Chings und wußte auch nicht, daß Chang und der Whistler Komplizen waren. Jetzt ist Jack in Schwierigkeiten und will sich bei dem Mädchen verstecken!

Dieser Aspekt des Spiels gefiel mir gar nicht schlecht. Er spazierte in eine Falle, aber das war mir gleich – oder vielmehr hoffte ich, daß mir das helfen werde.

»Wie heißt denn Ihre Freundin?« fragte ich.

Er zögerte.

»Wie heißt die winzigkleine Frau, deren Tür gegenüber von dem Lebensmittelgeschäft liegt?« Ich drückte mich ganz klar aus.

»Hsiu Hsiu.«

»Sehr gut«, ermunterte ich ihn in seinem dummen Vorhaben. »Gehen Sie dorthin. Das ist ein ausgezeichnetes Versteck. Aber wie ist das? Wenn ich nun einen chinesischen Boten mit einer Nachricht zu Ihnen schicken will, wie wird er Sie finden?«

»Wenn man reinkommt, ist links vom Eingang eine Treppe. Die zweite und dritte Stufe muß er auslassen, weil sie mit einer Alarmvorrichtung versehen sind. Dasselbe gilt für das Treppengeländer. Im zweiten Stock muß er sich wieder links halten. Der Gang ist dunkel. Die zweite Tür rechts – auf der rechten Seite des Ganges – führt in ein Zimmer. An der gegenüberliegenden Wand ist ein Wandschrank und, hinter alten Kleidern verborgen, eine

Tür. In dem Zimmer dahinter halten sich meistens Leute auf, deshalb muß er warten, bis er eine Möglichkeit sieht, durchzukommen. Dieses Zimmer hat einen kleinen Balkon auf die Straße hinaus, zu dem man von beiden Seiten der Fenster her gelangen kann. Wenn man sich dicht am Boden hält, kann man von der Straße oder den andern Häusern her nicht gesehen werden. Am andern Ende des Balkons sind zwei lose Dielen. Unter diesen läßt man sich hinunter in ein kleines Geviert zwischen den Wänden. Die Falltür dort führt hinunter in einen ähnlichen Raum, wo ich wahrscheinlich sein werde. Aus diesem unteren Raum gibt es noch einen anderen Ausweg über eine Treppe, den ich aber nie benutzt habe.«

Ein schöner Irrgarten! Das Ganze hörte sich an wie ein Gesellschaftspiel für Kinder. Doch alle diese zusätzlichen Komplikationen hatten unseren jungen Freund nicht wankend gemacht. Er nahm die Sache ernst.

»Na, jetzt weiß ich Bescheid«, sagte ich. »Gehn Sie nur dorthin, sobald Sie können, und bleiben Sie dort, bis mein Bote kommt. Sie werden ihn schon erkennen; er schielt mit einem Auge, aber vielleicht gebe ich ihm auch besser noch ein Losungswort. *Fatum* – das ist das Wort. Und die Tür zur Straße? Ist sie abgeschlossen?«

»Nein, ich habe sie nie verschlossen gefunden. In dem Haus wohnen vierzig oder fünfzig, vielleicht sogar hundert Chinesen, darum nehme ich nicht an, daß die Tür je zugeschlossen wird.«

»Gut. Verschwinden Sie jetzt.«

Um zehn Uhr fünfzehn an diesem Abend stieß ich die Tür gegenüber dem Lebensmittelgeschäft am Waverly Place auf – eindreiviertel Stunden vor meiner Verabredung mit Hsiu Hsiu. Um neun Uhr fünfundfünfzig hatte Dick Foley telefoniert, daß der Whistler durch die rote Tür in der Spofford Alley gegangen sei.

Im Innern war es dunkel. Ich schloß die Tür ganz leise und konzentrierte mich auf die kindischen Anweisungen, die Garthorne mir gegeben hatte. Daß ich wußte, wie kindisch sie waren, nützte mir nichts, da ich ja keinen andern Zugang kannte.

Mit der Treppe hatte ich gewisse Schwierigkeiten, doch überwand ich die zweite und die dritte Stufe, ohne das Geländer zu berühren, und ging weiter nach oben. Ich fand die zweite Tür rechts in dem Gang, das Zimmer dahinter, mit dem Wandschrank, und auch die Tür im Wandschrank. Durch die Türritzen drang Licht. Ich horchte, hörte aber nichts.

Ich stieß die Tür auf – im Zimmer war niemand. Eine blakende Petroleumlampe stank dort. Das nächstliegende Fenster machte kein Geräusch, als ich es hinaufschob. Das war ungewollt – ein Quietscher hätte auf Garthorne, durch die dadurch heraufbeschworene Gefahr, Eindruck gemacht.

Ich kroch ganz dicht am Boden über den Balkon, gemäß den Instruktionen, und stieß auf die beiden losen Dielen, die über einem schwarzen Schacht lagen. Mit den Füßen voran ließ ich mich in einem schrägen Winkel hinuntergleiten, der das Hinunterkommen erleichterte. Es schien eine Art Versenkung zu sein, die diagonal durch die Wand geschnitten war. Es war stickig, und ich kann enge Löcher nicht leiden. Ich ließ mich schnell hinunter und gelangte in einen kleinen, langen und schmalen Raum, als wäre er in eine dicke Mauer eingelassen worden.

Licht gab es dort nicht. Meine Taschenlampe erhellte einen Raum von vielleicht fünfeinhalb Meter Länge und eineinviertel Meter Breite, der mit einem Tisch, einer Couch und zwei Stühlen möbliert war. Ich hob den einen Teppich an. Die Falltür war da – eine primitive Angelegenheit, die nicht vortäuschte, ein Teil des Fußbodens zu sein.

Flach auf dem Bauch, preßte ich ein Ohr an die Falltür. Kein Laut. Ich hob sie einige Zentimeter an. Dunkelheit und ein schwaches Gemurmel von Stimmen. Ich machte die Falltür weit auf und ließ sie leise auf den Boden hinunter. Ich steckte Kopf und Schultern in die Öffnung und entdeckte dann, daß es eine doppelte Anlage war. Unten war noch eine Falltür, die zweifellos in die Zimmerdecke des Raumes darunter paßte.

Vorsichtig ließ ich mich darauf hinunter. Sie gab unter meinem Fuß nach. Ich hätte mich noch wieder hochziehen können, aber da ich sie nun mal in Bewegung gesetzt hatte, zog ich es vor, weiterzumachen.

Ich stellte mich mit beiden Füßen darauf. Sie schwang nach unten – ich fiel ins Helle. Die Tür über meinem Kopf schnellte hinauf. Ich packte Hsiu Hsiu und hielt ihr gerade noch rechtzeitig den kleinen Mund zu, daß sie nicht schreien konnte.

»Hello«, sagte ich zu dem erschreckten Garthorne, »mein Bote hat heute seinen freien Abend, da bin ich selbst gekommen.«

»Hello«, brachte er mühsam hervor.

Dieser Raum war, wie ich jetzt sah, ein Duplikat des darüberliegenden, aus dem ich heruntergefallen war, ein zwischen zwei Mauern eingelassener Wandschrank, nur hatte dieser an einem Ende eine ungestrichene Tür.

Ich gab Hsiu Hsiu an Garthorne weiter.

»Beruhige sie«, befahl ich, »während – »

Das Klicken des Türriegels ließ mich verstummen. Ich sprang zur Wand neben den Türangeln, gerade als sie aufflog – die öffnende Person war durch die Tür verdeckt.

Die Tür wurde weit geöffnet, aber kaum weiter als Jack Garthornes blaue Augen oder sein Mund. Ich ließ die Tür gegen die Wand zurückschlagen und trat, meinen Revolver im Anschlag, hervor.

Das Urbild einer Königin stand dort!

Eine große Frau, hoch aufgerichtet und stolz. Ein schmetterlingsförmiger Kopfschmuck, übersät mit der Beute aus Dutzenden von Juwelengeschäften, übertrieb ihre Größe noch. Ihr Gewand war amethystfarben, oben mit Filigran geschmückt, darunter ein leuchtender Regenbogen. Die Kleider existierten gar nicht!

Nur *sie* war da – vielleicht kann ich es auf diese Weise klarmachen. Hsiu Hsiu war ein so perfektes kleines Exemplar weiblicher Schönheit, als sich nur denken läßt. Sie war vollkommen! Dann kommt diese Königin von Irgendwo – und Hsiu Hsius Schönheit war verschwunden. Sie war wie eine Kerze in der Sonne. Sie war noch immer hübsch – hübscher als die Frau an der Tür, wenn man schon vergleichen will –, aber man achtete gar nicht auf sie. Hsiu Hsiu war ein hübsches Mädchen: diese königliche Frau an der Tür – mir fehlen die Worte.

»Mein Gott!« flüsterte Garthorne heiser. »Das habe ich ja nie gewußt!«

»Was tun Sie hier?« fragte ich die Frau angriffig.

Sie hörte mich gar nicht. Sie blickte auf Hsiu Hsiu hinunter wie eine Tigerin auf eine streunende Katze. Hsiu Hsiu blickte zu ihr hinauf wie eine streunende Katze zu einer Tigerin. Schweiß stand auf Garthornes Gesicht, und sein Mund war der Mund eines Kranken.

»Was tun Sie hier?« wiederholte ich, indem ich näher an Lillian Shan herantrat.

»Ich bin da, wo ich hingehöre«, sagte sie langsam, ohne ihren Blick von der kleinen Sklavin wegzuwenden. »Ich bin zu meinem Volk zurückgekehrt.«

Das war ein ganz großer Blödsinn. Ich wandte mich an den glotzenden Garthorne.

»Gehen Sie jetzt mit Hsiu Hsiu in den oberen Raum und sorgen Sie dafür, daß sie den Mund hält, und wenn Sie sie erwürgen müßten. Ich möchte mit Miss Shan sprechen.«

Noch immer wie betäubt, schob er einen Tisch unter die Falltür, stieg hinauf, zog sich zur Decke hinauf und streckte einen Arm nach unten. Hsiu Hsiu trat um sich und kratzte, doch ich hob sie zu ihm hinauf. Dann schloß ich die Tür, durch die Lillian Shan hereingekommen war, und sah sie an.

»Wie sind Sie hierhergekommen?« verlangte ich zu wissen.

»Als ich Sie verlassen hatte, fuhr ich nach Hause, denn ich wußte, was Yin Hung aussagen würde, weil er mir das im Stellennachweis gesagt hatte. Und als ich nach Hause kam – als ich nach Hause kam, entschloß ich mich hierherzukommen, wo ich hingehöre.«

»Dummes Zeug! Als Sie nach Hause kamen«, korrigierte ich sie, »fanden Sie eine Nachricht von Chang Li Ching vor, in der er Sie bat – in der er Ihnen befahl, hierherzukommen.«

Sie sah mich an, sagte aber nichts.

»Was wollte Chang?«

»Er hat gedacht, er könne mir vielleicht helfen«, sagte sie, »und deshalb bin ich hiergeblieben.«

Noch mehr dummes Zeug.

»Chang hat Ihnen mitgeteilt, Garthorne sei in Gefahr – hätte mit dem Whistler gebrochen.«

»Dem Whistler?«

»Sie haben ein Abkommen mit Chang getroffen«, bezichtigte ich sie, ohne ihre Frage zu beachten. Es konnte sein, daß sie den Whistler nicht unter diesem Namen kannte.

Sie schüttelte den Kopf, daß die Ornamente an ihrem Kopfschmuck hin und her flogen.

»Es gab kein Abkommen«, sagte sie und hielt meinem Blick zu krampfhaft stand.

Ich glaubte ihr nicht. Und ich sagte ihr das auch.

»Sie haben Chang Ihr Haus gegeben – respektive zur Verfügung gestellt – , als Gegendienst für sein Versprechen, daß –«, ›der Bubi‹ waren die ersten Worte, die mir einfielen, aber ich besann mich noch und sagte: »– daß Garthorne vor dem Whistler sicher ist und daß Sie vor dem Gericht sicher sind.«

Sie richtete sich auf.

»So ist es.«

Ich merkte, daß ich schwach wurde. Dieser Frau, die wie eine Königin aussah, war nicht so leicht beizukommen, wie ich gern wollte. Ich rief mir mühsam ins Gedächtnis zurück, daß ich sie doch gekannt hatte, als sie wer weiß wie reizlos in ihrer männlichen Kleidung gewesen war.

»Man sollte Sie durchhauen!« fuhr ich sie an. »Haben Sie nicht so schon genug Unannehmlichkeiten gehabt, auch ohne sich jetzt noch mit einer Bande von chinesischen Gangstern einzulassen? Haben Sie den Whistler gesehen?«

»Es war ein Mann oben – wie er heißt, weiß ich nicht«, sagte sie.

Ich suchte in meinen Taschen und fand sein Foto, als er nach San Quentin geschickt worden war.

»Das ist er«, sagte sie zu mir, als ich es ihr zeigte.

»Einen feinen Partner haben Sie sich da ausgesucht«, tobte ich. »Was glauben Sie wohl, was das Ehrenwort von so einem wert ist?«

»Sein Wort gilt mir nichts. Ich habe Chang Li Chings Wort.«

»Das ist genauso schlimm. Die beiden sind Partner. Was war Ihre Abmachung?«

Sie trotzte von neuem, hoch aufgerichtet, halsstarrig, von oben herab. Weil sie mir mit diesem Mandschuprinzessinnengetue entschlüpfte, wurde ich ungehalten.

»Lassen Sie sich doch nicht Ihr Leben lang ausnutzen!« beschwor ich sie. »Sie glauben, Sie haben eine Vereinbarung getroffen. Man hat Sie reingelegt! Was glauben Sie wohl, wozu man Ihr Haus braucht?«

Sie versuchte, mich verächtlich anzusehen. Ich versuchte eine neue Art von Angriff.

»Jetzt hörn Sie mal zu. Wenn es Ihnen schon egal ist, mit wem Sie Verträge machen, machen Sie einen mit mir. Ich bin dem Whistler immerhin eine Gefängnisstrafe voraus. Wenn also sein Wort immer noch etwas gilt, sollte doch mein Wort geradezu unschätzbar wertvoll sein. Sagen Sie mir, wie die Abmachung war, und wenn sie halbwegs anständig ist, verspreche ich Ihnen, daß ich hier verschwinde und nichts unternehme. Wenn Sie mir aber nichts sagen, werde ich meinen Revolver aus dem ersten Fenster, das ich finden kann, leerschießen. Und Sie werden überrascht sein, wie viele Polizisten ein solcher Schuß in diese Gegend lockt und wie schnell sie da sein werden.«

Die Drohung ließ sie ein wenig erblassen.

»Wenn ich es sage, versprechen Sie, nichts zu unternehmen?«

»Sie haben eine Kleinigkeit ausgelassen«, erinnerte ich sie.

»Wenn ich finde, daß das Abkommen halbwegs anständig ist, werde ich schweigen.«

Sie biß sich auf die Lippen und preßte die Hände ineinander, und dann kam es heraus:

»Chang Li Ching ist einer der Führer der Antijapanischen Bewegung in China. Seit dem Tode von Sun Wen – oder Sun Yat-sen, wie er im Süden Chinas und hier in Amerika genannt wird – haben die Japaner ihren Einfluß auf die chinesische Regierung derartig verstärkt, daß er größer ist denn je. Es ist das Werk Sun Wens, das Chang Li Ching und seine Freunde weiterführen.

Da ihre eigene Regierung gegen sie ist, ist es eine dringende Notwendigkeit, so viele Patrioten wie möglich mit Waffen zu versorgen, um dem japanischen Angriff zur gegebenen Zeit Widerstand zu leisten. Dafür wird mein Haus gebraucht. Gewehre und Munition werden dort in Boote geladen und zu den Schiffen gebracht, die weit draußen vor Anker liegen. Dieser Mann, den Sie den Whistler nennen, ist der Besitzer der Schiffe, die die Waffen nach China bringen.«

»Und der Tod der Dienerinnen?« fragte ich.

»Wan Lan war eine Spionin für die chinesische Regierung – für die Japaner. Wang Mas Tod war, glaube ich, ein Unfall, obwohl auch sie unter dem Verdacht stand, eine Spionin zu sein. Für einen Patrioten ist der Tod eines Verräters eine Notwendigkeit, das begreifen Sie doch? Ihr Volk ist doch genauso, wenn Ihr Land in Gefahr ist.«

»Garthorne hat mir eine Schmugglergeschichte erzählt«, sagte ich. »Wie steht's denn damit?«

»Das hat er geglaubt«, sagte sie und lächelte zärtlich zu der Falltür hinauf, durch die er verschwunden war. »Das haben sie ihm erzählt, weil sie ihn nicht gut genug kannten, um ihm Vertrauen zu schenken. Darum haben sie ihn auch beim Verladen nicht helfen lassen.«

Eine ihrer Hände löste sich und legte sich auf meinen Arm. »Nun werden Sie doch weggehen und schweigen?« flehte sie. »Diese Dinge verstoßen gegen das Gesetz Ihres Landes, aber würden Sie nicht auch das Gesetz eines andern Landes brechen, um das Leben Ihres eignen Landes zu retten? Haben nicht vierhundert Millionen Menschen das Recht, eine fremde Rasse zu bekämpfen, die sie ausbeuten will? Seit den Tagen Tao-Kuangs* ist mein Land der Spielball aggressiver Nationen gewesen. Sollte da für einen chinesischen Patrioten ein Preis zu hoch sein, um diese Periode der Ehrlosigkeit zu beenden? Sie werden doch der Freiheit meines Volkes nicht im Wege stehen?«

»Ich hoffe, Sie werden gewinnen«, sagte ich, »aber Sie sind reingelegt worden. Die einzigen Waffen, die durch Ihr Haus gegangen sind, heißen Profite! Es würde ein Jahr dauern, um eine Schiffsladung da durchzubringen. Möglich, daß Chang Waffen nach China verschifft. Das könnte sein. Aber dann gehen sie nicht durch Ihr Haus.

An dem Abend, an dem ich da war, liefen Kulis durch – aber sie kamen nicht rein, sie liefen raus. Sie kamen vom Strand und fuhren in Automobilen davon. Vielleicht transportiert der Whistler Waffen für Chang nach China und bringt Kulis mit zurück. Das dürfte ungefähr der Dreh sein. Er bringt die Waffen nach China und seine eigene Ware zurück – Kulis und zweifelsohne Opium –, wobei er den ganz großen Profit durch die Rückfahrt macht. Das Waffengeschäft ist nicht profitabel genug, um interessant für ihn zu sein.

Die Waffen würden ganz normal an einem Pier, als etwas andres deklariert, verladen werden. Ihr Haus wird für die Rückfahrt benutzt. Chang mag in das Kuli- und Opium-Geschäft verwickelt sein, oder auch nicht, aber es ist doch ein leichtes für ihn, den Whistler machen zu lassen, was er will, solange er die Waffen für ihn transportiert. Jetzt sehen Sie, daß Sie reingelegt worden sind!«

»Aber –«

»Nichts aber! Sie helfen Chang, am Kulihandel beteiligt zu sein. Und meine Vermutung ist, daß Ihre Dienstboten nicht

* chinesischer Kaiser (1821–1851)

umgebracht worden sind, weil sie Spione waren, sondern weil sie sich nicht kaufen lassen wollten.«

Sie war kreidebleich und schwankte. Doch ich ließ sie nicht zu sich kommen. »Glauben Sie, daß Chang dem Whistler traut? Schienen sie befreundet zu sein?«

Ich wußte wohl, er konnte ihm nicht trauen, aber ich wollte etwas ganz Bestimmtes.

»Nein«, sagte sie zögernd. »Es war da die Rede von einem verlorengegangenen Boot.«

Das war gut.

»Sind sie noch beisammen?«

»Ja.«

»Wie komme ich da hin?«

»Die Treppe hinunter, durch den Keller – ganz geradeaus – und auf der anderen Seite zwei halbe Treppen hinauf. Sie waren in dem Zimmer rechts vom zweiten Treppenabsatz!«

Gott sei Dank hatte ich zum ersten Mal eine genaue Orientierungsangabe.

Ich sprang auf den Tisch und klopfte gegen die Decke.

»Kommen Sie runter, Garthorne, und bringen Sie Ihren Schützling mit.

Daß sich keiner von Ihnen hier wegrührt, bis ich wieder da bin«, sagte ich zu dem Bubi und Lillian Shan, als wir alle wieder beieinander waren. »Hsiu Hsiu nehme ich mit. Los, komm mit, Puppe, ich will, daß du mit jedem Schurken sprichst, mit dem ich zusammenkomme. Jetzt besuchen wir Chang Li Ching, hast du verstanden?« Ich schnitt Gesichter. »Ein Schrei von dir, und –« Ich legte meine Finger um ihren Hals und drückte sie ein bißchen zu.

Sie kicherte, was die Wirkung ein wenig abschwächte.

»Auf zu Chang«, befahl ich. Und sie bei einer Schulter nehmend, schob ich sie zur Tür.

Wir gingen in den dunklen Keller hinunter, gingen zur andern Seite hinüber, fanden dort die andern Treppen und stiegen hinauf. Wir kamen nur langsam vorwärts. Die eingebundenen

Füße des Mädchens eigneten sich nicht für eine schnelle Gangart.

Auf dem ersten Treppenabsatz, wo wir umbiegen mußten, um zum zweiten Stock hinaufzugehen, brannte ein trübes Licht. Wir waren gerade umgebogen, als wir Tritte hinter uns hörten.

Ich hob das Mädchen über zwei Stufen weg, aus dem Licht, kauerte neben ihr nieder und hielt sie fest. Vier Chinesen in zerknitterter Straßenkleidung kamen den Korridor im ersten Stock entlang, gingen achtlos an unserer Treppe vorbei und weiter.

Hsiu Hsiu öffnete ihr rotes Blütenmündchen und stieß einen gellenden Schrei aus, den man drüben in Oakland hätte hören können.

Ich fluchte, ließ sie los und rannte die Treppe hinauf. Die vier Chinesen hinter mir her. Oben auf dem Treppenabsatz tauchte einer von Changs massigen Ringern auf – eine dreißig Zentimeter lange Stahlrute in seiner Pratze. Ich sah mich um.

Hsiu Hsiu saß auf der untersten Stufe, den Kopf über der Schulter, und probierte verschiedene Arten von Gekreisch und von Schreien aus, ihr lachendes Puppengesicht strahlend vor Vergnügen. Einer der heraufkommenden Chinesen entsicherte einen Selbstlader.

Meine Beine trugen mich hinauf, dem Menschenfresser oben an der Treppe entgegen.

Als er sich tief über mich hinunterbeugte, ballerte ich los.

Meine Kugel riß ihm die Gurgel auf.

Ich tätschelte sein Gesicht mit meinem Revolver, als er an mir vorbei hinuntertaumelte.

Eine Hand packte eine meiner Fesseln.

Ich klammerte mich an das Geländer und stieß meinen anderen Fuß mit aller Kraft rückwärts. Etwas hielt meinen Fuß zurück. Aber nichts konnte mich zurückhalten.

Eine Kugel splitterte etwas von der Decke ab, als ich oben an der Treppe ankam und auf die Tür rechts lossprang.

Ich riß sie auf und stürzte, Kopf voran, ins Zimmer.

Der andere der beiden mächtigen Menschenfresser fing mich

auf – fing meine über hundertachtzig Pfund auf wie ein Junge einen Gummiball.

An der gegenüberliegenden Wandseite fuhr Chang Li Ching sich mit seinen dicken Fingern durch seinen dünnen Bart und lächelte mir zu. Neben ihm fuhr ein Mann, den ich als den Whistler kannte, von seinem Stuhl hoch. Ein Zucken lief über sein gerötetes Gesicht.

»Der Fürst der Jäger sei willkommen«, sagte Chang und fügte noch etwas auf Chinesisch für den Menschenfresser hinzu, der mich hielt.

Der Menschenfresser stellte mich auf die Füße, drehte sich um und schloß die Tür vor meinen Verfolgern.

Der Whistler setzte sich wieder, seine rotgeäderten Augen mißtrauisch auf mich gerichtet und sein gedunsenes Gesicht bar jeden Vergnügens.

Ich steckte erst meinen Revolver wieder ein, bevor ich zu Chang hinüberging. Auf meinem Gang durch das Zimmer fiel mir etwas auf.

Die Samtvorhänge hinter des Whistlers Stuhl bauschten sich ein ganz klein wenig, so wenig, daß jemand, der das nicht vorher schon einmal gesehen hatte, es gar nicht bemerkt hätte. Chang traute also seinem Komplizen nicht!

»Ich habe hier etwas, was ich Ihnen zeigen möchte«, sagte ich zu dem alten Chinesen, als ich vor ihm stand, oder vielmehr vor dem Tisch, hinter dem er saß.

»Das Auge ist in der Tat besonders bevorzugt, das etwas erblicken darf, was der Vater der Rächer mitgebracht hat.«

»Es ist mir zu Ohren gekommen«, sagte ich, während ich in die Tasche griff, »daß nicht alles, was nach China unterwegs ist, auch dort ankommt.«

Der Whistler sprang wieder von seinem Stuhl auf. Sein Mund war verzerrt und sein Gesicht ein schmutziges Rosa. Chang Li Ching sah ihn an, und er setzte sich wieder.

Ich zog die Fotografie des Whistlers heraus, der in einer Gruppe von Japanern stand, den Orden der Aufgehenden Sonne auf seiner Brust. In der Hoffnung, daß Chang nichts von dem Schwindel gehört hatte und nicht wußte, daß der Orden eine Fälschung war, ließ ich die Fotografie auf den Tisch fallen.

Der Whistler renkte sich den Hals aus, konnte aber das Bild nicht sehen.

Chang Li Ching betrachtete es lange über seine gefalteten Hände hinweg. Seine alten Augen waren klug und freundlich, sein Gesichtsausdruck gütig. Kein Muskel bewegte sich in seinem Gesicht. Sein Blick blieb unverändert.

Die Nägel seiner rechten Hand ritzten langsam eine rote Schramme quer über seinen linken Handrücken.

»Es ist wahr«, sagte er leise, »daß die Anwesenheit eines Weisen Weisheit erfordert.«

Er entfaltete seine Hände, nahm die Fotografie auf und hielt sie dem grobschlächtigen Mann hin. Der Whistler griff danach. Sein Gesicht färbte sich grau, seine Augen quollen heraus.

»Mein Gott, das ist doch –« begann er, hielt inne, ließ die Fotografie in seinen Schoß fallen und sackte vernichtet in sich zusammen.

Das verblüffte mich. Ich hatte einen hitzigen Disput erwartet und geglaubt, Chang überzeugen zu müssen, daß der Orden keine Fälschung sei, was er ja war.

»Dafür können Sie jeden Preis von mir verlangen, den Sie wollen«, sagte Chang Li Ching zu mir.

»Ich verlange, daß Lillian Shan und Garthorne von jedem Verdacht befreit werden, und ich verlange Ihren dicken Freund hier und alle andern, die in die Morde verwickelt sind.«

Changs Augen schlossen sich eine Sekunde – das erste Zeichen von Abspannung, das ich in seinem runden Gesicht gesehen hatte.

»Sie können sie haben«, sagte er.

»Das Abkommen, das Sie mit Miss Shan getroffen haben, wird damit natürlich ungültig«, erklärte ich. »Ich werde vielleicht einen kleinen Beweis brauchen, um sicherzugehen, daß ich dieses

Baby hier endlich hängen kann«, sagte ich, mit einer Kopfbewegung zum Whistler hinüber.

Chang lächelte verträumt.

»Ich bedaure sehr, aber das ist nicht möglich.«

»Warum –?« begann ich und hielt inne.

Der Vorhang hinter dem Whistler bauschte sich nicht mehr, wie ich sah. Eins der Stuhlbeine glitzerte im Licht. Eine rote Lache breitete sich auf dem Fußboden unter ihm aus. Ich brauchte seinen Rücken gar nicht erst zu sehen, um zu realisieren, daß es für ihn kein Hängen mehr gab.

»Das ändert die Situation«, sagte ich und stieß einen Stuhl zum Tisch hinüber. »Jetzt können wir miteinander verhandeln.«

Ich setzte mich, und wir verhandelten miteinander.

Zwei Tage später war alles zur Zufriedenheit von Polizei, Presse und Publikum geklärt. Der Whistler wurde, so hörte ich, schon seit Stunden tot, in einer dunklen Straße gefunden. Er war in einem Kampf zwischen Alkoholschmugglern durch einen Messerstich in den Rücken getötet worden, so hörte ich. Hoo Lun wurde gefunden. Der goldzahnige Chinese, der Lillian Shan die Tür aufgemacht hatte, wurde gefunden. Fünf andere wurden auch gefunden. Jeder dieser sieben, mit Yin Hung, dem Chauffeur, bekam zum Schluß lebenslänglich. Sie waren die Leute des Whistlers gewesen, und Chang opferte sie, ohne mit der Wimper zu zucken. Sie hatten genausowenig Belastungsmaterial für Changs Mitschuld wie ich und konnten deshalb nichts gegen ihn unternehmen, obwohl sie wußten, daß das meiste Belastungsmaterial gegen sie von Chang stammte.

Niemand außer dem Mädchen, Chang und mir wußte, welche Rolle Garthorne gespielt hatte, und so zählte er nicht mit und war frei, den größten Teil seiner Zeit im Hause des Mädchens zu verbringen.

Gegen Chang hatte ich keinerlei Beweismaterial, konnte auch keins auftreiben. Ungeachtet seines Patriotismus hätte ich sonstwas gegeben, um diesen alten Knaben hinter Schloß und Riegel zu bringen. Aber ich hatte keine Chance gehabt, ihn auf irgend etwas festzunageln, und so mußte ich mich denn mit einem Vergleich zufriedengeben, in dem er mir alles auslieferte, außer sich selbst und seine Freunde.

Was aus Hsiu Hsiu, dem schreienden Sklavenmädchen, geworden ist, weiß ich nicht. Sie hätte verdient, ungeschoren davonzukommen. Ich war versucht zurückzugehen und Chang nach ihr zu fragen, ließ es dann aber lieber sein. Chang hatte nämlich erfahren, daß der Orden auf dem Foto eine Fälschung war. Ich hatte einen Brief von ihm:

> Grüße und Große Liebe dem Enthüller von Geheimnissen, von einem, dessen leidenschaftlicher Patriotismus und angeborene Dummheit sich verbündet haben, um ihn so zu verblenden, daß er ein wertvolles Werkzeug zerbrach, und der zuversichtlich hofft, daß die Zufälle weltlichen Handels seinen schwachen Geist nie wieder mit dem unwiderstehlichen Willen und dem blendenden Intellekt des Kaisers der Verwirrer konfrontieren werden.

Das kann nun jeder auffassen, wie es ihm gefällt. Ich aber kenne den Briefschreiber, und ich gestehe ganz offen, daß ich aufgehört habe, in chinesischen Restaurants zu essen, und daß ich heilfroh wäre, wenn ich Chinatown nie wiedersähe.

Corkscrew Cañon

Kochend heiß wie eine Kaffeekanne, ehe wir fünf Meilen hinter Filmer waren, trug mich der Postbus Richtung Süden, hinein in die gleißende Hitze und den scharfen weißen Staub der Wüste von Arizona.

Ich war der einzige Passagier. Dem Fahrer war ebensowenig nach Reden zumute wie mir. Den ganzen Morgen fuhren wir durch das kakteengespickte, salbeiübersäte Backofenland, ohne ein Wort, außer wenn der Fahrer fluchte, daß er anhalten mußte, um seiner rasselnden Maschine mehr Wasser zu geben. Der Wagen kroch durch sanften rieselnden Sand, wand sich zwischen steilwandigen roten *mesas* durch, tauchte in ausgetrocknete *arroyos* ein, wo staubbedeckte *mesquite* im Glast wie weiße Spitze aussah, und schob an scharfkantigen *barrancos* vorbei.

Die Sonne stieg höher in den metallenen Himmel. Je höher sie kam, desto größer und heißer wurde sie. Ich fragte mich, wieviel heißer sie noch werden müßte, um die Patronen in dem Revolver unter meinem Arm explodieren zu lassen. Nicht daß das wichtig war – wenn es noch heißer würde, würden wir sowieso alle in die Luft fliegen: Wagen, Wüste, Fahrer und ich, alle würden wir mit einem einzigen Sprengblitz ins Jenseits donnern. Und wenn schon, mir war's egal.

So war mir zumute, als wir einen langen Hang hinaufackerten, einen scharfen Grat überstiegen und nach Corkscrew hinunterrutschten.

Corkscrew wäre zu keiner Zeit umwerfend gewesen. An diesem weißglühenden Sonntagnachmittag war es tödlich. Eine einzige sandige Straße, der gebogenen Kante des Tirabuzón Cañons, des Corkscrew Cañons, folgend, von dem die Stadt ihren Namen erhalten hatte. ›Stadt‹ nannte sich dieser Ort, aber

›Dorf‹ wäre schon geschmeichelt gewesen: fünfzehn oder achtzehn schäbige Gebäude, entlang der schiefen Straße hingehauen, mit baufälligen Bretterbuden, die sich gegen sie lehnten oder in der Nähe kauerten und versuchten, sich aus dem Staub zu machen.

Auf der Straße schmorten vier staubige Automobile. Zwischen zwei Gebäuden konnte ich eine Koppel sehen, wo ein halbes Dutzend Pferde unter einem Dach die Köpfe hängenließen. Kein Mensch war zu sehen. Sogar der Busfahrer, einen schlappen und anscheinend leeren Postsack in der Hand, war in einem Gebäude mit der Aufschrift *Adderly's Emporium* verschwunden.

Ich klaubte meine beiden graugepuderten Reisetaschen auf, stieg aus und ging über die Straße – dorthin, wo ein verwittertes Schild mit den kaum noch erkennbaren Worten *Cañon House* über der Tür eines zweistöckigen, mit Blech gedeckten Ziegelbaus hing.

Ich ging durch die weiträumige, ungestrichene und menschenleere Veranda und stieß mit dem Fuß eine Tür auf. Sie führte in einen Speiseraum, wo ein Dutzend Männer und eine Frau beim Essen an wachstuchgedeckten Tischen saßen. In einer Ecke des Raums war ein Kassiererpult und an der Wand dahinter ein Schlüsselbrett. Zwischen Brett und Pult saß auf einem Hocker ein dicklicher Mann, dessen spärlicher Haarrest genau den gleichen Farbton wie seine bleiche Haut hatte, und tat so, als sähe er mich nicht.

»Ein Zimmer und 'ne Menge Wasser«, sagte ich, indem ich meine Taschen absetzte.

»Ihr Zimmer können Sie haben«, brummte der Bleiche, »aber Wasser tut Ihnen gar nichts nützen. Hier können Sie gar nicht so schnell saufen und schrubben, wie Sie wieder durstig und dreckig sind. Himmelarsch, wo ist denn das Anmeldebuch?«

Er konnte es nicht auftreiben, deshalb schob er mir über das Pult einen alten Briefumschlag zu. »Schreiben Sie die Anmeldung da auf die Rückseite. Bleiben Sie länger?«

»Höchstwahrscheinlich.«

Ein Stuhl fiel hinter mir um.

Ich drehte mich um, als sich ein schlaksiger Mann mit riesigen roten Ohren, die Hände auf den Tisch gestützt, aufrichtete. »Ladies un Schentlemen«, lallte er feierlich, »de Zeit iss jekomm', daß ihr euer sündijes Leben ändat un euern Strickstrumpf rausholt, wa? Jesetz und Ordnung iss in 'nen Bezirk Orilla einjekehrt!«

Der Betrunkene verbeugte sich vor mir, stieß seinen Teller mit Spiegeleiern um und setzte sich wieder hin. Die anderen Tischgäste applaudierten, indem sie mit Messern und Gabeln auf die Tische trommelten.

Ich musterte sie, während sie mich musterten. Eine richtige Raupensammlung: wettergegerbte Reiter, vierschrötige Arbeiter, Männer mit der teigigen Farbe von Nachtarbeitern. Das einzige weibliche Wesen im Raum gehörte nicht nach Arizona. Es war ein dünnes Mädchen von vielleicht fünfundzwanzig, mit allzu glänzenden dunklen Augen, kurzem dunklem Haar und auf eine schrille Weise hübsch, was zeigte, daß sie aus einer größeren Siedlung als dieser hier kam. Man sieht sie oder ihre Schwestern sonst in den größeren Städten, in den Lokalen, wo erst etwas los ist, wenn die Theater aus sind.

Der Mann neben ihr war ein Cowboy aus dieser Gegend – ein drahtiger Bursche, Anfang zwanzig, nicht sehr groß, mit blaßblauen Augen, die in einem so dunkelgebräunten Gesicht überraschend waren. Seine Züge waren von klargeschnittener Regelmäßigkeit, ein bißchen zu perfekt.

»Also Sie sind der neue Deputy?« fragte der Bleiche meinen Hinterkopf.

Da hatte also jemand mein Geheimnis in aller Öffentlichkeit gewahrt!

»Ja.« Ich versteckte meinen Ärger unter einem Grinsen, das ihn und die Gäste einbezog. »Aber jetzt würd ich auf der Stelle meinen Stern hergeben für Zimmer und Wasser, Sie wissen schon ...«

Er nahm mich mit durch den Speiseraum nach oben in ein Zimmer mit Bretterwänden, hinten im ersten Stock, sagte: »Das wär's« und ließ mich allein.

Ich tat mit dem Wasser in einem Krug auf dem Waschständer, was ich konnte, um mich von dem weißen Staub zu befreien, der sich auf mir angesammelt hatte. Dann grub ich ein graues Hemd und einen Cordanzug aus meinem Gepäck aus und schnallte mir meine Waffe unter die linke Achsel, wo sie kein Geheimnis sein würde.

In jeder Seitentasche meines Jacketts verstaute ich eine 32er Automatic, kleine plattnasige Dinger, nicht viel besser als Spielzeug. Weil sie so klein waren, konnte ich sie da tragen, wo sie immer griffbereit waren, ohne an die große Glocke zu hängen, daß die Waffe unter meiner Achsel nicht mein gesamtes Arsenal war.

Der Speiseraum war leer, als ich wieder nach unten kam. Der bleiche Miesling, der das Etablissement führte, steckte den Kopf aus einer Tür.

»Irgendeine Aussicht, was zu essen zu kriegen?« fragte ich.

»Wohl kaum.« Dabei wies er mit dem Kopf auf ein Schild mit der Aufschrift: ›Mahlzeiten morgens 6 bis 8, mittags 12 bis 2, abends 5 bis 7 Uhr.‹

»Sie können oben bei der Kröte spachteln – wenn Sie nicht wählerisch sind«, fügte er säuerlich hinzu.

Ich ging über die Veranda, die für Müßiggänger zu heiß war, hinaus auf die Straße, die aus dem gleichen Grund wie ausgestorben war. Ich fand das Lokal der Kröte gegen die Wand eines großen einstöckigen Ziegelgebäudes gedrängt, dem *Border Palace* groß über die ganze Front gemalt war.

Es war eine kleine Bude – drei Holzwände, die an der Ziegelwand des *Border Palace* klebten –, vollgestopft mit einer Imbißtheke, acht Hockern, einem Herd, ein paar Kochutensilien, der Hälfte aller Fliegen der Welt, einem eisernen Bettgestell hinter einem halb zugezogenen Vorhang aus Sackleinen und dem

Besitzer. Das Innere war einmal weiß gestrichen gewesen. Jetzt hatte es die Farbe von Rauch und Fett, bis auf die selbstgemalten Schilder, die verkündeten: ›Speisen zu jeder Tageszeit – kein Kredit‹, nebst den Preisen von verschiedenen Gedecken. Diese Schilder waren gelbgrau und fliegengesprenkelt.

Der Besitzer war ein kleiner Mann, alt, mager, dunkelhäutig, runzlig und munter.

»Der neue Sheriff?« fragte er, und als er grinste, sah ich, daß er keine Zähne mehr hatte.

»Sein Stellvertreter«, räumte ich ein, »und außerdem hab ich Hunger. Ich esse alles, was Sie haben, was nicht zurückbeißt und schnell geht.«

»Alles klar!« Er wandte sich zu seinem Herd und fing an, mit Töpfen herumzuklappern.

»Wir brauchen Sheriffs«, sagte er über die Schulter.

»Sind Sie gepiesackt worden?«

»Mich piesackt keiner, das sag ich Ihnen!« Er holte mit sehniger Hand nach einem Zuckerfaß aus, das unter dem Regal hinter der Theke stand. »Mann, denen geb ich's aber!«

Der Kolben einer Schrotflinte ragte aus dem Faß hervor. Ich zog sie heraus: eine doppelläufige Schrotflinte mit abgesägten Läufen; auf kurze Entfernung eine gemeine Waffe.

Ich ließ sie an ihren Platz zurückgleiten, als der Alte anfing, das Essen vor mich hinzuknallen.

Mit dem Essen im Bauch und einer brennenden Zigarette ging ich wieder auf die krumme Straße hinaus. Aus dem *Border Palace* kam das Klicken von Billardkugeln. Ich folgte dem Geräusch durch die Tür.

In einem großen Raum standen vier Männer über zwei Billardtische gebeugt, während fünf oder sechs andere auf Stühlen an der Wand saßen und ihnen zusahen. An einer Seite des Raumes war ein Tresen aus Eiche. Durch eine offene Tür im Hintergrund hörte man, wie Karten gemischt wurden.

Ein gewichtiger Mann, dessen Wanst in einer weißen Weste

steckte und auf dessen Hemdenbrust ein Brillant funkelte, kam auf mich zu, wobei sein rotes Gesicht mit Dreifachkinn in ein berufsmäßig joviales Lächeln zerfloß.

»Bardell der Name«, begrüßte er mich, indem er eine fette und mit glänzenden Nägeln besetzte Hand ausstreckte, an der weitere Brillanten glitzerten. »Das ist mein Schuppen hier. Freut mich, Sie kennenzulernen, Sheriff! Wir brauchen Sie, weiß Gott, und ich hoffe, Sie können recht viel Ihrer Zeit hier verbringen. Diese Knacker« – und er gluckste, indem er zu den Billardspielern hinübernickte – »spielen manchmal ganz schön verrückt.«

Ich ließ ihn meinen Arm auf und nieder pumpen.

»Darf ich Sie den Jungs vorstellen«, fuhr er fort und drehte sich, einen Arm um meine Schultern gelegt, um. »Dies sind die Reiter von der Circle H. A. R.« – er winkte mit ein paar seiner Ringe den Billardspielern zu –, »außer diesem Typ da vom Milk River, er ist Zureiter und schaut drum vom hohen Roß herab auf die gewöhnlichen Arbeiter.«

Der Typ vom Milk River war der schlanke junge Mann, der im Speiseraum des *Cañon House* neben dem Mädchen gesessen hatte. Seine Kumpel waren jung – wenn auch nicht ganz so jung wie er –, von Sonne und Wind gezeichnet, mit Säbelbeinen in hochhackigen Stiefeln. Buck Small war semmelblond und glotzäugig, Smith war kurz und semmelblond, Dunne ein langer Ire.

Die Männer, die dem Spiel zuschauten, waren fast alle Arbeiter aus der Orilla Colony oder Leute von einigen der kleineren Ranches in der Nachbarschaft. Mit zwei Ausnahmen: Chick Orr, kurz, untersetzt, mit schweren Armen, formloser Nase, Blumenkohlohren, goldenen Schneidezähnen und den knorrigen Händen eines Preisboxers, sowie Gyp Rainey, eine Ratte mit fliehendem Kinn, dem man von weitem den Kokser ansah.

Von Bardell dirigiert, ging ich in das Hinterzimmer, um die Pokerspieler kennenzulernen. Es waren nur vier da. Die anderen Kartentische, die Keno-Einrichtung und der Würfeltisch waren unbesetzt.

Einer der Spieler war der Betrunkene mit den großen Ohren,

der mir im Hotel die Willkommensrede gehalten hatte. Slim Vogel war sein Name. Er war auch einer von der Circle H. A. R., so wie Red Wheelan, der neben ihm saß. Beide waren stockbesoffen. Der dritte Spieler war ein stiller Mann, auch nicht mehr ganz jung, namens Keefe. Nummer vier war Mark Nisbet, ein blasser, schlanker Mann. Er sah aus, als wäre ihm ›Berufsspieler‹ quer über den Leib geschrieben: von seinen braunen Augen mit den schweren Lidern bis zu der schlanken Sicherheit seiner weißen Finger.

Nisbet und Vogel waren sich wohl nicht grün.

Nisbet mußte geben, und der Pott war schon eröffnet. Vogel, der doppelt so viele Chips hatte wie die anderen, legte zwei Karten ab.

»Diesmal aber beide von oben!« – und er sagte es nicht sehr liebenswürdig. Nisbet teilte die Karten aus, verriet aber mit keiner Miene, daß er die Frechheit mitgekriegt hatte. Red Wheelan nahm drei Karten. Keefe paßte. Nisbet zog eine. Wheelan setzte. Nisbet blieb drin. Vogel erhöhte. Wheelan ging mit. Nisbet erhöhte. Vogel ging noch einmal drüber. Wheelan ging raus. Nisbet erhöhte wieder.

»Ich wette, *dein* Blatt hast du auch von oben genommen«, knurrte Vogel Nisbet an und legte noch mal anständig zu.

Nisbet wollte sehen. Er hatte zwei Paar As. Der Kuhtreiber drei Neunen.

Vogel lachte dröhnend, als er die Chips einkassierte. »Wenn ich 'n Sheriff hinter dir halten könnte, der dich die ganze Zeit im Auge hat, würd ich mich gesundstoßen!«

Nisbet tat so, als ob er fleißig seine Chips ordnete. Ich fühlte mit ihm. Er hatte sein Blatt lau gespielt, aber wie kann man sonst gegen einen Betrunkenen spielen?

»Wie gefällt Ihnen denn unser Städtchen?« fragte mich Red Wheelan.

»Hab noch nicht viel davon gesehen«, wich ich aus. »Das Hotel, die Imbißstube – mehr hab ich noch nicht zu sehen gekriegt.«

Wheelan lachte. »Also waren Sie bei der Kröte? Das ist Slims Spezi!«

Alle lachten, auch Slim Vogel, nur Nisbet nicht.

»Slim hat mal versucht, die Kröte um 'n paar Cents für Kaffee und Kuchen zu bescheißen. Er sagt', er hätt's vergessen, aber wahrscheinlich wollte er sich verdrücken. Egal, am nächsten Tag, da erscheint die Kröte, ein abgesägtes Schießeisen unterm Arm, und macht auf der Ranch 'nen Riesenwirbel. Er hat dieses Mordinstrument fünfzehn Meilen durch die Wüste geschleppt, zu Fuß, um seine paar Cents einzukassieren. Und das hat er auch getan! Er hat Slim seine paar Cents weggenommen, genau da zwischen der Koppel und der Unterkunft – mit vorgehaltener Kanone, sozusagen!«

Slim Vogel grinste reuig und kratzte sich an einem seiner großen Ohren.

»Der alte Ballerkopp kam hinter mir her, grad als wenn ich 'n verdammter Dieb wär! Wenn er 'n Mann gewesen wär, hätt ich ihn eher zur Hölle geschickt, als es ihm zu geben. Aber was kann man mit 'nem alten Löwen machen, der nicht mal mehr Zähne hat, womit er dich beißen kann?«

Seine Triefaugen kehrten zum Tisch zurück, und das Lachen auf seinen schlaffen Lippen verwandelte sich in ein höhnisches Grinsen. »Machen wir 'n Spielchen«, knurrte er und starrte dabei Nisbet an. »Diesmal ist 'n ehrlicher Mann mit 'm Geben dran!«

Bardell und ich gingen zurück zum vorderen Teil des Gebäudes, wo die Cowboys immer noch die Kugeln herumschubsten. Ich setzte mich auf einen der Stühle an der Wand und ließ sie um mich herum reden. Die Unterhaltung war nicht gerade munter. Jeder konnte merken, daß ein Fremder dabei war.

Das mußte ich erst einmal ändern. »Haben Sie 'ne Ahnung«, fragte ich niemand persönlich, »wo ich ein Pferd auftreiben könnte? Eins, das nicht zu biestig ist für einen Sonntagsreiter?«

»Sie könnten eins in Echlins Stall bekommen«, sagte Milk River langsam und begegnete meinem festen Blick mit blauen Augen, in denen kein Falsch war, »obwohl der wahrscheinlich nichts dahat, was lange leben wird, wenn Sie's eilig haben. Ich will Ihnen was sagen – der Peery draußen auf der Ranch hat 'n Indianerpferd, das wär was für Sie. Er wird's nich hergeben wollen, aber wenn Sie 'n paar Riesen mitnehmen und ihm damit vor der Nase rumfuchteln, kommen Sie vielleicht ins Geschäft.«

»Sie wollen mich doch nicht auf ein Pferd bugsieren, mit dem ich nicht fertigwerde, nicht wahr?« fragte ich.

Seine hellen Augen wurden ausdruckslos. »Ich will Sie gar nicht bugsieren, Mister«, sagte er. »Sie wollten was wissen, ich hab's Ihnen gesagt. Aber ich kann Ihnen auch gern noch sagen, daß jeder, der's in 'nem Schaukelstuhl aushält, auch auf diesem Indianer da sitzen kann.«

»Prima. Ich gehe morgen raus.«

Milk River legte stirnrunzelnd sein Queue hin. »Mir fällt grad ein, der Peery geht morgen runter zum unteren Camp. Ich will Ihnen was sagen – wenn Sie nichts Besseres vorhaben, können wir jetzt gleich mal hinzischen.«

»Gut«, sagte ich und stand auf.

»Ihr Jungs geht nach Haus?« fragte Milk River seine Kumpanen.

»Ja«, sagte Smith beiläufig. »Wir müssen morgen früh raus, ich schlag vor, wir sollten mal rausschaukeln. Ich seh mal nach, ob Slim und Red schon fertig sind.«

Sie waren es nicht. Vogels unangenehme Stimme kam durch die offene Tür. »Mich kriegt hier keiner weg! Ich hab diese Klapperschlange schon am Schwanz, und gleich muß er's riskieren, von unten zu ziehen, wenn er seine Haut retten will. Und genau da drauf warte ich bloß! Sobald er anfängt zu fummeln, schlitz ich ihm die Gurgel auf!«

Smith kam zu uns zurück.

»Slim und Red sind noch 'ne Weile am Spielen zugange. Sie halten sich 'n Wagen an, wenn sie genug haben.«

Milk River, Smith, Dunne, Small und ich verließen den *Border Palace*.

Drei Schritt von der Tür stürzte sich ein gebückter Mann mit weißem Schnurrbart in einem kragenlosen, steifbrüstigen Hemd auf uns.

»Mein Name ist Adderly«, stellte er sich vor, indem er mir eine Hand entgegenstreckte, während er mit der anderen in Richtung von *Adderly's Emporium* wedelte. »Haben Sie 'n Moment Zeit? Ich möchte Sie mit ein paar Leuten bekannt machen.«

Die Männer von der Circle H. A. R. gingen unterdessen langsam zu einem der Wagen auf der Straße.

»Können Sie ein paar Minuten warten?« rief ich ihnen nach.

Milk River sah sich um. »Ja. Wir müssen dem Schlitten noch Sprit und Wasser geben. Lassen Sie sich ruhig Zeit.«

Adderly führte mich zu seinem Laden und redete dabei auf mich ein. »Ein Teil der anständigen Bürger sind bei mir – weiß Gott, fast alle. Diese Leute werden Ihnen den Rücken stärken, wenn Sie die Gottesfurcht in Corkscrew einführen wollen. Wir haben diesen ewigen Terror gründlich satt.«

Wir gingen durch seinen Laden, über einen Hof und in sein Haus. Dort waren ein Dutzend oder mehr Leute.

Der Reverend Dierks – ein hochgewachsener, abgezehrter Mann mit verkniffenem Mund in einem langen, dünnen Gesicht – hielt mir eine Rede. Er nannte mich Bruder, erzählte mir, was für ein verruchter Ort Corkscrew wäre, und er erzählte mir, er und seine Freunde wären bereit, durch ihren Eid dafür zu sorgen, daß Haftbefehle ausgestellt werden könnten für eine Reihe von Leuten, die in den letzten zwei Jahren mehr als sechzig Verbrechen begangen hätten.

Er hatte eine Liste von den Leuten da, mit Namen, Daten und Uhrzeiten, die er mir vorlas. Jeder, den ich an diesem Tag getroffen hatte – die Menschen hier ausgenommen –, war mindestens einmal auf dieser Liste, zusammen mit einer Menge Namen, die ich nicht kannte. Die Verbrechen reichten von Mord bis Trunkenheit und obszönem und gotteslästerlichem Reden.

»Wenn Sie mir diese Liste geben, schau ich mir das mal genau an«, versprach ich.

Er gab sie mir, aber er ließ sich nicht mit Versprechungen abspeisen. »Auch nur eine Stunde lang versäumen, das Böse zu bestrafen, heißt, ein Komplize jenes Bösen zu sein, Bruder. Sie sind in dem Hause gewesen, das von Bardell betrieben wird. Sie haben gehört, wie der Sonntag durch das Klicken der Billardkugeln entweiht wird. Sie haben den faulen Geruch von illegalem Rum in dem Atem der Männer gerochen! Schlagen Sie jetzt zu, Bruder! Lassen Sie nicht zu, daß man sagt, Sie haben das Böse vom ersten Tag an in Corkscrew entschuldigt! Gehen Sie hinein in jene teuflischen Häuser, und tun Sie Ihre Pflicht als ein Vertreter des Gesetzes und als Christ!«

Er war ein Geistlicher, deshalb mochte ich nicht lachen.

Ich sah die anderen an. Sie saßen – Männer und Frauen – auf den Stuhlkanten. Auf ihren Gesichtern war der gleiche Ausdruck, den man um einen Boxring herum sieht, unmittelbar bevor der Gong ertönt.

Mrs. Echlin, die Gattin des Mietstallbesitzers, eine Frau mit eckigem Gesicht und eckiger Figur, fing meinen Blick mit ihren kieselharten Augen. »Und diese unverschämte Rothaarige, die sich Señora Gaia nennt – und die drei Flittchen, die sich als ihre Töchter ausgeben! Als Deputy taugen Sie nichts, wenn Sie die noch eine Nacht länger in ihrem Haus lassen – damit sie die Männer des Bezirks Orilla verseuchen!«

Die anderen nickten mit Nachdruck.

Miss Janey, die Lehrerin, mit falschen Zähnen und säuerlicher Miene, gab auch ihren Senf dazu: »Und sogar noch schlimmer als diese – diese Kreaturen – ist jene Clio Landes! Schlimmer, weil jene – jene Schlampen« – sie sah zu Boden, brachte ein Erröten zustande, wobei sie aus den Augenwinkeln zum Pfarrer hinüberschielte –, »jene Schlampen wenigstens offen das sind, was sie sind. Während die – wer weiß denn, wie schlecht die wirklich ist?«

»Ich weiß nichts über sie«, begann Adderly, doch seine Frau würgte ihn ab.

»Aber ich!« blaffte sie. Sie war eine große Frau mit Damenbart, deren Korsettage sich mit Höckern und Spitzen unter ihrem glänzenden schwarzen Kleid abzeichnete. »Miss Janey hat vollkommen recht.«

»Steht diese Clio Landes auf Ihrer Liste?« fragte ich, da ich mich nicht daran erinnerte.

»Nein, Bruder, das tut sie nicht«, sagte der Reverend Dierks bedauernd. »Aber nur, weil sie raffinierter ist als die anderen. Es stünde in der Tat besser um Corkscrew ohne sie – eine Frau von offensichtlich niederer Moral und ohne sichtbares Einkommen, die mit unseren schlimmen Elementen verkehrt.«

»Freut mich, Sie kennengelernt zu haben, meine Herrschaften«, sagte ich, indem ich die Liste faltete und in die Tasche steckte. »Und ich bin froh zu wissen, daß Sie hinter mir stehen.«

Ich schob mich langsam in Richtung Tür und hoffte, ohne weiteres Palaver wegzukommen. Keine Chance. Der Reverend Dierks blieb mir auf den Fersen. »Holen Sie jetzt aus, Bruder! Tragen Sie jetzt Gottes Krieg hinein in Bordell und Spielhölle!«

»Ich bin froh, Ihre Unterstützung zu haben«, sagte ich, »aber ich werd mir nicht alle gleichzeitig vornehmen – jedenfalls im Augenblick nicht. Was diese Liste angeht, die Sie mir gegeben haben – ich werd tun, was ich für nötig halte, nachdem ich sie geprüft habe, aber ich habe nicht vor, mir über eine Menge kleiner Vergehen, die vor einem Jahr passiert sind, groß den Kopf zu zerbrechen. Ich fange von Null an. Mich interessiert, was von heute an passiert. Bis später.« Und ich ging weg.

Das Auto der Cowboys stand vor dem Laden, als ich herauskam.

»Ich hab die anständigen Bürger kennengelernt«, erklärte ich, als ich mich zwischen Milk River und Buck Small setzte.

Milk Rivers braunes Gesicht warf Fältchen um die Augen herum. »Dann wissen Sie ja Bescheid, was für 'n Gesocks wir sind«, sagte er.

Mit Dunne am Steuer trug uns der Wagen in südlicher Richtung aus Corkscrew hinaus, und dann nach Westen am sandigen und felsigen Grund einer flachen Senke entlang. Der Sand war tief, und es gab viele Steine; wir kamen nicht sehr gut voran. Nach anderthalb Stunden Geschüttel, Schwitzen und Keuchen in dieser Senke kletterten wir heraus und fuhren zu einer größeren und grüneren Senke hinüber.

Hinter einer Kurve in dieser Senke lagen die Gebäude der Circle H. A. R. Wir stiegen unter einem niedrigen Vordach aus dem Automobil aus, wo schon ein anderer Wagen stand. Ein muskelbepackter, schwerknochiger Mann kam um ein weißgekalktes Gebäude herum auf uns zu. Sein Gesicht war viereckig und dunkel. Sein kurzgeschnittener Schnurrbart und seine tiefliegenden kleinen Augen waren dunkel. Dies, erfuhr ich, war Peery, der die Ranch für den Eigentümer, der im Osten lebte, managte.

»Er will ein liebes, sanftes Pferd haben«, sagte Milk River zu Peery, »und da ham wir gedacht, Sie könnten ihm Ihren Rollo verkaufen. Das ist der bravste Gaul, von dem ich je gehört hab.«

Peery schob seinen Sombrero aus der Stirn und wippte auf den Absätzen. »Was wollen Sie denn für das Pferd anlegen?«

»Wenn's mir gefällt«, sagte ich, »bin ich bereit zu zahlen, was es kosten soll.«

»Nicht schlecht«, sagte er. »Ich schlag vor, einer von euch Jungs hängt dem Indianer ein Seil um den Hals und bringt ihn her, damit der Gentleman ihn sich angucken kann.«

Smith und Dunne schoben zusammen ab und taten so, als wären sie nicht besonders eifrig bei der Sache.

Die beiden Kuhtreiber kamen sofort zurückgeritten, den Indianer zwischen sich, schon mit Sattel und Zügeln. Ich bemerkte, daß sie ihn auf beiden Seiten am Seil hielten. Es war ein Pony mit schlaksigen Gliedern und hatte die Farbe einer unreifen Zitrone, mit traurig hängendem Kopf und Römernase.

»Das ist er«, sagte Peery. »Probieren Sie ihn aus, und dann reden wir über *dinero.*«

Ich schnippte meine Zigarette weg und ging zu dem Gaul

hinüber. Sein eines Auge warf mir einen traurigen Blick zu, er drehte ein Ohr in meine Richtung und starrte weiter bedröppelt zu Boden. Dunne und Smith nahmen die Seile von ihm ab, und ich stieg in den Sattel.

Rollo stand still unter mir, bis die anderen Pferde von seiner Seite weggegangen waren.

Dann zeigte er mir, was er konnte.

Er stieg gerade in die Luft – und blieb dort lange genug hängen, um sich umzudrehen, bevor er wieder herunterkam. Er stellte sich auf die Vorderbeine und dann auf die Hinterbeine, und dann hing er frei in der Luft. Ich mochte das nicht, aber eine Überraschung war es auch nicht. Ich hatte gewußt, daß ich ein Lamm war, das zur Schlachtbank geführt wurde. Es war das dritte Mal, daß es mir passierte. Ich konnte es ebensogut hinter mich bringen. Ein Städter auf dem Land kommt früher oder später auf so einen üblen Knochen zu sitzen. Ich bin ein Städter, aber ich kann ein Pferd reiten, wenn es mitmacht. Aber wenn das Pferd nicht unter mir bleiben will – dann gewinnt das Pferd.

Rollo war drauf und dran zu gewinnen. So dumm war ich auch nicht, meine Kraft damit zu verschwenden, gegen ihn zu kämpfen.

Als er also das nächstemal hochstieg, rutschte ich runter und machte mich schlaff, um den Sturz abzufangen.

Smith hatte den gelben Gaul gefangen und hielt ihn am Kopf fest, als ich meine Knie von der Stirn wegnahm und aufstand.

Peery, der auf seinen Hacken kauerte, sah mich stirnrunzelnd an. Milk River betrachtete Rollo mit einem Blick, der totale Verblüffung ausdrücken sollte.

»Was haben Sie bloß mit Rollo angestellt, daß er sich so aufführt?« fragte mich Peery.

»Vielleicht hat er nur Spaß gemacht«, schlug ich vor. »Ich werd's noch mal mit ihm probieren.«

Wieder stand Rollo still und traurig da, bis ich fest im Sattel saß. Dann brach er unter mir in Zuckungen aus – bis ich kopfüber in ein dichtes Gebüsch flog.

Ich stand auf und rieb mir die linke Schulter, mit der ich auf einen Stein aufgeschlagen war. Smith hielt den Gaul. Die Gesichter aller fünf Männer waren ernst und feierlich – zu ernst und feierlich.

»Der mag Sie vielleicht nich besonders«, meinte Buck Small.

»Könnte schon sein«, gab ich zu, als ich zum drittenmal in den Sattel kletterte.

Jetzt lief der zitronenfarbene Teufel auf vollen Touren und wurde ehrgeizig. Er ließ mich länger an Bord als vorher, damit sich das Runterschmeißen mehr lohnte.

Mir war kotzübel, als ich vor Peery und Milk River zu Boden ging. Ich brauchte eine Weile, um mich aufzurappeln, und mußte einen Moment stillstehen, bis ich Boden unter meinen Füßen spürte.

»Halten Sie ihn einen Augenblick«, setzte ich an.

Peerys schwere Gestalt ragte vor mir auf. »Das reicht«, sagte er. »Ich will nicht, daß Sie dran glauben müssen.«

»Weg da«, knurrte ich. »Mir macht das Spaß. Ich will mehr davon.«

»Sie besteigen mir meinen Gaul nicht mehr«, knurrte er zurück. »So rauhe Spiele ist er nicht gewöhnt. Sie könnten ihn verletzen, wenn Sie beim Runterfallen nicht aufpassen.«

Ich versuchte an ihm vorbeizukommen. Er versperrte mir mit einem dicken Arm den Weg. Ich zog die rechte Faust gegen sein dunkles Gesicht ab.

Er wich zurück, vollauf damit beschäftigt, sich auf den Beinen zu halten.

Ich ging hinüber und zog mich zu Rollo hinauf.

Inzwischen hatte ich das Vertrauen des Gauls gewonnen. Wir waren alte Kumpel. Er hatte nichts dagegen, mir seine Geheimnisse zu zeigen. Er tat Dinge, zu denen ein Pferd unmöglich fähig ist.

Ich landete in demselben Dickichthaufen, der mich schon einmal vorher aufgenommen hatte, und blieb gleich da.

Ich wußte nicht, ob ich wieder hätte hochkommen können,

wenn ich gewollt hätte. Aber ich wollte gar nicht. Ich machte die Augen zu und ruhte aus. Da ich nun mal nicht geschafft hatte, was ich mir vorgenommen hatte, war ich bereit aufzugeben.

Small, Dunne und Milk River schleppten mich ins Haus und legten mich auf ein Feldbett. »Ich glaub nicht, daß dieses Pferd besonders gut für mich wäre«, sagte ich zu ihnen. »Vielleicht seh ich mir besser ein andres an.«

»Lassen Sie sich doch nich gleich entmutigen«, riet mir Small.

»Mann, Sie liegen besser flach und ruhn sich aus«, sagte Milk River. »Sie fallen glatt auseinander, wenn Sie anfangen rumzulaufen.«

Ich folgte seinem Rat.

Als ich aufwachte, war es Morgen, und Milk River stieß mich an.

»Meinen Sie, Sie können zum Frühstück aufstehen, oder soll ich's Ihnen ans Bett bringen?«

Ich bewegte mich vorsichtig, bis ich feststellte, daß ich noch ganz war. »So weit kriech ich schon noch.«

Er setzte sich gegenüber auf ein Bett und drehte sich eine Zigarette, während ich mir die Schuhe anzog – außer meinem Hut die einzigen Sachen, in denen ich nicht geschlafen hatte.

Plötzlich sagte er: »Ich hab immer die Vorstellung gehabt, jemand, der nich mal 'ne Zeit auf 'm Gaul obenbleiben kann, also daß mit dem nich viel los sein kann. Ich seh da jetzt nich mehr so klar. Sie könn' ja überhaupt nich reiten und werden's auch nie lernen. Sie haben scheints nich den geringsten Dunst davon, was man tun muß, wenn man mitten auf 'm Tier sitzt. Aber immerhin, ein Typ, der sich von 'nem Bronco dreimal mit Caracho in 'nen Dreck schmeißen läßt und sich dann noch mit einem anlegt, der versucht, ihn davon abzuhalten, daß er so weitermacht, der ist nich ganz ohne.«

Er steckte sich die Zigarette an und knickte das Streichholz in der Mitte durch. »Ich hab 'nen Fuchs, den können Sie für hundert Dollar haben. Er hat kein Interesse dran, mit Kühen umzugehen, aber er ist 'n richtiges Pferd und nich falsch.«

Ich langte in meinen Gürtel und schob ihm fünf Zwanziger rüber.

»Sehn Se sich den besser erst mal an«, wandte er ein.

»Sie haben ihn ja gesehen«, gähnte ich und stand auf. »Wo gibt's denn Frühstück?«

Sechs Männer waren in der Freßbude beim Essen, als wir hereinkamen. Drei von ihnen waren Arbeiter, die ich noch nicht kannte. Peery, Wheelan und auch Vogel waren nicht dort. Milk River stellte mich den Fremden als den Sturzflug-Deputy vor, und zwischen den Happen, die der einäugige chinesische Koch auf den Tisch stellte, war das Essen fast ausschließlich Frotzeleien über meine Reitkünste gewidmet.

Mir war's recht. Ich war wund und steif, aber meine Schrammen waren nicht umsonst. Ich hatte mir einen Platz in dieser Wüstengemeinschaft erkauft und vielleicht einen oder zwei Freunde gewonnen.

Wir hingen dem nach draußen ziehenden Rauch unserer Zigaretten nach, als galoppierende Hufe eine Staubwolke die Senke hinauftrieben.

Red Wheelan glitt vom Pferd und wankte aus der Sandwolke hervor. »Slim ist tot!« sagte er heiser.

Ein halb Dutzend Stimmen überschütteten ihn mit Fragen. Schwankend versuchte er, sie zu beantworten. Er war bis obenhin voll.

»Nisbet hat ihn erschossen. Ich hab davon gehört, wie ich heute morgen aufgewacht bin. Er ist heute früh erschossen worden – vor Bardells Kneipe. Ich bin da gestern so gegen Mitternacht weg und bin runter zu Gaia. Ich hab heute morgen davon gehört. Ich bin hinter Nisbet her, aber« – er stierte dumpf auf seinen leeren Gürtel – »Bardell hat mir den Revolver weggenommen.«

Wieder schwankte er. Ich fing ihn auf und stützte ihn.

»Pferde!« brüllte Peery über mich hinweg. »Wir gehen in die Stadt!«

Ich ließ Wheelan los und drehte mich um.

»Wir gehen in die Stadt«, wiederholte ich, »aber bitte keine Dummheiten, wenn wir ankommen. Das ist mein Job.«

Peery starrte mir in die Augen.

»Slim gehörte zu uns«, sagte er.

»Genau. Und der ihn umgebracht hat – der gehört mir«, sagte ich.

Das war alles zu dem Thema, aber ich war nicht überzeugt davon, daß sie kapiert hatten.

Eine Stunde später stiegen wir vor dem *Border Palace* ab.

Ein langer, dünner, in eine Decke gehüllter Körper lag auf zwei zusammengeschobenen Tischen. Halb Corkscrew war da. Hinter der Bar zeigte sich Chick Orrs ramponiertes Gesicht, hart und wachsam. Gyp Rainey saß in einer Ecke und drehte sich mit zittrigen Fingern, die den Boden mit Tabakkrümeln sprenkelten, eine Zigarette. Neben ihm, ohne sich um irgend etwas zu scheren, saß Mark Nisbet.

»Bei Gott, bin ich froh, daß Sie da sind«, sagte Bardell zu mir, dessen fettes Gesicht nicht ganz so rot war wie am Tag vorher. »Damit, daß Männer vor meiner Haustür umgelegt werden, muß Schluß sein, und das ist Ihre Aufgabe!«

Ich hob einen Zipfel der Decke hoch und sah mir den Toten an. In seiner Stirn über dem rechten Auge war ein kleines Loch.

»War der Doktor da?« fragte ich.

»Ja«, sagte Bardell. »Doc Haley hat ihn gesehen, konnte aber nichts mehr machen. Er muß schon tot gewesen sein, ehe er umkippte.«

»Können Sie Haley holen lassen?«

»Ich schätze, ja.« Bardell rief Gyp Rainey zu: »Lauf über die Straße und sag Doc Haley, der Deputy will mit ihm sprechen.«

Gyp ging beklommen durch die Cowboys hindurch, die sich an der Tür drängten, und verschwand.

»Was wissen Sie über die Sache, Bardell?« fing ich an.

»Gar nichts«, sagte er entschieden und erzählte dann, was er wußte. »Nisbet und ich waren im Hinterzimmer und zählten die

Tageseinnahmen. Chick brachte die Bar auf Vordermann. Sonst war niemand hier. Kann sein, es war so gegen halb zwei.

Wir hörten den Schuß – direkt vorn, und rannten natürlich alle nach draußen. Chick war am nächsten, deshalb kam er als erster an. Slim lag auf der Straße – tot.«

»Und was passierte dann?«

»Nichts. Wir schafften ihn hier rein. Adderly und Doc Haley – der wohnt direkt gegenüber – und die Kröte von nebenan hatten den Schuß auch gehört, und sie kamen raus und – und das war's.«

Ich wandte mich an Gyp.

»Bardell hat alles gesagt.«

»Keine Ahnung, wer ihn erschossen hat?«

»Nee.«

Ich sah Adderlys weißen Schnurrbart vorn im Raum auftauchen und setzte ihn als nächsten auf die Zeugenbank. Er konnte rein gar nichts beitragen. Er hatte den Schuß gehört, war aus dem Bett gesprungen, hatte sich Hosen und Schuhe angezogen und war gerade rechtzeitig gekommen, um zu sehen, wie Chick neben dem Toten kniete. Er hatte überhaupt nichts gesehen, was Bardell nicht schon erwähnt hatte.

Dr. Haley war noch nicht da, als ich mit Adderly fertig war, ich war aber noch nicht soweit, mir Nisbet vorzuknöpfen. Von den andern schien keiner irgend etwas zu wissen.

»Bin in 'ner Minute zurück«, sagte ich und ging durch die Cowboys an der Tür auf die Straße.

Die Kröte war gerade dabei, seiner Bude eine Reinigung zu verpassen, die sie bitter nötig hatte.

»Gute Arbeit«, lobte ich ihn. »Das war auch mal nötig.«

Er kletterte von der Theke herunter, auf der er gestanden hatte, um an die Decke zu reichen. Wände und Fußboden waren schon vergleichsweise sauber.

»Ich mein, soo dreckig war es auch nich«, grinste er und entblößte dabei seine leeren Zahnleisten, »aber wenn der Sheriff zum Essen reinkommt und über meine Kneipe die Nase rümpft, was soll ich 'n da machen, da muß ich ihr ja saubermachen.«

»Wissen Sie was über den Mord?«

»Klar weiß ich was. Ich bin in meinem Bett und ich hör den Schuß. Ich raus aus meinem Bett, greif mir das Schießeisen da und renn zur Tür. Da ist dieser Slim Vogel auf der Straße, und dieser Chick Orr da kniet neben ihm. Ich steck den Kopf raus. Da sind Bardell und dieser Nisbet, und die stehn in ihrer Tür.

Mr. Bardell sagt: ›Wie geht's ihm?‹

Dieser Chick Orr, der sagt: ›Der is hinüber.‹

Dieser Nisbet, der sagt gar nichts, und denn dreht er sich um und geht wieder rein. Und denn kommt der Doktor und Mr. Adderly, und ich raus, und denn guckt der Doktor ihn an und sagt, er ist tot, und denn haben wir 'n in Mr. Bardell sein Lokal getragen.«

Das war alles, was die Kröte wußte. Ich ging zum *Border Palace* zurück. Dr. Haley – ein aufgeregter kleiner Mann – war da.

Er wäre von dem Schuß wachgeworden, sagte er, aber er hatte nichts gesehen, was die andern mir nicht schon gesagt hatten. Es war eine 38er-Kugel. Der Tod war auf der Stelle eingetreten. Das war das.

Ich saß auf einer Ecke des Billardtisches, Nisbet gegenüber. Füße scharrten auf dem Boden hinter mir, und ich konnte die Spannung spüren.

»Was können Sie mir sagen, Nisbet?« fragte ich.

»Nichts, was Ihnen helfen könnte«, sagte er, seine Worte langsam und sorgfältig wählend. »Sie waren doch am Nachmittag hier und haben Slim, Wheelan, Keefe und mich spielen sehen. Naja, das ging weiter so. Er gewann eine Menge Geld – oder glaubte wohl, daß es 'ne Menge war –, solange wir Poker spielten. Aber Keefe ging vor Mitternacht, und Wheelan kurze Zeit später. Kein andrer wollte mehr mitspielen, und uns fehlte sozusagen eine Hand fürs Pokern. Also hörten wir auf damit und spielten ein bißchen Highcard. Ich hab den Vogel gerupft, bis auf den letzten Cent. Es war gegen eins, als er ging, sagen wir, eine halbe Stunde, bevor er erschossen wurde.«

»Sie und Vogel kamen gut miteinander aus?«

Der Spieler schielte zu mir hoch und blickte wieder zu Boden. »Sie wissen doch Bescheid. Sie haben ja mitgekriegt, wie er mit mir umgesprungen ist. Naja, er machte so weiter – vielleicht war er zum Schluß noch ein bißchen gröber.«

»Und Sie haben sich das gefallen lassen?«

»Genau. Ich lebe vom Kartenspielen, nicht von Schlägereien.«

»Am Tisch gab es also keinen Krach?«

»Das hab ich nicht gesagt. Es hat Krach gegeben. Er griff nach seinem Revolver, nachdem ich ihn ausgenommen hatte.«

»Und Sie?«

»Ich hab schneller gezogen als er – seinen Revolver genommen – die Kugeln rausgenommen – ihm das Ding zurückgegeben – und ihm dann gesagt, er soll abhauen.«

»Und Sie haben ihn erst wiedergesehen, als er schon tot war?«

»So ist es.«

Ich ging zu Nisbet hinüber und streckte meine Hand aus.

»Kann ich mal Ihren Revolver sehen?«

Er ließ ihn flink unter dem Jackett hervor – Griff voran – in meine Hand gleiten. Ein 38er Smith & Wesson, alle sechs Kammern geladen.

»Verlieren Sie den nicht«, sagte ich, als ich ihn zurückgab. »Kann sein, ich brauche ihn noch.«

Peerys Gebrüll ließ mich herumfahren. Im Umdrehen ließ ich die Hände in meine Rocktaschen gleiten, so daß sie auf den 32er Spielzeugdingern lagen.

Peerys rechte Hand war nah an seinem Hals, auffällig weit entfernt von dem Revolver, der, wie ich wußte, unter seiner Weste steckte. Seine Leute hinter ihm waren zum Kampf ebenso bereit wie er.

»So stellt sich das vielleicht ein Deputy vor, was gemacht werden muß«, bellte Peery, »aber ich nicht! Dieses Stinktier hat Slim umgelegt. Slim hat hier zuviel Geld rausgeschleppt. Dieses Stinktier hat ihn abgeknallt, ohne ihm auch nur 'ne Chance zu geben, seine Waffe zu ziehen, und hat sein schmutziges Geld wieder zurückgeholt. Wenn Sie meinen, wir warten –«

»Vielleicht hat jemand etwas gesehen, was ich noch nicht weiß«, fiel ich ihm ins Wort. »Wie die Dinge jetzt stehen, hab ich nicht genug Beweise, um Nisbet zu überführen.«

»Scheiß auf Ihre Beweise! Tatsachen sind Tatsachen, und Sie wissen genau, daß dieser –«

»Die erste Tatsache, die Sie zur Kenntnis nehmen sollten«, unterbrach ich ihn wieder, »ist, daß ich den Laden hier schmeiße, und zwar so, wie ich das für richtig halte. Was dagegen?«

»'ne ganze Menge!« Ein abgewetzter 45er erschien in seiner Faust. Revolver sprossen aus den Händen der Männer hinter ihm.

Ich trat zwischen Peerys Revolver und Nisbet und genierte mich wegen des lächerlichen Plop-Plop, das meine 32er, verglichen mit dem Gebrüll der Revolver gegenüber, machen würden.

»Was ich gut fände« – Milk River war von seinen Genossen weggetreten und sah sie, die Ellenbogen auf die Bar gelehnt, an, einen Revolver in jeder Hand, etwas Schnurrendes in seiner schleppenden Stimme –, »das wäre, daß jeder, der mit unserem Sturzflug-Deputy Blei tauschen will, damit wartet, bis er dran ist. Immer hübsch der Reihe nach, so stell ich mir das vor. Mir gefällt das nich, daß alle Mann auf ihn losgehn.«

Peerys Gesicht lief purpurrot an.

»Und was mir nicht gefällt«, bellte er den Burschen an, »ist ein Grünschnabel, der die Männer, mit denen er reitet, im Stich läßt!«

Milk River wurde rot, aber seine Stimme hatte immer noch dieses schleppende Schnurren.

»Mister, was Ihnen gefällt und was Ihnen nich gefällt, das kommt mir so verdammt ähnlich vor, daß ich's nich auseinanderhalten kann. Und vergessen Sie ja nich, daß ich keiner von Ihren Kulis bin. Ich hab einen Vertrag, 'n paar Pferde für Sie zuzureiten, für zehn Dollar pro Stück. Davon abgesehen, hab ich mit Ihnen und Ihren Leuten nichts zu kriegen.«

Die Aufregung war vorüber. Der Kampf, der sich schon zusammengebraut hatte, war jetzt totgeredet.

»Dein Vertrag ist vor genau anderthalb Minuten abgelaufen«, teilte Peery Milk River mit. »Du kannst dich noch ein einziges Mal bei der Circle H. A. R. sehen lassen – nämlich wenn du kommst, um das Zeug, das du da noch hast, abzuholen. Mit dir bin ich fertig.«

Er reckte mir sein kantiges Kinn entgegen. »Und Sie brauchen nicht denken, das wär schon alles!«

Er machte auf dem Absatz kehrt, und seine Leute trabten hinter ihm her zu ihren Pferden.

Eine Stunde später saßen Milk River und ich in meinem Zimmer im *Cañon House* und redeten. Ich hatte in die Bezirkshauptstadt gemeldet, daß es hier etwas für den Untersuchungsrichter zu tun gab, und hatte einen Platz gefunden, wo Vogels Leiche bis zu seiner Ankunft bleiben konnte.

»Können Sie mir sagen, wer die großartige Neuigkeit verbreitet hat, daß ich Deputy bin?« fragte ich Milk River. »Das sollte nämlich geheim bleiben.«

»Wirklich? Da wär niemand drauf gekommen. Unser Mr. Turney hat zwei Tage lang nichts andres zu tun gehabt, wie rumzulaufen und allen Leuten zu erzählen, was passiert, wenn der neue Deputy kommt.«

»Wer ist denn dieser Turney?«

»Er ist der Boß von den Leuten der *Orilla Colony Company* hier.«

Also der hiesige Filialleiter meiner Auftraggeber hatte meinen Job ausposaunt!

»Was Besonderes in den nächsten Tagen zu tun?« fragte ich.

»Nichts wirklich Besonderes.«

»Ich hab da noch 'ne Stelle auf der Gehaltsliste frei für jemand, der sich in der Gegend auskennt und mich ein bißchen rumführen kann.«

»Erst mal muß ich wissen, um was das Spiel geht, bevor ich

setze«, sagte er langsam. »Normaler Deputy sind Sie doch nich, und hierher gehören tun Sie auch nich. Es geht mich ja nichts an, aber ich setze nich gern blind.«

Das war einzusehen.

»Also ich sag's Ihnen«, bot ich an. »Ich bin Privatdetektiv – Filiale San Franzisko der *Continental Detective Agency.* Die Aktionäre der *Orilla Colony Company* haben mich hier runtergeschickt. Sie haben eine Menge Geld für die Bewässerung und Entwicklung ihres Landes investiert, und nun sind sie soweit, daß sie verkaufen wollen.

Wenn man ihnen glaubt, machen Hitze und Wasser zusammen es zu einem idealen Ackerland – so gut wie das Imperial Valley. Trotzdem scheinen sich die Interessenten nicht grade drum zu reißen. Die Aktionäre meinen, das liegt daran, daß ihr Eingesessenen in dieser Ecke des Staates solch ein wüster Haufen seid, daß friedliche Farmer sich nicht zwischen euch setzen wollen. Es ist kein Geheimnis, daß es in beiden Grenzgebieten dieser Vereinigten Staaten Landstriche gibt, in denen es heute noch so gesetzlos zugeht wie nur je in der alten Zeit. Es springt zu viel Geld dabei raus, Einwanderer über die Grenze zu schleusen, und es ist ein zu leichtes Geld, als daß es nicht etliche Herrschaften angezogen hätte, denen es egal ist, wie sie zu Geld kommen. Mit nur 450 Einwanderungs-Inspektoren, auf zwei Grenzen verteilt, hat die Regierung nicht viel ausrichten können. Offiziell schätzt man, daß um die 135 000 Ausländer letztes Jahr durch die Hintertür ins Land geschmuggelt worden sind.

Weil diese Ecke des Bezirks Orilla noch keine Eisenbahn und auch kein Telefon hat, muß sie einfach einer der Haupttummelplätze der Schmuggler sein, und daher, wenn die Leute recht haben, die mich angeheuert haben, wimmelt es hier von ausgesuchten Strolchen. Bei einem anderen Auftrag vor ein paar Monaten bin ich zufällig auf einen Schmugglerring gestoßen und hab ihn ausgehoben. Die Leute von der *Orilla Colony* dachten, das gleiche könnte ich für sie hier unten tun. Also bin ich hierher gekommen, um diesen Teil von Arizona salonfähig zu machen.

Ich hab zuerst drüben in der Bezirkshauptstadt haltgemacht und mich als Deputy Sheriff vereidigen lassen, für den Fall, daß ein offizielles Amt mir zupaß käme. Der Sheriff sagte, er hätte keinen Deputy hier unten, und er hätte auch nicht das Geld, einen anzuheuern, deshalb war er froh, daß er mich anwerben konnte. Aber wir dachten, daß es geheim bleiben sollte.«

»Und ich denke, daß Sie hier mordsmäßig Spaß haben werden«, grinste mich Milk River an, »deshalb schätz ich, ich nehm den Job, den Sie mir da angeboten haben. Aber ich hab nich vor, selbst Deputy zu spielen. Ich werd mit Ihnen mitmischen, aber ich werd mich nich fest binden. Hab keine Lust, durchzudrükken, daß die Leute Gesetze einhalten, die mir selber nich passen.«

»Abgemacht. Also, was können Sie mir erzählen, was ich wissen sollte?«

»Also, um die Circle H. A. R. brauchen Sie sich keine Sorgen zu machen. Sind ganz schön hartgesotten, die, aber die tun nichts über die Grenze schleusen.«

»Das ist soweit in Ordnung«, stimmte ich zu, »aber mein Job ist, die Gegend von Unruhestiftern zu säubern, und nach dem, was ich von denen gesehen habe, gehören sie durchaus zu dieser Sparte.«

»Sie werden mordsmäßig Spaß haben«, wiederholte Milk River. »Klar machen die manchmal Stunk. Aber wie kann der Peery denn hier unten Kühe züchten, wenn er sich nich 'ne Mannschaft gesucht hat, die es mit den Revolverhelden, die Ihre Leute von der *Orilla Colony* nich leiden können, aufnehmen kann? Und Sie wissen doch, wie Kuhtreiber sind. Stecken Sie die in 'ne Ecke, wo's hart hergeht, und die sind höllisch scharf drauf, allen zu beweisen, daß sie genauso hart sind wie die nebenan.«

»Ich hab gar nichts gegen sie – wenn sie sich anständig benehmen. Und nun zu denen, die Leute über die Grenze schmuggeln.«

»Ich schätze, da ist Bardell der dicke Fisch. Und dann Big Nacio. Haben Sie den noch nich gesehen? Ein bulliger Mex mit schwarzem Schnurrbart, der 'nen *rancho* hinten im Cañon hat –

vier, fünf Meilen von der Grenze, auf dieser Seite. Alles, was über die Grenze kommt, geht über diese Ranch. Aber wenn Sie das beweisen wollen, haben Sie noch 'ne Sache vor, an der Sie sich die Hörner abstoßen können.«

»Er und Bardell arbeiten zusammen?«

»Hm – schätze, daß er für Bardell arbeitet. Was Sie außerdem noch einkalkulieren müssen, ist, daß diese Burschen von drüben, die dafür blechen, daß sie über die Grenze gebracht werden, nich immer – nich mal meistens – da landen, wo sie hinwollen. Heutzutage ist es kein bißchen ungewöhnlich, daß man draußen in der Wüste 'n paar Knochen findet neben 'nem Loch, das 'n Grab war, bevor die Kojoten es aufgebuddelt hatten. Und die Bussarde werden fett! Wenn der Einwanderer irgendwas bei sich hat, was das Mitnehmen lohnt, oder wenn 'n paar Männer von der Regierung zufällig mal rumschnüffeln, oder wenn irgendwas passiert, was die Herren Schmuggler nervös macht, dann lassen sie gewöhnlich ihren Kunden fallen und buddeln ihn da ein, wo er zu liegen kam.«

Das Getöse der Essensglocke unten machte unserer Besprechung an diesem Punkt ein Ende.

Es waren nur acht oder zehn Tischgäste im Speiseraum. Von Peerys Leuten war keiner da. Milk River und ich nahmen an einem Tisch ganz hinten in einer Ecke Platz. Wir waren halb fertig mit Essen, als das dunkeläugige Mädchen, das ich am Tag vorher gesehen hatte, hereinkam.

Sie steuerte direkt unseren Tisch an. Ich stand auf und erfuhr, daß sie Clio Landes hieß. Sie war das Mädchen, das die anständigen Bürger abschieben wollten. Sie schenkte mir ein strahlendes Lächeln, gab mir eine kräftige, schmale Hand und setzte sich.

»Ich hab gehört, du bist wieder deinen Job los, du alter Gammler«, lachte sie Milk River an.

Ich hatte gewußt, daß sie nicht nach Arizona gehörte. Ihr Tonfall klang nach New York.

»Wenn das alles ist, was du gehört hast, dann bist du nich ganz auf'm laufenden«, grinste Milk River zurück. »Hab mir schon 'nen neuen Job besorgt – Cowboyspielen für Recht und Ordnung.«

In der Ferne ertönte ein Schuß.

Ich aß weiter.

Clio Landes sagte: »Regt euch Bullen sowas nicht auf?«

»Erstes Gebot«, sagte ich zu ihr, »laß dich niemals beim Essen stören, wenn es sich irgendwie vermeiden läßt.«

Ein Mann im Overall kam von der Straße herein.

»Nisbet ist umgelegt worden, bei Bardell!« schrie er.

Milk River und ich gingen in Richtung *Border Palace*, vor uns rannte die Hälfte der Tischgäste, zusammen mit der halben Stadt.

Wir fanden Nisbet im Hinterzimmer, auf dem Fußboden ausgestreckt, tot. Die Männer um ihn herum hatten seine Brust freigemacht. Es war ein Loch drin, das von einem 45er stammen konnte.

Bardells Finger umklammerten meinen Arm. »Keine Chance haben die ihm gegeben, die Hunde!« schrie er. »Kaltblütiger Mord!«

»Wer hat ihn erschossen?«

»Einer von der Circle H. A. R., da können Sie Gift drauf nehmen!«

»Hat's niemand gesehen?«

»Hier gibt keiner zu, daß er's gesehen hat.«

»Wie ist es passiert?«

»Mark war draußen. Ich und Chick und fünf oder sechs von denen hier sind dagewesen. Mark ist zurückgekommen. Als er gerade durch die Tür ging – peng!«

Bardell schüttelte die Faust zu dem offenen Fenster hin.

Ich ging zum Fenster hinüber und blickte hinaus. Ein fünf Fuß breiter Streifen Felsboden lag zwischen dem Gebäude und dem scharfen Rand des Tirabuzón Cañons. Ein festgedrehtes Seil war stramm um einen kleinen Felsvorsprung am Rande des Cañons geknotet.

Ich zeigte auf das Seil.

Bardell fluchte wie wild. »Wenn ich das bloß gesehen hätte, den hätten wir gekriegt! Wir haben doch nicht gedacht, daß irgend jemand da runterkommen kann, und haben nicht so genau hingeguckt. Wir sind die Kante rauf und runter gerannt und haben zwischen den Häusern nachgeguckt.«

Wir gingen nach draußen, wo ich mich auf den Bauch legte und in den Cañon hinuntersah. Das Seil – an dem Vorsprung festgemacht – lief zwanzig Fuß direkt die Felswand hinunter und verschwand zwischen den Bäumen und Büschen auf einem schmalen Sockel, der dort an der Wand entlanglief. Wenn ein Mann erst einmal auf diesem Sockel war, konnte er genug Deckung finden, um sich den Rückzug zu sichern.

»Was meinen Sie?« fragte ich Milk River, der neben mir lag.

»Hat sauber die Mücke gemacht.«

Ich stand auf, zog das Seil heran und gab es Milk River.

»Sagt mir gar nichts. Kann jedem gehören«, sagte er.

»Sagt Ihnen der Boden was?«

Wieder schüttelte er den Kopf.

»Sie gehn runter in den Cañon und sehn sich um, ob Sie was finden können«, sagte ich zu ihm. »Ich werde zur Circle H. A. R. rausreiten. Wenn Sie nichts finden, reiten Sie auch raus.«

Ich ging wieder zurück ins Haus, um das Verhör fortzusetzen. Von den sieben Männern, die zum Zeitpunkt des Schusses in Bardells Kneipe gewesen waren, schienen drei einigermaßen vertrauenswürdig zu sein. Die Aussagen dieser drei stimmten mit der von Bardell in allen Einzelheiten überein.

»Haben Sie nicht gesagt, Sie wollten raus zu Peery?« fragte Bardell.

»Ja.«

»Chick, hol die Pferde! Ich und du, wir beide werden mit dem Deputy da rausreiten, und so viele von den andern, wie Lust haben. Er wird Revolver hinter sich brauchen!«

»Nichts da!« stoppte ich Chick. »Ich geh allein. So ein Massenaufmarsch, das ist nicht meine Art.«

Bardell runzelte die Stirn, aber dann nickte er Zustimmung.

»Sie machen die Sache«, sagte er. »Ich würde gern mit Ihnen rausgehen, aber wenn Sie das Blatt anders spielen wollen, hoff ich, Sie machen's richtig.«

In dem Mietstall, wo wir unsere Pferde untergestellt hatten, fand ich Milk River beim Satteln der Pferde, und wir ritten zusammen aus der Stadt.

Nach einer halben Meile trennten wir uns. Er ritt nach links, einen Pfad hinunter, der in den Cañon führte, und rief mir über die Schulter zu: »Wenn Sie schneller fertig werden, wie Sie denken, können Sie mich ja vielleicht auflesen, wenn Sie die Senke, wo die Ranch liegt, weiterreiten, zum Cañon runter.«

Ich ritt in die Senke hinunter, die zur Circle H. A. R. führte, während das Pferd, das Milk River mir verkauft hatte, ein hochbeiniges Tier mit langgestrecktem Körper, mich leicht und rasch vorwärtstrug. Mittag war kaum vorüber, deshalb war das Reiten nicht angenehm. Hitze wallte vom Boden der Senke auf, Sonne tat meinen Augen weh, Staub verkleisterte meine Kehle.

Als ich aus dieser Senke in die größere hinüberritt, in der die Circle H. A. R. lag, stieß ich auf Peery, der schon auf mich wartete.

Er sagte kein Wort, rührte keine Hand. Er saß einfach auf seinem Pferd und beobachtete, wie ich mich näherte. Er trug zwei 45er an den Oberschenkeln.

Ich hielt neben ihm an und streckte ihm das Lasso entgegen, das ich hinter dem *Border Palace* an mich genommen hatte. Während ich es so hielt, bemerkte ich, daß seinen Sattel kein Seil zierte.

»Kommt Ihnen das bekannt vor?« fragte ich.

Er warf einen Blick auf das Seil. »Sieht wie eins von den Dingern aus, mit denen die Jungs Ochsen mit rumziehen.«

»Nicht reinzulegen, was?« grunzte ich. »Und speziell das hier, nie gesehn?«

Er brauchte eine Minute oder länger, um sich eine Antwort auszudenken. »Ja«, sagte er endlich, »Tatsache ist, ich hab dies

Seil da heute morgen verloren, irgendwo zwischen hier und der Stadt.«

»Was glauben Sie, wo ich das gefunden habe?«

»Das ist wohl ziemlich egal.« Er griff danach. »Hauptsache, Sie haben's gefunden.«

»Vielleicht ist es auch nicht so egal«, sagte ich, indem ich das Seil aus seiner Reichweite zog. »Ich hab's hinterm *Border Palace* gefunden. Es hing den Cañon runter. Da hätte man sich dran abseilen können, nachdem man Nisbet abgeknallt hatte.«

Seine Hände fuhren zu den Revolvern. Meine Hand hielt eine der Automatics in der Tasche, und ich drehte mich so, daß er das sehen konnte.

»Tun Sie nichts, was Ihnen hinterher leid tun könnte«, riet ich ihm.

»Soll ich diesen Kä-al jetzt abknallen?« rollte Dunnes breites Irisch hinter mir, »oder wollen wir noch 'n bißchen wa-aten?«

Ich blickte mich um und sah ihn hinter einem Felsblock stehen, eine 30.30er Flinte auf mich gerichtet. Über anderen Felsen tauchten noch mehr Köpfe und noch mehr Waffen auf.

Ich nahm meine Hand aus der Tasche und legte sie auf mein Sattelhorn.

Peery sprach an mir vorbei. »Er erzählt mir, man hat auf Nisbet geschossen.«

»Na, iss ja empörend«, grämte sich Buck Small. »Hoffentlich hat's ihn nich erwischt.«

»Tot«, schob ich nach.

»Wer tut denn bloß sowas«, erkundigte sich Dunne.

»Der Nikolaus war's nicht.« Da hatte er meine Meinung.

»Sonst noch irgendwas?« fragte Peery.

»Reicht das vielleicht nicht?«

»Naja. Wenn ich Sie wäre, würde ich jetzt nach Corkscrew zurückreiten.«

»Sie meinen, Sie kommen nicht mit?«

»Genau. Wollen Sie versuchen, mich mitzunehmen, ja?«

Das wollte ich nicht, und das sagte ich ihm auch.

»Dann haben Sie hier ja nichts mehr verloren.«

Ich grinste ihn und seine Getreuen an, zog den Fuchs herum und machte mich auf den Weg zurück, den ich gekommen war.

Ein paar Meilen weiter unten schwenkte ich wieder nach Süden, fand das andere Ende der Senke von der Circle H. A. R. und folgte ihr hinunter in den Tirabuzón Cañon. Dann arbeitete ich mich langsam zu der Stelle hinauf, wo das Seil heruntergelassen worden war.

Der Cañon verdiente seinen Namen – eine rauhe und steinige, mit Bäumen und Buschwerk vollgestopfte, gewundene Furche quer durch das Gesicht von Arizona.

Ich war noch nicht weit gekommen, als ich auf Milk River stieß, der sein Pferd auf mich zu führte. Er schüttelte den Kopf. »Nichts, verdammt noch mal, nichts! Ich kann mich auf den Kopf stellen, aber die Felsen sind hier zu zerklüftet.«

Ich stieg ab. Wir setzten uns unter einen Baum und rauchten.

»Wie war's?« wollte er wissen.

»So la-la. Das Seil gehört Peery, aber er wollte nicht mit mir kommen. Ich schätze, wir finden ihn schon, wenn wir ihn brauchen, deshalb hab ich nicht drauf bestanden. Es wär so 'n bißchen ungemütlich geworden.«

Er sah mich aus den Winkeln seiner hellen Augen an. »Man könnte auf den Gedanken kommen«, sagte er langsam, »daß Sie die Circle H. A. R. gegen Bardells Leute ausspielen. Sie ermuntern jede Seite, die andre aufzufressen, und die nehmen Ihnen dann die Mühe ab, selber richtig ranzugehn.«

»Vielleicht haben Sie recht. Kommt Ihnen das faul vor?«

»Weiß nich. Schätze nich – wenn Sie's schaffen, und wenn Sie sicher sind, daß Sie stark genug sind und zupacken können, wenn's sein muß.«

Es wurde schon dunkel, als Milk River und ich in die krumme Straße von Corkscrew einbogen. Es war zu spät, um im *Cañon House* zu Abend zu essen, deshalb stiegen wir vor der Bude der Kröte ab.

Chick Orr stand im Eingang des *Border Palace*. Er drehte

seine ramponierte Visage nach hinten und rief etwas über die Schulter. Bardell erschien neben ihm, sah mich fragend an, und die beiden traten hinaus auf die Straße. »Und?« fragte Bardell.

»Nichts Greifbares.«

»Niemand einkassiert?« fragte Chick Orr ungläubig.

»Stimmt. Ich hab einen Mann eingeladen, mit mir zurückzureiten, aber er wollte nicht.«

Der Ex-Boxer musterte mich von oben bis unten und spuckte vor meinen Füßen aus. »Du bist mir vielleicht 'n Schlappschwanz«, röhrte er. »Hab nich übel Lust, dich zusammenzuklatschen!«

»Dann man los«, lud ich ihn ein, »hab nichts dagegen, mir 'nen Knöchel an dir aufzuschlagen.«

Seine Äuglein fingen an zu glitzern. Zum Auftakt langte er mit der flachen Hand nach meinem Gesicht. Ich nahm es aus dem Weg, drehte ihm den Rücken zu und legte dabei Jackett und Schulterhalfter ab.

»Halten Sie das mal, Milk River, ich muß diesem Würstchenfresser 'ne Abreibung verpassen.«

Ganz Corkscrew strömte zusammen, als Chick und ich uns gegenüberstanden. Wir waren ziemlich gleich, was Größe und Alter anging, aber ich hatte den Eindruck, daß sein Fett wabbliger war als meins. Er war Profi gewesen. Ich hatte mich ein bißchen herumgeschlagen, aber technisch stellte er mich ganz klar in den Schatten. Dafür waren seine Hände plump und zerschlagen, meine aber nicht. Und er war an Handschuhe gewöhnt, jedenfalls früher einmal, während nackte Fäuste mehr meine Sache waren.

Er duckte sich und wartete, daß ich auf ihn losging. Ich ging los, indem ich versuchte, den Tölpel zu spielen, und täuschte als Auftakt einen rechten Schwinger vor.

Nicht besonders! Er trat raus statt rein. Die Linke, die ich ihm verpassen wollte, ging daneben. Er klopfte mir auf den Backenknochen.

Ich versuchte nicht mehr, ihn auszutricksen, stieß beide Fäuste in seinen Leib und fühlte mich gut, als sich sein Fleisch weich um sie herumlegte. Er ging so schnell zurück, daß ich nicht dranbleiben konnte, und warf mich mit einem Kinnhaken hoch.

Er verabreichte mir noch ein paar mit links – aufs Auge, auf die Nase. Seine Rechte kratzte meine Stirn an, und dann war ich wieder an ihm dran.

Links, rechts, links, meine Fäuste gruben sich in seinen Bauch. Er zog mir mit Unterarm und Faust einen durchs Gesicht und kam wieder frei.

Er langte mir noch ein paar mit links, spaltete mir dabei die Lippe, quetschte mir die Nase, punktierte mein Gesicht von oben bis unten. Und als ich endlich an seiner Linken vorbei war, lief ich in einen rechten Uppercut hinein, den er mir mit solcher Wucht von ganz unten auf die Kinnspitze setzte, daß ich ein halb Dutzend Schritte zurücktaumelte.

Er blieb an mir dran und deckte mich total ein. Die Abendluft war voller Fäuste. Ich stemmte die Füße gegen den Boden und stoppte diesen Hurrikan mit ein paar Schlägen genau oberhalb der Stelle, wo sein Hemd in der Hose steckte.

Er gab's mir wieder mit der Rechten – aber nicht sehr hart. Ich lachte ihm ins Gesicht, weil ich mich erinnerte, daß etwas in seiner Hand geknackst hatte, als er den Uppercut landete, und pflügte mich mit beiden Fäusten hämmernd in ihn hinein.

Wieder kam er frei – landete einen linken Uppercut. Ich stoppte seine Linke mit rechts, blieb dran und prügelte ihn mit links immer schön unten. Seine Rechte platschte auf mich. Ich ließ sie platschen. Da saß nichts mehr hinter.

Er nagelte mich noch einmal, ehe der Kampf zu Ende war – und zwar mit einer hohen linken Geraden, die nur so rauchte. Ich schaffte es, auf den Beinen zu bleiben, und der Rest ließ sich machen. Er hakte mir noch jede Menge, aber die Luft war raus.

Nach einer Weile ging er zu Boden, mehr durch eine Sammlung von Schlägen als durch einen besonderen. Er kam nicht mehr hoch.

Meine Fäuste hatten auf seinem Gesicht keine Spuren hinterlassen. Meins aber muß ausgesehen haben, als hätte man es durch den Fleischwolf gedreht.

»Vielleicht sollte ich mich vor dem Essen ein bißchen frisch machen«, sagte ich zu Milk River, als ich Jackett und Revolver entgegennahm.

»Teufel, ja!« stimmte er zu und glotzte mein Gesicht an.

Ein dicklicher Mann in einem Anzug, der nach Palm Beach aussah, baute sich vor mir auf, um meine Aufmerksamkeit zu erregen.

»Mein Name ist Turney, von der *Orilla Colony Company*«, stellte er sich vor. »Hab ich recht gehört, daß Sie noch keine Verhaftung vorgenommen haben, seit Sie hier sind?«

Das war also der Geier, der ausposaunt hatte, wer ich war! Mir gefiel das gar nicht, und sein aggressives Mondgesicht konnte ich auch nicht leiden.

»Ja«, gestand ich.

»Binnen zwei Tagen sind zwei Morde passiert«, laberte er weiter, »und Sie haben nichts Diesbezügliches unternommen, obwohl in beiden Fällen der Tatbestand doch wohl auf der Hand liegt! Halten Sie das etwa für befriedigend?«

Ich sagte gar nichts.

»Dann lassen Sie sich von mir sagen, daß es alles andre als befriedigend ist.« Er lieferte die Antworten zu seinen Fragen gleich selbst. »Und es ist ebenfalls nicht befriedigend, daß Sie diesen Mann« – er stach mit plumpem Finger in Milk Rivers Richtung – »eingestellt haben, der sattsam dafür bekannt ist, einer der gesetzlosesten Männer im ganzen Bezirk zu sein. Ich möchte, daß Sie ganz klar sehen: Wenn es nicht eine entschiedene Verbesserung Ihrer Arbeit gibt, wenn Sie nicht irgendwelche Anstalten zeigen, die Dinge zu tun, für die man Sie engagiert hat, dann wird Ihr Vertrag hinfällig!«

»Was sagten Sie noch, wer Sie sind?« fragte ich, als er ausgelabert hatte.

»Turney, Generaldirektor der *Orilla Colony*.«

»Ach ja? Nun, Herr Generaldirektor Turney, Ihre Aktionäre

haben wohl vergessen, Sie zu erwähnen, als sie mich engagierten. Deshalb sind Sie mir überhaupt kein Begriff. Wenn Sie mir mal irgendwann irgendwas mitzuteilen haben, wenden Sie sich doch an Ihre Aktionäre, und wenn's wichtig genug ist, geben die es vielleicht an mich weiter.«

Er pumpte sich auf. »Ich werde sie selbstverständlich davon in Kenntnis setzen, daß Sie in bezug auf Ihre dienstlichen Pflichten außerordentlich nachlässig gewesen sind, wie tüchtig auch immer Sie bei Schlägereien sein mögen!«

»Würden Sie bitte eine Nachschrift für mich anfügen«, rief ich ihm nach, als er abzog. »Sagen Sie denen, daß ich sozusagen gerade zu tun habe und daß ich keine guten Ratschläge gebrauchen kann – egal, von wem.«

Milk River und ich setzten unseren Weg zum *Cañon House* fort.

Vickers, der bleiche, schwammige Wirt, stand an der Tür.

»Wenn Sie meinen, daß meine Handtücher dafür da sind, das Blut von allen Typen aufzuwischen, die was auf die Schnauze bekommen haben, da sind Sie aber gewaltig im Irrtum«, knurrte er mich an. »Und es kommt auch nicht in Frage, daß meine Laken zerrissen und als Verbandszeug benutzt werden!«

»So 'n Fiesling wie Sie ist mir wirklich noch nie untergekommen«, feixte Milk River, als wir die Treppe hochstiegen. »Sie können's scheint's mit niemand. Freunde haben Sie wohl gar nich?«

»Nur 'n paar Doofe!«

Ich versuchte mein Bestes, um mit Wasser und Heftpflaster mein Gesicht zu restaurieren, aber was dabei herauskam, hatte mit Schönheit wenig zu tun. Milk River saß auf dem Bett und sah mir grinsend zu.

Als ich mit der Flickerei fertig war, gingen wir zur Kröte hinunter, um etwas zu essen. Drei Gäste saßen an der Theke. Beim Essen kam ich um eine Diskussion über den Kampf nicht herum.

Aber als Pferdegetrappel zu hören war, war Schluß damit. Ein

Dutzend oder mehr Männer kamen an der Tür vorbei, und wir kriegten mit, wie sie scharf haltmachten und vor dem *Border Palace* absaßen.

Milk River lehnte sich so weit zu mir herüber, daß er mir ins Ohr flüstern konnte. »Big Nacios Leute unten aus dem Cañon. Lassen Sie nicht locker, Chef, oder die machen Ihnen hier die Hölle los.«

Wir aßen auf und gingen auf die Straße.

Im Schein der großen Lampe über Bardells Eingang lümmelte sich ein Mexikaner gegen die Wand. Ein bulliger, schwarzbärtiger Mann, die Montur mit Silberknöpfen garniert, der zwei Revolver mit weißem Griff in tiefen Holstern trug.

»Bringen Sie die Pferde rüber in den Stall?« fragte ich Milk River. »Ich geh hoch und leg mich aufs Ohr, muß Energie tanken.«

Er sah mich verwundert an und ging zu den Pferden hinüber.

Ich blieb vor dem bärtigen Mex stehen und zeigte mit der Zigarette auf seine Revolver.

»Wir erwarten hier eigentlich, daß Sie diese Dinger abschnallen, wenn Sie in die Stadt kommen«, sagte ich in aller Freundlichkeit. »Tatsache ist, daß Sie die überhaupt nicht mit reinbringen sollten, aber ich bin nicht neugierig genug, unter jeder Jacke nachzugucken.«

Zwischen Bart und Schnurrbart lächelte plötzlich ein Bogen gelber Zähne.

»Wenn *el señor jerife* diese Dinger nich möchten, kann sein, daß er möchten versuchen sie wegnehmen.«

»Nein. Das tun Sie.«

»Ich sie möchten hier. Ich sie tragen hier.«

»Sie tun, was ich Ihnen sage«, antwortete ich, immer noch freundlich, und ging weg, zurück zur Bude der Kröte.

Über die Theke gebeugt, zog ich die abgesägte Schrotflinte aus ihrem Nest.

»Kann ich mir die mal ausleihen? Möchte jemand zum rechten Glauben bekehren.«

»Ja sicher doch! Bedienen Sie sich!«

Ich zog beide Hähne durch, ehe ich nach draußen ging.

Der bullige Mex war nicht zu sehen. Ich fand ihn drinnen, wie er seinen Freunden Bericht erstattete. Ein paar seiner Freunde waren Mexikaner, ein paar Amerikaner, ein paar weiß Gott was. Aber Kanonen hatten alle.

Der bullige Mexikaner drehte sich um, als seine Freunde an ihm vorbei mich anstarrten. Im Umdrehen fielen seine Hände auf die Revolver, aber er zog nicht.

»Ich weiß nicht, was in dieser Kanone drin ist«, sagte ich wahrheitsgemäß, indem ich den Püster auf die Gesellschaft richtete, »vielleicht gehackter Stacheldraht und Dynamitabfall. Aber das kriegen wir schon raus, wenn ihr Geier euch nicht unverzüglich dranmacht, eure Kanonen auf die Bar zu packen – weil ich euch sonst todsicher damit anblase.«

Sie stapelten ihre Waffen auf der Bar auf. Ich verstand das gut. Dieser Apparat in meinen Händen hätte sie ganz schön zugerichtet.

»Wenn ihr das nächste Mal nach Corkscrew kommt, will ich eure Kanonen nicht sehen.«

Der fette Bardell schob sich durch sie hindurch und machte wieder auf jovial.

»Wenn Sie so freundlich wären, diese Schießeisen wegzustekken, bis Ihre Gäste soweit sind, die Stadt zu verlassen?« fragte ich ihn.

»Jawohl! Selbstverständlich gern!« rief er, als er seine Überraschung verdaut hatte. Ich brachte das abgesägte Gewehr seinem Besitzer zurück und ging ins *Cañon House* hinauf.

Eine Tür, nur ein oder zwei Zimmer von meinem entfernt, öffnete sich, als ich den Flur hinunterging. Chick Orr kam heraus und sagte: »Tu nichts, was ich nicht tun würde« über die Schulter.

Ich sah Clio Landes im Zimmer stehen.

Chick wandte sich von der Tür ab, sah mich, blieb stehen und machte ein finsteres Gesicht.

»Vom Boxen haben Sie keinen Dunst«, sagte er. »Sie können nur prügeln.«

»Stimmt.«

Er rieb sich mit einer geschwollenen Hand den Bauch. »Ich hab nie gelernt, da unten was einzustecken. Deshalb konnte ich auch als Profi nichts werden. Aber legen Sie sich ja nich noch mal mit mir an – ich könnte Ihnen wehtun!« Er bohrte mir den Daumen in die Rippen und ging an mir vorbei, die Treppe hinunter.

Clio Landes' Tür war geschlossen, als ich daran vorbeikam. In meinem Zimmer grub ich Füller und Papier aus und schaffte es, gerade drei Worte von meinem Bericht aufs Papier zu setzen, als es klopfte.

»Herein«, rief ich, da ich die Tür wegen Milk River nicht abgeschlossen hatte. Das Mädchen stieß die Tür auf.

»Fleißig?«

»Nein. Kommen Sie rein und machen Sie sich's bequem. Milk River wird in ein paar Minuten aufkreuzen.«

»Sie wollen doch Milk River nicht etwa reinlegen?« fragte sie.

»Nein. Ich hab nichts gegen ihn vorliegen. Was mich betrifft, ist er o. k. Wieso?«

»Nichts, ich dachte nur, daß da irgendwelche Eseleien sein könnten, auf die Sie ihn festnageln wollen. Mir machen Sie nichts vor. Die Bauern hier denken, Sie wären ein Schaumschläger, aber ich weiß Bescheid.«

»Vielen Dank für die Blumen. Aber nun starten Sie bloß keine Pressekampagne für den cleveren Sheriff. Reklame hab ich schon genug gehabt. Was machen Sie eigentlich hier draußen in diesem Kaff?«

»Tb.« Sie schlug sich auf die Brust. »So 'n Quacksalber hat mir weisgemacht, hier draußen würd ich's länger machen. Ich Dussel bin drauf reingefallen. Ob ich hier draußen lebe oder in New York sterbe, das kommt doch aufs selbe raus.«

»Wie lange sind Sie denn schon raus aus dem Trubel?« fragte ich sie.

»Drei Jahre – zwei oben in Colorado, und dann dieses Loch. Kommt mir wie drei Jahrhunderte vor.«

Ich kam ihr entgegen. »War wieder mal dienstlich da, im April, für zwei oder drei Wochen.«

»Ach ja?«

Es war gerade so, als hätte ich gesagt, daß ich im Himmel gewesen wäre. Sie begann Fragen auf mich abzufeuern: War dies noch so und das noch so und wie war's damit...?

Wir kamen richtig ins Quasseln, und ich stellte fest, daß ich einige ihrer Freunde kannte. Ein paar von ihnen waren hochkarätige Schwindler, einer war ein großer Alkoholschmuggler, und der Rest war ein Sammelsurium von Buchmachern, Ganoven und ähnlichen Typen.

Was ihre Branche war, kriegte ich nicht heraus. Sie sprach ein Gemisch aus Ganovenjargon und Schulenglisch und erzählte nicht viel von sich selbst.

Wir verstanden uns prima, als Milk River hereinkam.

»Meine Freunde immer noch da?« fragte ich.

»Ja. Ich hab sie unten bei Bardell rumblubbern gehört. Sie haben sich ja noch unbeliebter gemacht.«

»Was jetzt?«

»Ihre ehrbaren Bürger scheinen nich gerade begeistert zu sein von Ihrer Idee, daß Sie die Schießeisen von Big Nacio und seinen Kumpels ausgerechnet Bardell zur Aufbewahrung gegeben haben. Die meinen nämlich alle, daß Sie denen das Schießeisen rechts aus 'm Holster rausgenommen und dann links wieder reingesteckt haben.«

»Ich hab sie nur weggenommen, um zu zeigen, daß ich das kann«, erklärte ich. »Ich wollte sie gar nicht haben. Sie hätten sich sowieso neue besorgt. Ich denke, ich geh runter und präsentier mich denen mal. Bin gleich zurück.«

Im *Border Palace* ging es hoch her. Big Nacios Leute taten so, als sähen sie mich nicht. Bardell kam quer durch den Raum, um mir zu sagen: »Bin froh, daß Sie's den Jungs gezeigt haben. Erspart mir 'ne Menge Ärger.«

Ich nickte und ging zu dem Mietstall hinaus, wo ich im Büro den Nachtwächter fand, der vor einem kleinen Eisenofen kauerte. »Haben Sie jemand, der heute nacht mit einer Nachricht nach Filmer reiten kann?«

»Kann vielleicht jemand auftreiben«, sagte er, nicht gerade begeistert.

»Geben Sie ihm ein anständiges Pferd und schicken Sie ihn so schnell wie möglich zum Hotel hoch.«

Ich saß auf dem Rand der Veranda vom *Cañon House*, bis ein langbeiniger Bursche von etwa 18 Jahren auf einem gescheckten Pferd ankam und nach dem Deputy fragte. Ich trat aus dem Schatten, in dem ich gesessen hatte, und ging hinunter auf die Straße, wo ich mit dem Jungen reden konnte, ohne daß uns jemand hörte.

»Der Alte hat gesagt, Sie wollten was nach Filmer schicken.«

»Kannst du von hier nach Filmer rausreiten und dann rüber zur Circle H. A. R.?«

»Klar, Mister, kann ich.«

»Nun, darauf kommt's mir an. Wenn du da ankommst, sag Peery, daß Big Nacio und seine Leute in der Stadt sind und noch vorm Morgen da rausreiten könnten.«

»Mach ich, Mister, alles klar.«

»Das ist für dich. Die Stallrechnung bezahl ich später.« Ich steckte ihm einen Schein in die Hand. »Nu mach los, und kein Wort zu jemand anders!«

Wieder oben in meinem Zimmer, fand ich Milk River und das Mädchen bei einer Flasche Schnaps sitzen. Wir redeten und rauchten eine Weile, und dann gingen wir. Milk River sagte mir, er hätte das Zimmer nebenan.

Früh am Morgen jagte mich Milk Rivers Geklopfe an meiner Tür aus dem Bett. Es war fünf Uhr und etwas, und ich schlotterte vor Kälte.

»Wir sind hier nicht auf 'ner Farm!« knurrte ich ihn an, als ich ihn hereinließ. »Sie sind jetzt in der Stadt. Hier schläft man, bis die Sonne aufgeht!«

»Das Auge des Gesetzes schläft nie«, grinste er zähneklappernd, denn er hatte nicht mehr an als ich. »Fisher, der 'ne Ranch hat da draußen in der Gegend, hat jemand hergeschickt, um Ihnen zu sagen, daß draußen bei der Circle H. A. R. ein Kampf im Gange ist. Er hat meine Tür statt Ihre erwischt. Reiten wir raus, Chef?«

»Klar. Sehen Sie zu, daß Sie ein paar Gewehre, Wasser und die Pferde auftreiben. Ich geh zur Kröte runter, bestell Frühstück und laß uns etwas zum Lunch einpacken.«

Vierzig Minuten später hatten Milk River und ich Corkscrew hinter uns.

Der Morgen erwärmte sich, während wir ritten, die Sonne warf lange violette Bilder über die Wüste und ließ den Tau in einem dampfenden Nebel aufsteigen. Der *mesquite* duftete, und sogar der Sand, der später so angenehm wie eine staubige Herdplatte sein würde, hatte einen frischen, angenehmen Geruch.

Hoch über den Gebäuden der Ranch kreisten, als wir näher kamen, drei blaue Punkte, Bussarde, und für einen Augenblick zeigte sich auf einem entfernten Grat die Silhouette eines Tieres, das sich bewegte.

»Ein Bronco, der einen Reiter haben sollte und keinen hat«, erklärte Milk River.

Später kamen wir an einem von Kugeln durchlöcherten mexikanischen Sombrero vorbei, und dann glitzerten eine Handvoll Patronenhülsen aus Messing in der Sonne.

Eines der Ranchgebäude war ein verkohlter schwarzer Haufen. Nah bei einem anderen lag einer der Männer, denen ich bei Bardell die Waffen abgenommen hatte, tot auf dem Rücken.

Ein bandagierter Kopf schob sich um eine Ecke des Gebäudes, und der dazugehörige Mann trat heraus, die rechte Hand in einer Schlinge, einen Revolver in der linken. Hinter ihm trottete, ein Hackmesser schwingend, der einäugige chinesische Koch.

Milk River erkannte den Bandagierten.

»Hallo, Red! Hat's Stunk gegeben?«

»Ein bißchen. Wir ham draus gemacht, was wir konnten, daß ihr uns 'ne Warnung geschickt habt, und wie Big Nacio und seine Meute auftauchte, grad bevor's hell wurde, ham wir denen über 'n ganzen Bezirk weg die Hölle heiß gemacht. Ich hab mir 'n paar Pillen eingefangen, deshalb bin ich zu Hause geblieben, während der Rest der Jungs die Leute nach Süden verfolgt hat. Wenn de genau hinhörst, kannste's ab und an ballern hörn.«

»Sollen wir hinterher oder ihnen zuvorkommen?« fragte mich Milk River.

»Können wir ihnen denn zuvorkommen?«

»Möglich. Wenn Big Nacio am Türmen ist, dann wird er im Bogen so gegen Abend wieder zu seiner Ranch zurückkommen. Wenn wir in den Cañon stoßen und da drin weiterrutschen, sind wir vielleicht vor ihm da. Er kommt ja nich schnell vorwärts, weil er sich unterwegs mit Peery und den Jungs rumschlagen muß.«

»Wir versuchen's.«

Unter Milk Rivers Führung ritten wir an den Ranchgebäuden vorbei und weiter die Senke hinunter und stießen an der Stelle in den Cañon hinein, wo ich am Tag vorher hineingekommen war. Nach einer Weile wurde der Untergrund besser, und wir kamen schneller voran.

Gegen Mittag hielten wir an, um den Pferden etwas Ruhe zu gönnen, ein paar Sandwiches zu essen und ein bißchen zu rauchen. Dann ritten wir weiter.

Jetzt stieg die Sonne ab, kroch rechts von uns hinunter, im Cañon wuchsen Schatten. Der ersehnte Schatten hatte die Ostwand erreicht, als Milk River, der vorn ritt, haltmachte. »Hinter der nächsten Biegung ist es.«

Wir stiegen ab, genehmigten uns jeder einen Schluck, bliesen den Sand von unseren Revolvern und gingen zu Fuß auf ein Dickicht zu, das die nächste Biegung des gewundenen Cañons bedeckte.

Jenseits der Biegung fiel der Boden des Cañons zu einer runden Untertasse ab. Die Ränder der Untertasse stiegen sacht zum Wüstenboden hin an. In der Mitte der Untertasse standen vier Ziegelgebäude. Obwohl sie der Wüstensonne ausgesetzt waren, wirkten sie irgendwie feucht und finster. Aus dem einen stieg eine dünne Rauchfahne auf. Kein Mensch, kein Tier war zu sehen.

»Ich schau mich da unten mal um«, sagte Milk River und hielt mir seinen Hut und sein Gewehr hin.

»In Ordnung«, stimmte ich zu. »Ich werd Sie decken, aber wenn irgendwas schiefläuft, gehn Sie besser aus dem Weg. Ich bin nicht gerade ein Kunstschütze!«

Auf dem ersten Teil seines Weges hatte Milk River eine Menge Deckung. Er kam schnell voran. Die schützenden Büsche wurden weniger. Sein Tempo ließ nach. Flach am Boden ausgestreckt, robbte er von Erdhaufen zu Erdhaufen, von Fels zu Fels, von Busch zu Busch.

Dreißig Fuß vom nächsten Gebäude entfernt, gab es keine Deckung mehr, und er sprang auf und sprintete in den Schutz des nächsten Gebäudes.

Nichts geschah. Er blieb ein paar lange Minuten gegen die Wand gepreßt und begann dann, sich nach hinten vorzuarbeiten.

Ein Mexikaner kam um die Ecke.

Ich konnte sein Gesicht nicht erkennen, aber ich sah, wie sein Körper erstarrte. Seine Hand zuckte zum Gürtel.

Milk Rivers Revolver blitzte auf.

Der Mexikaner kippte um. Das helle Metall seines Messers glänzte hoch über Milk Rivers Kopf und schlug klirrend auf einem Felsen auf.

Als Milk River um das Haus herumging, verlor ich ihn aus dem Blick. Als ich ihn wieder sah, stürmte er gerade die schwarze Tür des zweiten Gebäudes.

Mündungsfeuer schlug ihm aus der Tür entgegen.

Ich tat mein Bestes mit den beiden Gewehren – legte Sperrfeuer vor ihn – pumpte soviel Blei in die offene Tür, wie ich konnte. Ich schoß gerade das zweite Gewehr leer, als er der Tür zu nahe kam, als daß ich noch einen Schuß hätte riskieren können.

Ich ließ das Gewehr fallen, rannte zurück zu meinem Pferd und ritt los, um meinem wahnwitzigen Helfer zu Hilfe zu kommen.

Er brauchte keine. Alles war vorbei, als ich ankam.

Er trieb noch einen anderen Mex und Gyp Rainey mit vorgehaltenen Revolvern aus dem Gebäude heraus. »Das wärn se«, begrüßte er mich. »Wenigstens konnt ich nich mehr finden.«

»Was machen Sie hier?« fragte ich Rainey.

Aber der Kokser blickte düster zu Boden und antwortete nicht.

»Wir fesseln sie«, entschied ich, »und schauen uns dann um.«

Das Fesseln machte Milk River fast allein, denn mit Stricken hatte er mehr Erfahrung. Er schnürte sie auf dem Boden Rücken an Rücken aneinander, und wir gingen los.

Außer einem Haufen Waffen in allen Größen und noch mehr Munition fanden wir nichts sehr Aufregendes, bis wir auf eine schwere Tür stießen – mit einer Eisenstange blockiert und mit einem Vorhängeschloß –, die halb in das Fundament des Hauptgebäudes eingelassen war und halb in den Erdhügel, auf dem das Gebäude stand.

Ich suchte mir ein zerbrochenes Stück einer rostigen Spitzhacke und schlug damit das Schloß ab. Dann nahmen wir die Eisenstange weg und stießen die Tür auf.

Aus einem unbelüfteten, unbeleuchteten Keller drängten sich Männer uns entgegen. Sieben insgesamt, die in verschiedenen Sprachen gleichzeitig redeten.

Wir stoppten sie mit der Waffe. Ihr Gejabbel wurde schrill und erregt.

»Ruhe!« schrie ich sie an.

Sie wußten, was ich meinte, auch wenn sie das Wort nicht verstanden. Das Geschnatter hörte auf, und wir sahen sie uns an. Alle sieben schienen Ausländer zu sein – eine übel aussehende Bande Halsabschneider.

Milk River und ich probierten es zuerst mit Englisch und dann mit dem bißchen Spanisch, das wir beide zusammenkratzen konnten. Beides führte zu einer Menge Gejabbel auf ihrer Seite, aber nichts davon in einer der beiden Sprachen.

»Haben Sie noch irgendwas anderes auf Lager?« fragte ich Milk River.

»Höchstens noch Chinook.«

Das würde nicht viel bringen. Ich versuchte, mich an ein paar der Wörter zu erinnern, die wir damals bei der Armee in Frankreich für Französisch zu halten pflegten.

»Que désirez-vous?« brachte ein strahlendes Lächeln auf das fette Gesicht eines blauäugigen Mannes.

Ich schnappte *»Nous allons aux Etats-Unis«* auf, ehe das Tempo, mit dem er mir die Worte an den Kopf warf, mich so verwirrte, daß ich überhaupt nichts anderes mehr unterscheiden konnte.

Das war ja lustig. Big Nacio hatte diesen Galgenvögeln verheimlicht, daß sie sich schon längst in den Vereinigten Staaten befanden. Wahrscheinlich konnte er besser mit ihnen fertig werden, wenn sie dachten, sie wären noch in Mexiko.

»Montrez-moi votre passeport.«

Blauauge sprudelte Protest hervor. Man hätte ihnen gesagt, Pässe wären nicht nötig. Sie ließen sich ja gerade gegen Geld einschmuggeln, weil sie keine Pässe gekriegt hätten.

»Quand êtes-vous venus ici?«

Hier hieß gestern, egal, was die anderen Dinge bedeuteten, die er in seiner Antwort noch unterbrachte. Big Nacio war direkt nach Corkscrew gekommen, nachdem er diese Männer über die Grenze geschafft und sie dann in diesen Keller gesteckt hatte.

Wir sperrten die Einwanderer wieder in ihren Keller und legten Rainey und den Mexikaner dazu. Rainey heulte wie ein Wolf, als ich ihm seine Spritze und das Kokain abnahm.

»Schleichen Sie mal hoch und werfen Sie 'nen Blick auf die Gegend«, sagte ich zu Milk River, »während ich den Mann, den Sie umgelegt haben, richtig aufbaue.«

Als er zurückkam, hatte ich den toten Mexikaner so plaziert, wie mir das paßte: ich hatte ihn in einen Stuhl gestaucht, von der

Vordertür des Hauptgebäudes nicht weit weg, mit dem Rücken gegen die Wand und den Sombrero ins Gesicht gekippt.

»'n Stück weg ist 'ne Staubwolke«, berichtete Milk River. »Würd mich gar nich wundern, wenn wir hier gegen Abend Besuch kriegen.«

Es war seit einer Stunde stockdunkel, als sie kamen.

Inzwischen waren wir, satt und ausgeruht, bereit, sie in Empfang zu nehmen. Im Haus brannte Licht. Drinnen war Milk River und klimperte auf einer Mandoline. Licht drang aus der offenen Eingangstür und beleuchtete schwach den toten Mexikaner – es sah tatsächlich aus, als schliefe er. Ein Stück weiter, bis auf Augen und Stirn hinter der Ecke, lag ich – dicht an der Wand.

Wir konnten unseren Besuch hören, lange bevor wir ihn sahen. Zwei Pferde, die aber Lärm für zehn machten, kamen mit Karacho angaloppiert.

Big Nacio war vorn. Er war aus dem Sattel und mit einem Fuß in der Tür, noch ehe die Vorderhufe seines Pferdes – hochgeworfen durch die Gewalt, mit der der bullige Mann die Zügel hochgerissen hatte – wieder den Boden berührten. Der zweite Reiter war dicht hinter ihm.

Der Bärtige sah die Leiche. Er stürzte auf sie zu, schwang seine Reitpeitsche und röhrte: *»Arriba, piojo!«*

Das Mandolinengeklimper verstummte.

Ich rappelte mich hoch.

Big Nacios Schnurrbartspitzen senkten sich überrascht.

Seine Peitsche traf einen Knopf an den Kleidern des Toten, verfing sich dort, während die Schlaufe am anderen Ende an Big Nacios Handgelenk hing. Die andere Hand fuhr an seine Schenkel.

Mein Revolver lag schon seit einer Stunde in meiner Hand. Ich war nah dran. Ich hatte Zeit, mein Ziel zu wählen. Als seine Hand den Griff des Revolvers berührte, jagte ich ihm eine Kugel durch Hand und Schenkel.

Als er fiel, sah ich, wie Milk River den anderen Mann durch einen Hieb mit dem Revolverlauf auf den Hinterkopf umhaute.

»Wir sind scheints kein schlechtes Team«, sagte der sonnenverbrannte Bursche und bückte sich, um dem Gegner die Waffen abzunehmen.

Die bellenden Flüche des Bärtigen störten unsere Unterhaltung etwas.

»Ich werd diesen, den Sie da schlafen gelegt haben, mal in den Kühlraum bringen«, sagte ich. »Passen Sie auf Nacio auf. Wir flicken ihn zusammen, wenn ich zurück bin.«

Ich hatte den Bewußtlosen halb bis zum Keller gezogen, als er zu sich kam. Den Rest des Weges dirigierte ich ihn mit dem Revolver, scheuchte ihn hinein und die anderen Gefangenen weg von der Tür. Dann verschloß ich sie und legte die Eisenstange vor.

Der Bärtige hatte mit dem Geheul aufgehört, als ich zurückkam.

»Ist jemand hinter euch her?« fragte ich, als ich neben ihm kniete und mich dranmachte, sein Hosenbein mit meinem Taschenmesser aufzuschneiden.

Als Antwort darauf erntete ich eine Menge Informationen über mich selbst, meine Gewohnheiten und meine Vorfahren. Zufällig war nichts davon wahr, dafür war es aber sehr farbig.

»Vielleicht stecken wir ihm besser 'nen Knebel ins Maul«, schlug Milk River vor.

»Nein. Lassen Sie ihn schreien.« Ich wandte mich wieder an den Bärtigen. »Wenn ich Sie wäre, würde ich diese Frage beantworten. Sollte es passieren, daß die Circle H. A. R.-Reiter Ihnen hierher folgen und uns überraschen, dann haben Sie 'ne faire Chance, daß die Sie lynchen.«

Daran hatte er noch nicht gedacht.

»*Si, si.* Diese Peery un sein *hombres.* Sie *seguir – mucha rapidez*!«

»Sind außer Ihnen und dem da noch irgendwelche Ihrer Leute übrig?«

»Nein! *Ningún*!«

»Wie wär's, wenn Sie ein möglichst großes Feuer hier vorn

machen, Milk River, während ich das Blut von dem Ei hier stoppe.«

Der Bursche sah enttäuscht aus. »Geben wir den Heinis hier denn nich Zunder?«

»Wenn sich's vermeiden läßt, nicht.«

Als ich dem Mex zwei Adern abgebunden hatte, erleuchtete Milk Rivers prasselndes Feuer die Gebäude und den größten Teil der Untertasse, auf deren Grund sie standen. Ich hatte die Absicht gehabt, Nacio und Milk River drinnen unterzubringen, falls ich Peery nicht zur Vernunft bringen konnte. Aber es war keine Zeit mehr. Ich hatte gerade damit begonnen, Milk River meinen Plan zu erklären, als Peerys Baß von außerhalb des Lichtkreises ertönte. »Die Flossen hoch, alle Mann!«

»Sachte!« warnte ich Milk River und stand auf. Aber nahm meine Hände nicht hoch.

»Der Trubel ist vorbei«, rief ich. »Los, kommt runter.«

Zehn Minuten vergingen. Peery ritt ins Licht. Sein Gesicht mit dem quadratischen Kinn war dreckverschmiert und finster. Sein Pferd war von oben bis unten mit schmutzigem Schaum bedeckt. Seine Revolver hielt er in der Hand.

Hinter ihm ritt Dunne – genauso dreckig, genauso finster, genauso schießwütig wie er.

Hinter Dunne war niemand mehr. Die anderen hatten sich also um uns herum in der Dunkelheit verteilt.

Peery beugte sich über den Kopf seines Pferdes, um Big Nacio anzusehen, der atemlos still auf dem Boden lag.

»Tot?«

»Nein – hat 'ne Kugel durch Hand und Bein gekriegt. Ich hab drin ein paar von seinen Freunden hinter Schloß und Riegel.«

Im Schein des Feuers erschienen um Peerys Augen verrückte rote Ringe.

»Die andern können Sie behalten«, sagte er grob. »Dieser Typ da reicht uns.«

Mir war klar, was er vorhatte. »Ich behalte sie alle.«

»Zu Ihnen hab ich kein Fatz Vertrauen«, grollte Peery zu mir herunter. »Ich werde dafür sorgen, daß der Ritt von diesem Big Nacio genau hier zu Ende ist. Und ich kümmre mich selbst um ihn.«

»Das ist nicht drin!«

»Wie wollen Sie mich denn an hindern, ihn mir zu schnappen?« lachte er böse. »Sie denken doch wohl nich, ich und Irish sind allein, oder? Wenn Sie's nich glauben, daß Sie in der Zange sind, versuchen Sie mal was!«

Ich glaubte ihm, aber – »Das macht überhaupt keinen Unterschied. Wenn ich ein Proviantreiter wäre oder eine Wüstenratte oder irgendein einsamer Kerl ohne Verbindungen, würden Sie mich ohne weiteres um die Ecke bringen. Aber das bin ich nicht, und Sie wissen das genau. Darauf verlasse ich mich. Sie müssen mich umbringen, wenn Sie Nacio haben wollen. Kapiert? Ich denke nicht, daß Sie ihn so nötig brauchen, daß Sie das riskieren.«

Er starrte mich eine Weile an. Dann lenkte er sein Pferd per Schenkeldruck zu dem Mexikaner. Nacio setzte sich auf und flehte mich an, ihn zu retten.

Langsam hob ich meine rechte Hand zu meinem Schulterhalfter.

»Runter damit!« befahl Peery, seine beiden Revolver dicht an meinem Kopf.

Ich grinste ihn an, nahm meinen Revolver langsam heraus, drehte ihn langsam, bis er in gleicher Höhe zwischen seinen beiden war.

Diese Stellung hielten wir lange genug durch, um ganz schön ins Schwitzen zu kommen. Entspannend war das nicht gerade.

Ein sonderbares Licht flackerte in seinen rotgeränderten Augen. Ich kam zu spät darauf, was kommen würde. Sein linker Revolver schwenkte von mir weg – und explodierte.

Ein Loch sprang oben in Big Nacios Kopf auf. Er kippte zur Seite.

Grinsend schoß Milk River Peery aus dem Sattel.

Als Peerys rechter Revolver losging, war ich gerade unterhalb der Schußlinie. Ich geriet unter die Hufe seines sich aufbäumenden Pferdes und versuchte hochzukommen. Dunnes Revolver husteten.

»Rein!« schrie ich Milk River an und jagte zwei Kugeln in Dunnes Pferd.

Kugeln jaulten überall, aus allen Richtungen: um uns herum, unter und über uns.

In der erleuchteten Tür preßte Milk River sich auf den Boden und spuckte Feuer und Blei aus beiden Händen. Dunnes Pferd war zusammengesackt. Dunne kam hoch – riß beide Hände vors Gesicht – und ging neben seinem Pferd zu Boden.

Milk River stellte das Feuerwerk gerade so lange ein, daß ich über ihn hinweg ins Haus stürzen konnte.

Während ich den Lampenzylinder zerschlug und die Flamme ausblies, knallte er die Tür zu. An Wand und Tür machten Kugeln Musik.

»Hab ich's richtig gemacht, diesen Knilch abzuschießen?« fragte Milk River.

»Gute Arbeit!« log ich.

Es war sinnlos, über das, was passiert war, sich Kopfschmerzen zu machen, aber ich hatte Peerys Tod nicht gewollt. Auch Dunnes Tod war unnötig. Schießeisen sind erst dran, wenn's mit dem Reden nicht geklappt hat, und mir waren die Worte noch längst nicht ausgegangen, als dieser braunhäutige Bursche losgelegt hatte.

Die Kugeln hörten auf, Löcher in die Tür zu stanzen.

»Die Jungs brüten was aus«, vermutete Milk River. »Sie können nich mehr viel Munition übrig haben, wenn sie Nacio seit früh am Morgen beballert haben.«

Ich fand ein weißes Taschentuch in meiner Tasche und fing an, eine Ecke in eine Gewehrmündung zu stopfen.

»Wofür soll denn das gut sein?« fragte Milk River.

»Reden.« Ich bewegte mich zur Tür. »Und Sie halten Ihre Hand still, bis ich fertig bin.«

»Hab noch nie 'nen Typ gesehen, der so fürs Reden war«, beklagte er sich.

Ich öffnete die Tür vorsichtig einen Spalt weit. Nichts passierte. Ich schob das Gewehr durch den Spalt und schwenkte es im Licht des noch brennenden Feuers. Immer noch passierte nichts. Ich öffnete die Tür und trat hinaus.

»Schickt jemand zum Reden runter!« schrie ich in die Dunkelheit draußen.

Eine Stimme, die ich nicht erkannte, fluchte bitterlich und setzte zu einer Drohung an: »Euch geben wir –«

Plötzlich wieder Stille.

Metall glänzte auf einer Seite.

Buck Small, die vorstehenden Augen dunkel gerändert, verschmiertes Blut auf einer Backe, kam ins Licht.

»Was habt ihr Leute vor?« fragte ich.

Er sah mich düster an. »Wir wollen uns den Milk River schnappen. Gegen Sie haben wir gar nichts. Sie tun das, wofür Sie bezahlt werden. Aber Milk River hat Peery nicht umbringen müssen!«

»Ihr Jungs müßt euch mal selbst 'n paar Gedanken machen, Buck. Die wilden Zeiten sind vorbei. Ihr habt soweit nichts auf dem Kerbholz. Nacio ist frech geworden, und ihr habt getan, was ihr tun mußtet, als ihr seine Reiter über die ganze Wüste hinweg massakriert habt. Aber ihr habt kein Recht, mit meinen Gefangenen Mist zu machen. Peery wollte das nicht einsehen. Und wenn wir ihn nicht erschossen hätten, hätte er später gebaumelt!

Und was Milk River betrifft: der schuldet euch gar nichts. Er hat Peery vor euren Gewehrläufen umgelegt – ohne 'ne gleiche Chance zu haben! Ihr Leute hattet die Karten gegen uns gemischt. Milk River hat was riskiert, was ihr oder ich nicht riskiert hättet. Es gibt nichts, worüber ihr euch aufregen müßtet.

Ich hab da drinnen zehn Gefangene, und ich hab 'ne Menge Schießeisen und auch 'ne Menge von dem Zeug, was man da reintut. Wenn ihr mich soweit bringt, verteile ich die Gewehre an meine Gefangenen und lasse sie kämpfen. Lieber verliere ich jeden einzelnen auf diese Weise, als daß ich sie euch überlasse.

Alles, was für euch Jungs rausspringt, wenn ihr gegen uns

kämpft, ist 'ne Menge Ärger – egal, ob ihr gewinnt oder verliert. Diese Ecke des Bezirks Orilla war länger sich selbst überlassen als irgendein andres Gebiet des Südwestens. Aber diese Zeiten sind vorbei. Von draußen ist Geld reingekommen; von draußen kommen Leute. Ihr könnt nicht mit dem Kopf durch die Wand! Das haben Männer in den alten Zeiten versucht und haben's nicht geschafft. Sprich mal mit den andern darüber.«

»Yeah«, und er verschwand in der Dunkelheit.

Ich ging hinein.

»Ich denke, sie werden vernünftig sein«, sagte ich zu Milk River, »aber man kann nie wissen. Deshalb schnüffeln Sie mal lieber herum und sehen Sie zu, ob Sie einen Durchlaß durch den Fußboden zu unserem Kellerkittchen finden. Ich hab das nämlich ernst gemeint, daß ich unseren Gefangenen die Gewehre geben würde.«

Zwanzig Minuten später war Buck Small zurück.

»Sie haben gewonnen«, sagte er. »Aber Peery und Dunne nehmen wir mit.«

Nichts ist mir je schöner erschienen als mein Bett im *Cañon House* am nächsten Abend. Der Zirkus mit dem gelben Pferd, mein Kampf mit Chick Orr, die ungewohnte Reiterei – all diese Dinge hatten mir mehr Schmerzen eingebracht, als der Bezirk Orilla Sand hatte.

Unsere zehn Gefangenen ruhten sich in Adderlys altem Lagerraum aus, bewacht von Freiwilligen aus den Reihen der ehrbaren Bürger. Milk River hatte die Oberaufsicht. Dort würden sie gut aufgehoben sein, dachte ich, bis die Einwanderungs-Inspektoren, die ich benachrichtigt hatte, sie holen würden. Die meisten von Big Nacios Männern waren im Kampf mit den Leuten der Circle H. A. R. auf der Strecke geblieben, und ich glaubte nicht, daß Bardell genug Leute zusammenkriegen könnte, um mein Gefängnis aufzubrechen.

Von nun an würden die Circle H. A. R.-Reiter sich einigermaßen vernünftig benehmen, dachte ich. Zwei Dinge waren noch zu regeln, aber das Ende meines Jobs in Corkscrew war abzusehen. Ich war also nicht unzufrieden mit mir, als ich steifbeinig aus den Kleidern stieg und zu wohlverdientem Schlaf ins Bett kletterte.

Bekam ich ihn? Nein.

Kaum hatte ich mich eingeräkelt, da bollerte jemand an meine Tür.

Es war der nervöse kleine Dr. Haley.

»Ich wurde vor ein paar Minuten in Ihr Behelfsgefängnis gerufen, um nach Rainey zu sehen«, sagte der Arzt. »Er hat zu fliehen versucht und sich im Kampf mit einem der Bewacher den Arm gebrochen. Nichts Ernstes, aber der Zustand des Mannes ist ernst. Man sollte ihm etwas Kokain geben. Ich glaube, es ist nicht ungefährlich, wenn man ihm die Droge noch länger vorenthält.«

»Ist er wirklich so übel dran?«

»Ja.«

»Ich komm runter und red mit ihm«, sagte ich und fing zögernd an, mich wieder anzuziehen. »Ich habe ihm auf dem Weg von der Ranch hier rauf ab und zu einen Schuß verabreicht – genug, um ihn daran zu hindern, daß er schlappmachte. Aber jetzt will ich ein paar Informationen aus ihm rausholen, und er bekommt erst was, wenn er singt.«

Wir konnten Raineys Geheul schon hören, ehe wir das Gefängnis erreichten.

Milk River sprach gerade mit einem der Bewacher.

»Er wird Ihnen sonstwas an den Kopf werfen, Chef, wenn Sie ihm keine Pille geben«, sagte Milk River zu mir. »Ich hab ihn jetzt festgebunden, damit er sich nicht die Schiene vom Arm fetzt. Der ist total hinüber!«

Der Arzt und ich gingen hinein, während der Bewacher in der Tür eine Laterne hochhielt, damit wir sehen konnten.

In einer Ecke des Raumes saß Gyp Rainey auf dem Stuhl, an den Milk River ihn festgebunden hatte. Schaum stand ihm in den Mundwinkeln. Er wand sich in Krämpfen.

»Um Christi willen, gebt mir 'nen Schuß!« winselte Rainey mich an.

»Fassen Sie an, Doc, wir tragen ihn raus.«

Wir hoben ihn mitsamt dem Stuhl hoch und trugen ihn nach draußen.

»Jetzt hör mit dem Gebrüll auf und hör zu«, befahl ich. »Du hast Nisbet erschossen. Ich will wissen, was los war. Für die wahre Geschichte kriegst du deinen Schuß.«

»Ich hab ihn nicht umgelegt!« schrie er.

»Das ist gelogen. Du hast Peerys Seil gestohlen, als der Rest von uns Montagmorgen bei Bardell war und wir über Slims Tod redeten. Du hast das Seil dort festgemacht, wo es aussehen mußte, als ob der Mörder den Cañon runter abgehauen wäre. Dann hast du am Fenster gestanden, bis Nisbet in das Hinterzimmer kam – und hast ihn erschossen. Kein Mensch ist das Seil runtergerutscht – sonst hätte Milk River irgendeine Spur gefunden. Spuckst du's aus oder nicht?«

Er wollte nicht. Er schrie und fluchte und flehte und leugnete, daß er irgend etwas über den Mord wüßte.

»Ab mit dir!« sagte ich.

Dr. Haley legte mir die Hand auf den Arm: »Ich möchte nicht, daß Sie denken, ich misch mich ein, aber ich muß Sie wirklich warnen: was Sie tun, ist gefährlich. Es ist meine Überzeugung und meine Pflicht, Ihnen zu sagen, daß Sie das Leben dieses Mannes gefährden, wenn Sie ihm die Droge verweigern.«

»Das weiß ich, Doc, aber das muß ich riskieren. So schlimm kann's mit ihm noch nicht sein, sonst würde er nicht lügen. Wenn ihn der Entzug voll trifft, wird er reden!«

Als Gyp Rainey wieder verstaut war, ging ich zurück in mein Zimmer. Aber nicht ins Bett.

Clio Landes wartete auf mich. Sie saß da – ich hatte die Tür nicht abgeschlossen – mit einer Flasche Whisky, und sie war so ungefähr dreiviertel voll – eine von diesen melancholischen Betrunkenen.

Sie war ein armes, leidendes, einsames, heimwehkrankes Mädchen, weit weg von ihrer eigenen Welt. Sie betäubte sich mit Alkohol, erinnerte sich an ihre toten Eltern, an traurige Momente ihrer Kindheit und unglückliche Abschnitte ihrer Vergangenheit und vergoß Tränen darüber.

Es war fast vier Uhr an diesem Donnerstagmorgen, als der Whisky endlich meine Gebete erhörte und sie an meiner Schulter einschlief.

Ich nahm sie hoch und trug sie den Flur hinunter in ihr Zimmer. Als ich gerade an ihrer Tür war, kam der fette Bardell die Treppe hoch.

»Immer im Dienst, der Herr Sheriff«, meinte er jovial und ging weiter.

Die Sonne stand hoch, und das Zimmer war heiß, als ein vertrautes Geräusch mich weckte: Jemand klopfte an meine Tür. Diesmal war es einer der freiwilligen Bewacher, der langbeinige Junge, der Montag nacht Peery die Warnung rübergebracht hatte.

»Gyp verlangt nach Ihnen.« Das Gesicht des Jungen war verstört. »Er ist so wild nach Ihnen, ich hab noch nie 'n Mann gesehn, der so verrückt nach was war.«

Rainey war fertig, als ich bei ihm ankam.

»Ich war's! Ich war's!« kreischte er mich an. »Bardell war's klar, daß die von der Circle H. A. R. wegen Slim zurückschlagen würden. Er hat mich dazu gebracht, Nisbet umzulegen und die Karten gegen Peery zu mischen, damit Sie gegen den vorgehen mußten. Er hatte es vorher schon mal versucht und war damit reingefallen!

Gib mir 'nen Schuß! Bei Gott, das ist die Wahrheit! Ich hab das Seil geklaut und da angemacht, und dann hab ich Nisbet mit Bardells Kanone erschossen, als der ihn nach hinten geschickt hat. Die Kanone ist unter dem Haufen Blechdosen hinter Adderlys Laden. Komm, gib mir den Schuß!«

»Wo ist Milk River?« fragte ich den langbeinigen Jungen.

»Schätze, der schläft. Er ist gegen Morgen weggegangen.«

»O. K., Gyp. Wart ab, bis der Doktor kommt. Ich schick ihn rüber.«

Ich fand Dr. Haley in seinem Haus. Eine Minute später trug er eine Ladung zu dem Fixer hinüber.

Der *Border Palace* machte vor Mittag nicht auf. Die Türen waren geschlossen. Ich ging die Straße hinauf zum *Cañon House*. Gerade als ich die Treppe zur Veranda hochging, kam mir Milk River entgegen.

»Hallo, junger Freund«, grüßte ich ihn. »Haben Sie 'ne Ahnung, in welchem Zimmer Ihr Freund Bardell zu ruhen pflegt?«

Er schaute mich an, als sähe er mich zum erstenmal. »Schätze, das finden Sie selber raus. Hab die Nase voll davon, für Sie die Dreckarbeit zu machen. Suchen Sie sich 'ne andre Amme, oder scheren Sie sich zum Teufel!«

Seine Worte rochen nach Whisky. Aber er war nicht betrunken genug, daß das alles erklärt hätte.

»Was ist los mit Ihnen?« fragte ich.

»Was los ist? Sie sind ein mieser –«

Das reichte mir.

Seine rechte Hand flog nach unten, als ich auf ihn zutrat.

Ehe er ziehen konnte, drängte ich ihn mit der Hüfte gegen die Wand und umklammerte seine beiden Arme mit den Händen.

»Kann ja sein, daß du ein gerissener Hund mit deiner Knarre bist«, knurrte ich und schüttelte ihn. Es machte mir viel mehr aus, als wenn es ein Fremder gewesen wäre. »Aber wenn du irgendeinen deiner Tricks mit mir versuchst, leg ich dich übers Knie!«

Clio Landes' magere Finger gruben sich in meinen Arm.

»Hört auf! Hört auf!« schrie sie, und dann noch zu Milk River: »Benimm dich doch anständig!« und zu mir: »Er ist sauer wegen was von heute morgen. Er meint's nicht so!«

Ich war selber sauer.

»Aber ich mein's so!« betonte ich.

Doch ich ließ ihn los und ging hinein. In der Tür stieß ich mit dem bleichen Vickers zusammen.

»Was für ein Zimmer hat Bardell?«

»214. Warum?«

Ich ging an ihm vorbei nach oben.

Mit der einen Hand hielt ich meinen Revolver, mit der anderen klopfte ich an Bardells Tür.

»Wer ist da?«

Ich sagte es ihm.

»Was wollen Sie?«

Ich sagte, daß ich mit ihm reden wollte.

Er ließ mich ein paar Minuten warten, ehe er aufmachte. Er war nur halb angezogen. Aber unterhalb der Gürtellinie war alles da. Oben hatte er eine Jacke über seinem Unterhemd. Eine Hand steckte in der Jackentasche.

Er kriegte große Augen, als er den Revolver in meiner Hand sah.

»Sie sind verhaftet wegen Mordes an Nisbet!« teilte ich ihm mit. »Nehmen Sie die Hand aus der Tasche.«

Er versuchte, so auszusehen, als glaubte er, daß ich bloß Spaß machte.

»Wegen Mordes an Nisbet?«

»Genau. Rainey hat gesungen. Nehmen Sie die Hand aus der Tasche.«

Er schaute mir jetzt nicht in die Augen, sondern an meinem Kopf vorbei; in seinen Augen brannte Triumph.

Mit dem ersten Schuß kam ich ihm zuvor, da er Zeit verschwendet hatte, darauf zu warten, daß ich auf diesen uralten Trick reinfiele.

Seine Kugel streifte meinen Hals.

Meine erwischte ihn da, wo sein Unterhemd prall über seiner fetten Brust saß.

Im Fallen zerrte er an seiner Tasche, um die Pistole für einen weiteren Schuß freizubekommen.

Ich hätte mich auf ihn stürzen können, aber es war sowieso aus. Die erste Kugel steckte in der Lunge. Ich jagte noch eine in ihn hinein.

Der Flur füllte sich mit Menschen.

»Holt den Doktor!« rief ich ihnen zu.

Aber Bardell brauchte ihn nicht mehr. Er war tot, ehe ich es gesagt hatte.

Chick Orr schob sich durch die Menge in den Raum.

Ich stand auf und steckte meinen Revolver ins Halfter zurück.

»Ihnen kann ich nichts nachweisen, Chick – noch nicht«, sagte ich langsam. »Sie wissen besser als ich, ob da noch was anliegt oder nicht. An Ihrer Stelle würde ich aus Corkscrew verduften, ohne viel Zeit fürs Packen zu verschwenden.«

Der Ex-Boxer schielte nach mir, rieb sich das Kinn und schnalzte.

»Falls jemand nach mir fragt, sagt ihnen, ich bin auf Tour«, und er schob sich wieder durch die Menge nach draußen.

Als der Arzt kam, nahm ich ihn mit in mein Zimmer, wo er meinen Hals verpflasterte. Die Wunde war nicht schlimm, aber sie blutete stark.

Als er fertig war, holte ich frisches Zeug aus meiner Tasche und zog mich aus. Aber als ich gerade ans Waschen ging, merkte ich, daß der Doktor mein ganzes Wasser verbraucht hatte. Ich zog mir Jacke, Hosen und Schuhe an und ging in die Küche hinunter, um neues zu holen.

Als ich wieder nach oben kam, war der Flur leer bis auf Clio Landes.

Sie ging an mir vorbei und schaute angestrengt weg.

Ich wusch mich, zog mich an und schnallte mir den Revolver um. Eine Sache war noch zu regeln, dann hatte ich es geschafft. Ich dachte nicht, daß ich die 32er Spielzeugdinger noch brauchen würde, deshalb legte ich sie weg. Noch eine Sache, und ich war fertig. Mir gefiel der Gedanke, aus Corkscrew wegzukommen. Ich mochte den Ort nicht, hatte ihn nie gemocht, mochte ihn seit Milk Rivers Abfall weniger denn je.

Ich dachte gerade über ihn nach, als ich aus dem Hotel trat – da sah ich ihn auf der anderen Straßenseite stehen.

Ich beachtete ihn gar nicht, sondern ging zum unteren Ende der Straße hin.

Nur einen Schritt. Dann warf eine Kugel Staub vor meinen Füßen auf.

Ich blieb stehen.

»Wehr dich, Dicker!« schrie Milk River. »Ich oder du!«

Nach einem Ausweg suchend, drehte ich mich langsam zu ihm um. Es gab keinen.

Aus seinen Augenschlitzen glänzte der Wahn. Sein Gesicht war eine gräßliche, wilde Maske. Mit dem war nicht mehr zu reden.

»Ich oder du!« schrie er noch einmal und setzte noch eine Kugel vor mir in den Sand. »Wärm deine Kanone an!«

Ich gab es auf, nach einem Ausweg zu suchen, und langte nach meinem Revolver.

Er gab mir eine faire Chance.

Sein Revolver senkte sich in dem Moment herunter zu mir, als meiner sich auf ihn richtete.

Wir drückten gleichzeitig ab.

Feuer sprang mich an.

Ich schlug auf den Boden – meine rechte Seite war ganz taub.

Er starrte mich verwirrt an. Ich hörte auf, ihn anzustarren, und sah auf meinen Revolver – der Revolver hatte nur geklickt, als ich den Abzug drückte!

Als ich wieder hochsah, kam er langsam auf mich zu. Der Revolver baumelte an seiner Seite.

»Auf Nummer Sicher gegangen, was?« Ich hob meinen Revolver hoch, so daß er den abgebrochenen Schlagbolzen sehen konnte. »Geschieht mir ganz recht, hätte ihn nicht auf dem Bett liegen lassen sollen, als ich zum Wasserholen runterging.«

Milk River ließ seinen Revolver fallen und packte meinen.

Clio Landes kam aus dem Hotel auf ihn zugerannt.

»Du bist doch nicht –?«

Milk River hielt ihr meinen Revolver unter die Nase. »Warst du das?«

»Ich hatte Angst –«, begann sie.

»Du –!« Milk River schlug dem Mädchen mit dem Handrükken auf den Mund.

Er ging neben mir in die Knie, er sah plötzlich wie ein kleiner Junge aus. Eine Träne fiel heiß auf meine Hand. »Chef, ich hab's nicht –«

»Schon in Ordnung«, versicherte ich ihm, und ich meinte es so.

Ich kriegte nicht mit, was er sonst noch sagte. Die Taubheit in meiner Seite ließ nach, und was dann kam, war nicht gerade angenehm. In mir drehte sich alles ...

Als ich wieder zu mir kam, lag ich im Bett. Dr. Haley stellte gerade unangenehme Dinge mit meiner Seite an. Hinter ihm hielt Milk River mit zittrigen Händen eine Schüssel.

»Milk River?« sagte ich flüsternd – mehr gab meine Stimme nicht her. Er beugte sich über mich.

»Schnapp dir die Kröte. Er hat Vogel umgelegt. Vorsicht – hat 'ne Knarre. Red von Notwehr – vielleicht gesteht er. Sperr ihn ein mit den andern.«

Dann wieder süßer Schlaf.

Es war Nacht, und trübes Lampenlicht füllte den Raum, als ich die Augen wieder öffnete. Clio Landes saß an meinem Bett, starrte auf den Fußboden, des Jammers voll.

»Guten Abend«, brachte ich zustande.

Es tat mir leid, daß ich überhaupt etwas gesagt hatte.

Sie schüttete ihre Tränen über mich aus, und ich mußte ihr in einem fort versichern, daß ich ihr das faule Ding mit meinem Revolver verziehen hatte. Ich weiß nicht, wie oft ich ihr verzeihen mußte. Es wurde verdammt lästig.

Ich mußte die Augen zumachen und so tun, als wäre ich weggetreten, um ihr den Mund zu stopfen.

Ich mußte etwas geschlafen haben, denn als ich mich wieder umguckte, war es Tag, und Milk River hockte auf dem Stuhl.

Er stand auf, ohne mich anzusehen, ließ den Kopf hängen.

»Ich mach mich ab, Chef, jetzt wo Sie wieder auf die Beine kommen. Aber trotzdem, Sie sollen wissen – daß wenn ich gewußt hätte, was diese – mit Ihrem Revolver gemacht hat, wär ich nie auf Sie losgegangen.«

»Was war denn überhaupt mit Ihnen los?« knurrte ich ihn an.

»Nicht ganz dicht, schätz ich«, murmelte er. »Hatte 'n paar Drinks intus, und dann hat mir der Bardell das ganze Zeugs von wegen Sie und ihr verbraten, und daß Sie mich für dumm verkaufen. Und – und da hab ich total durchgedreht, schätz ich.«

»Noch was davon in den Knochen?«

»Himmel, nee, Chef!«

»Dann schlag ich vor, Sie hören jetzt mit diesem Quatsch auf und setzen sich hin und reden mal vernünftig. Sind Sie und das Mädchen noch verkracht?«

Sie waren es, und so heftig, wie's ging.

»Sie sind vielleicht ein Rindvieh!« sagte ich zu ihm. »Sie ist hier draußen fremd und hat Heimweh nach ihrem New York. Ich konnte mit ihr reden und kannte ein paar Freunde von ihr. Das war alles –«

»Aber das ist doch nicht der Hammer, Chef! Eine Frau, die sowas fertigkriegt –«

»Quatsch! Es war ein schofler Trick, o. k. Aber eine Frau, die sowas fertigkriegt, wenn man in der Klemme sitzt, ist Gold wert. Nun gehn Sie los und sehn Sie zu, daß Sie diese Clio finden, und bringen Sie sie her!«

Er tat so, als zögerte er. Aber ich hörte ihre Stimme, als er an ihre Tür klopfte. Und sie ließen mich in meinem Schmerzensbett daliegen, eine geschlagene Stunde, ehe sie wieder an mich dachten. Sie kamen so eng aneinandergeschmiegt herein, daß einer über die Füße des andern stolperte.

»Also zur Sache«, brummelte ich. »Was für 'n Tag haben wir heute?«

»Montag.«

»Haben Sie die Kröte gekriegt?«

»Hab ich«, sagte Milk River, der den einzigen Stuhl mit dem Mädchen teilte. »Er ist jetzt drüben in der Bezirkshauptstadt –

mit den anderen. Den Köder mit der Notwehr hat er geschluckt und dann ausgepackt. Wie sind Sie darauf bloß gekommen, Chef?«

»Auf was?«

»Daß die Kröte den armen alten Slim umgelegt hat. Er sagt, daß Slim in der Nacht damals reingekommen ist, ihn aufgeweckt hat und für einen Dollar und zehn Cent bei ihm gefuttert hat, und dann hat er die Frechheit gehabt, ihm zu sagen, er soll mal zu kassieren versuchen. Da gab's Stunk, und Slim langt nach seiner Knarre, und die Kröte kriegt Schiß und knallt ihn ab – worauf Slim freundlicherweise rausstolpert, um vor der Tür zu krepieren. Aber wie sind Sie draufgekommen?«

»Ich sollte meine Berufsgeheimnisse nicht ausposaunen, aber diesmal mach ich 'ne Ausnahme. Die Kröte war grade beim Hausputz, als ich reinkam, um ihn zu fragen, was er über den Mord wußte, und er hatte seinen Fußboden geschrubbt, bevor er mit der Decke anfing. Wenn das überhaupt was bedeutete, dann konnte es nur heißen, daß er gezwungen war, den Fußboden zuerst zu schrubben, und daß er alles saubermachte, um das zu vertuschen. Also war vielleicht Slims Blut auf seinen Fußboden geflossen.

Wenn man davon einmal ausging, war der Rest leicht. Als Slim den *Border Palace* verließ, war er stocksauer. Zuerst hatte er gewonnen, jetzt war er pleite. Beim Ziehen hatte ihn Nisbet gedemütigt. Das Zeug, das er den ganzen Tag in sich reingegossen hatte, hatte ihn auch nicht grade friedlicher gestimmt. Red Wheelan hatte ihn am Nachmittag daran erinnert, wie die Kröte ihn bis zur Ranch verfolgt hatte, um die paar Cents zu kassieren. Was lag also näher, als daß er seinen Ärger in die Bude von der Kröte schleppte? Daß Slim nicht mit der Schrotflinte erschossen worden war, bedeutete gar nichts. Diese Schrotflinte hab ich von Anfang an nicht ernstgenommen. Wenn die Kröte sich auf das Ding verlassen hätte, hätte er's bestimmt nicht so offen aufbewahrt, noch dazu unter einem Regal, wo er's nicht so leicht rausholen konnte. Ich dachte mir, daß das Ding für die moralische Wirkung da war, und daß er für den Ernstfall noch 'n andres so verstaut hatte, daß man's nicht sehen konnte.

Ein andrer Punkt, den Sie nicht mitbekommen haben, war, daß Nisbets Geschichte anscheinend Hand und Fuß hatte – überhaupt nicht von der Sorte, die man erzählt, wenn man schuldig ist. Was Bardell und Chick erzählten, war nicht so gut, aber wahrscheinlich dachten sie wirklich, Nisbet hätte Slim umgelegt, und versuchten ihn zu decken.«

Milk River grinste mich an und zog das Mädchen fester an sich.

»So ganz blöd sind Sie ja nicht«, sagte er. »Clio hat mich ja gleich, als sie Sie das erstemal gesehen hat, gewarnt, ich sollte ja nicht versuchen, Sie zu linken.«

Seine wasserhellen Augen blickten auf einmal ins Leere.

»Mann, all diese Leute, die umgelegt, zusammengeschossen und eingesperrt worden sind – und alles wegen einem Dollar und zehn Cent. Bloß gut, daß Slim keine fünf Dollar verfressen hat. Der hätte glatt ganz Arizona entvölkert!«

Tulip

Ich saß im Wurzelloch einer Blaukiefer, die der Sturm vor ein paar Jahren umgeworfen hatte, und beobachtete einen Rotfuchs, der sich in einem Versteck aus abgestorbenem Brombeerbuschwerk hin und her überlegte, was er von dem Geruch eines Stinktiers halten sollte, der über die Lichtung wehte; er kam mit einem Lüftchen, das bis vor kurzem auch noch Feldmausgequieke hergetragen hatte. Dann drehte der Fuchs seinen Kopf; er blickte in die Richtung, aus der er gekommen war, und dorthin verschwand er wieder mit dieser besonderen Gangart, die Füchse so an sich haben – sehr präzise, so daß die ganze Aktion überraschend und zugleich ruhig wirkte. Ich dachte, die Hunde seien draußen; die Hunde machen immer einen Riesenlärm im Wald, und ich war der Ansicht, daß die Füchse Hunde und Menschen mit der gleichen verächtlichen Vorsicht behandeln – da hörte ich die Schritte eines Menschen.

Tulip knickte ein paar Brombeerzweige aus dem Weg, nur ein paar Meter vom Standort des Fuchses, und trat auf die Lichtung. »Hallo, Pop«, sagte er, als er mich sah, und grinste über sein ganzes breites Gesicht; »du bist noch dünner geworden, aber tot kriegen sie dich nicht, stimmt's?«

»Wie hast du mich gefunden?« fragte ich.

Er deutete mit seinem dicken Daumen in Richtung auf das Haus. »Jemand hat mir erzählt, daß ich dich vielleicht hier finde, aber wenn du Versteck spielen willst, mir macht's nichts aus, herumzuspringen und mitzuspielen.« Er bemerkte die Flinte in meiner Hand. »Was soll denn das? Die Jagdzeit ist vorbei.«

»Es gibt immer noch Krähen.«

Er zuckte mit seinen dicken Schultern. »Nur Doofe schießen auf was, was sie nicht essen wollen. Wie war's im Knast?«

»Du mußt das fragen!«

Er grinste. »Ich war nie in einem Bundesgefängnis, bloß so Staats- und Distrikts-Dinger. Wie sind denn die Bundeskittchen?«

»Sind wohl erstklassig, nur: Jedes Gefängnis ist ein Loch, wenn du erst drin bist.»

»Wem sagst du das! Hab ich dir schon mal erzählt, wie ich da –«

Ich sagte: »Hör auf, um Gotteswillen«, und bückte mich, um den Hocker zusammenzufalten, auf dem ich gesessen hatte.

»Na schön«, sagte er gutgelaunt. »Erinnere mich dran, daß ich es dir mal erzähle. Wo hast 'n du das Gadget her?« Er schaute auf den Hocker, ein metallenes Klappgestell mit dunkelgrünem Stoffsitz und Taschen mit Reißverschlüssen drunter.

»Mitgehen lassen.«

»Was is 'n das für grünes und braunes Zeugs da an der Seite?«

»Da ham sie ein Zauberband rumgewickelt, daß es im Wald nicht so stark glänzt.«

Er nickte. »Du bist ja noch fit. Aber – von einem Mann in deinem Alter kann man wohl nicht erwarten, daß er sich auf dem Boden lagert.«

»Du bist ja auch schon in den Fünfzigern«, sagte ich.

»Und du bist viel älter!«

»Blödsinn, in diesem Jahr werde ich achtundfünfzig.«

»Na bitte! Genau! Du mußt auf dich aufpassen, Pop!« Er stand am Rand des Wurzelloches, während ich mich ein Dutzend Meter entfernte, um aus einer Astgabel des Ahorns den Gipsertopf zu holen. »Was ist das?« fragte er mich, während ich mich von dem Baumwipfel herunterhangelte.

Ich erklärte es. »Lumpen, die mit dem Sekret eines Stinktiers getränkt sind; da kommt das Wild nah heran, weil es den Menschengeruch übertönt. Ich wollte es mal an einem Fuchs ausprobieren.«

»Manchmal wirst du schon verdammt kindisch«, sagte er und ging hinter mir her über die Lichtung.

Er folgte mir auf dem Wildpfad durch die Wälder und auf dem

Weg durch den Steingarten zum Haus. Ich stellte den Gipsertopf an seinen Platz zwischen zwei Steinen, legte einen dritten drauf und entlud die Flinte; dann begaben wir uns auf den überdachten Vorplatz. Dort standen vor der Haustür zwei stark ramponierte Lederkoffer und ein dunkelgrüner Seesack.

»Was soll das?« fragte ich. »Ich bin hier doch selbst nur zu Besuch.«

»Was für Freunde sind das, wenn ein Freund von dir nicht ihr Freund ist? Aber es wird ja sowieso nur für ein paar Tage sein. Du weißt ja, viel länger kann ich es nicht ertragen.«

»Nichts da. Ich versuche, mit einem Buch anzufangen.«

»Genau darüber wollte ich ja mit dir reden.« Er legte mir eine große Hand auf den Rücken und drängte mich vorwärts zur Tür. »Ich kann auch sehr gut hier draußen reden, aber du mußt dich ja setzen und was zu trinken in der Hand haben.«

Ich nahm ihn mit ins Haus, stellte die Flinte und den Falthokker in eine Ecke des Flurs und goß ihm was zu trinken ein. Als er mich fragend ansah, sagte ich: »Ich habe drei Jahre keinen angerührt.«

Er ließ den Whisky-Soda im Glas kreisen, wie die Leute, die das Klimpern der Eisstückchen gern hören. »Ist wahrscheinlich auch gut so«, sagte er. »Ich erinnere mich gar nicht dran, daß du dich so an den Schnaps gehalten hast.«

Ich lachte und lud ihn mit einer Handbewegung ein, in einem dunkelroten Lehnsessel Platz zu nehmen. Wir waren in dem Wohnzimmer, einem großen braun-rot-grün-weißen Zimmer mit einem hübschen Vuillard über dem Fernseher. »So beleidigt man doch keinen früheren Saufbold! Du müßtest sagen, er hätte doch sowieso nie so viel getrunken.«

»Nun, eigentlich hast du ...«

»Hör auf damit. Jetzt setz dich und höre dir an, warum du nach dem Essen in die Stadt zurückfährst. Ich habe mit einem Buch angefangen, und ...«

»Da draußen hast du mir's anders gesagt«, sagte er.

»Wieso?«

»Du hast gesagt, du *versuchst*, mit einem Buch anzufangen. Und grade darüber wollte ich mit dir reden. Es ist doch blöd – es ist immer blöde gewesen, Pop, daß du nicht siehst, daß –«

»Paß auf, Tulip – wenn das nun unbedingt dein Name sein soll –, ich werde nie auch nur ein Wort über dich schreiben, wenn es sich vermeiden läßt. Du bist ein närrischer und dumpfer Mensch, der rumläuft und närrische und dumpfe Sachen treibt, von denen er meint, es könnte mal jemand drüber schreiben. Wenn es aus diesem Grund wäre, so wäre ja jeder närrisch und dumpf. Und wo um Gotteswillen hast du die Vorstellung bekommen, daß Autoren überall herumrennen und nach beschreibbaren Dingen Ausschau halten? Das Problem ist, wie man das Material zusammenbaut, nicht wie man es kriegt. Die meisten Autoren, die ich kenne, haben viel zu viele Sachen, über die sie reden. Sie waten geradezu im Stoff, mit dem sie nie fertig werden.«

»Alles Worte«, sagte er. »Wenn du so viel Stoff hast, wieso hast du dann so lange nichts geschrieben?«

»Woher weißt du denn, wieviel ich geschrieben habe?«

»Viel kann's nicht sein. Früher waren die Magazine voll von deinem Zeug. Jetzt sehe ich höchstens noch deine frühen Sachen wieder gedruckt, und auch davon immer weniger.«

»Ich bin nicht bloß zum Schreiben da. Ich –«

»Du weichst mir aus«, sagte er. »Wir reden über deine Schreiberei. Mir ist es gleich, ob du ein bißchen von deiner Zeit verschwendest, indem du hier draußen Spielchen mit kleinen Tieren spielst oder dich als Held gebärdest, indem du ins Gefängnis gehst, aber – also bitte, Pop, du bist doch nicht bloß wegen der Erfahrung ins Gefängnis gegangen, oder? Ich hätte dir nämlich eine Menge Zeit und Mühe ersparen können, wenn ich dir alles erzählt hätte, was du wirklich wissen –«

Ich sagte: »Bestimmt«.

Er zuckte die Achseln, trank, wischte sich mit einem dicken Zeigefinger über die Lippen und sagte: »Es ist genau wie vieles andere, was du so von dir gibst – es hat überhaupt nichts zu bedeuten. Du sagst es nur. Ihr Schreiber habt mehr Worte als –« Er blickte sich im Zimmer um; der Anblick schien ihm zu gefallen. »Das ist eine ganz nette Bude. Wem gehört sie?«

»Irgendwelchen Leuten namens Irongate.«

»Freunde von dir?«

»Nee, noch nie von ihnen gehört.«

»Na schön, ein Witz«, sagte er. »Sind die hier in der Gegend?«

»Soweit ich weiß, sind sie noch in Florida.«

»Dadurch wird es noch blöder als vorher, wenn du sagst, ich könnte hier nicht ein paar Tage bleiben. Wie sind die denn?«

»Leute.«

»Vielleicht bist du ein interessanter Autor, aber was du so sagst, klingt nicht danach. Was für Leute sind es denn? Alte Leute? Linkshänder?«

»Paulie wird wohl Anfang dreißig sein, Gus ist ein paar Jahre älter.«

»Bloß die beiden? Keine Kinder?«

»Wie wär's, wenn du die Antworten gleich aufschreiben würdest, so daß wir nicht noch mal von vorne anfangen müssen, wenn der Mann von der Volkszählung kommt?! Drei Kinder zwischen sechzehn und etwa zwölf.«

Seine grauen Augen wurden hell. »Sechzehn, was? Und sie ist erst Anfang dreißig? Die *mußten* wohl heiraten?«

»Was weiß ich? Ich kenne sie erst, seitdem ich aus der Armee entlassen wurde.«

»Und das war vielleicht 'ne Armee!« Er stand mit seinem leeren Glas auf. »Mach dir keine Mühe. Ich mach mir selber einen. Das bißchen, was du über Schnaps-Eingießen gewußt hast, hast du auch noch vergessen, seitdem du nicht mehr trinkst. Haben wir nicht einen tollen Krieg da in den Aleuten geführt? Warte mal – hast du nicht die Armee vor mir verlassen?«

»Ich kam im September '45 zurück.«

»Dann ist es fast sieben Jahre her, daß wir uns zuletzt gesehen haben.« Er nahm sein volles Glas mit zum roten Lehnsessel und setzte sich wieder.

»Es ist länger her. Ich habe dich zuletzt in Kiska gesehen, und da bin ich seit '44 nicht mehr gewesen.«

»'44, '45, was macht das schon aus! Bist du ein idiotischer Geschichtsschreiber, der dauernd mit dem Kalender in der Hand rumläuft? Erzähl mir mehr von den Irongates. Haben sie Geld?«

»Oh, an Kiska willst du wohl nicht so gern erinnert werden, was? – Ich glaube, Geld haben sie. Weiß nicht wieviel.«

»Was macht er denn?«

»Er malt Bilder, aber davon lebt er nicht. Ich glaube, sein alter Herr hat ihm ein bißchen was hinterlassen.«

»Sein alter Herr ist offenbar ein netter Mensch gewesen.«

»Aber jedenfalls Geschäfte wirst du mit ihnen nicht machen.«

Er starrte mich an, sein grobes Gesicht war nichts als ehrliche Überraschung unter dem kurzgeschnittenen, dicken, sandfarbenen Haar. »Was für Geschäfte?«

»Alle Arten von Geschäften. Nichts zu landen, Tulip.«

»Also, jetzt hör aber auf!« sagte er. »Du weißt, das ist die Schweinerei in unserem Gefängnis-System. Die Leute bekommen da Kontakt mit den übelsten Kriminellen, und es dauert gar nicht lange, dann sehen sie ringsherum nichts als Schlechtigkeit und Unanständigkeit! Es war ja nie deine Art, deine Mitmenschen von der besten Seite zu sehen, aber –«

»Außerdem«, sagte ich, »das FBI hat mich wohl noch immer etwas im Auge und –«

»Das ist was anderes«, sagte er. »Warum hast du das nicht gleich gesagt?« »Ich wollte dich nicht verscheuchen!«

»Mich verscheuchen? Da würdest du nicht weit kommen! Übrigens, zur Zeit bin ich ziemlich gut betucht, alles Samt und Seide, wie die Jungs immer gesagt haben, bloß daß sie es eigentlich nicht gesagt haben.«

»Woher hast du denn den Zaster?«

»Erinnerst du dich noch an den irren Major, der uns immer mit der Viehzucht auf den Aleuten in den Ohren lag, und der sagte, er könnte Maury Maverick dazu bringen, uns so eine Insel billig zu verpachten?«

»Um Gotteswillen, das hast du doch nicht etwa gemacht? Bei den Transportkosten heute –«

»Nee, nee, ich habe nur eben dran gedacht. Wie hieß der Major auch noch?«

»Du hast bloß eben mal dran gedacht, um dich um meine Frage herumzudrücken, wo du deinen angeblichen Zaster herhast.«

»Ach den! Da unten aus der Gegend Oklahoma–Texas.«

»Witwe von 'nem Ölmillionär?«

Er lachte. »Du bist ein Original, Pop.«

»Och, bloß so 'ne Erfahrung aus dem Gefängnis. Da in West Street waren ein paar in Untersuchungshaft wegen so 'ner Sache.«

Tulip wirkte überrascht. »Lieber Himmel, wie stellt es denn so ein Kerl an, Gesetze zu brechen, um Geld von Frauen zu kriegen?«

»Es muß da eine Methode geben.«

Ich ging in die Küche, wo Donald im Abguß Gemüse putzte, während seine Frau das Radio leiser stellte – es spielte den Schlager ›Cry‹.

Ich sagte ihnen: »Mr. Tulip, oder Major Tulip, wenn er sich noch so nennt – er war Oberstleutnant in der Armee –, wird hier über Nacht bleiben, vielleicht auch ein paar Tage. Können Sie ihm ein Zimmer fertigmachen?«

»Soll er das Zimmer neben Ihnen kriegen?« fragte Donald. »Oder am Ende des Flurs, das gelbe Zimmer?«

»Geben Sie ihm das gelbe Zimmer. Vielen Dank.«

Tulip stand auf, als ich ins Wohnzimmer zurückkam und sagte: »Weißt du, Pop, ich hab mir was überlegt. Ich ruf mal ein Mädchen an, da drüben in Everest, und sie hat auch 'ne sehr nette Schwester, wie wär's, wenn ich sie frage, ob sie –«

»Natürlich, du hast bestimmt allerhand Bekannte in der Nachbarschaft. Ich kann auch ein paar ausgraben, und wir beide könnten sicher mit Leichtigkeit so zwanzig, dreißig Leute hierherschaffen!«

»War bloß so ein Einfall«, sagte er und ging rüber zu dem

Tisch in der Ecke, um sich noch ein Glas einzuschenken. »Naja, also, ich wollte ja sowieso mit dir über deine Schreiberei reden. Deswegen bin ich eigentlich gekommen.«

»Stimmt doch gar nicht. Du bist gekommen, um mit mir über dich zu reden.«

»Naja, irgendwie ist das dasselbe.« Er kehrte zu seinem Sessel zurück, setzte sich, legte die Beine übereinander und betrachtete mich von oben bis unten. »Pop, soll ich dir mal sagen, wie es kommt, daß du jedesmal gleich schlechter Laune bist, wenn jemand irgendwas über deine Schreiberei sagt?«

»Nein, du sollst nicht«, sagte ich – ganz offen. »Komm mal zum Thema. Was hast du denn eigentlich gemacht, was nach deiner Meinung so verdammt spannend ist?«

»So ist es nicht.« In seiner stets belegten Stimme klang so etwas wie Verlegenheit mit. »Manchmal glaube ich, daß du mich nicht immer verstehst. Hast du in Shemya mal Lee Branch kennengelernt?«

»Kann mich nicht erinnern. Wieso?«

»Er war in der 12., ein Flieger. Kein besonderer Grund, ich mußte bloß dran denken. Er war ein ziemlich netter Kerl. Ich war mal eine Zeitlang zu Besuch bei ihm – nach meiner Entlassung.«

Tulip erzählte mir über den Besuch, aber er sprach diesem Branch eine Schwester zu, die Paulie hieß – ich hatte ja Paulie Irongate erwähnt –, und in seiner Erzählung hörte sich der Ort, wo sie wohnten, wie Irongates Besitz an, obgleich es in einem anderen Staat war, und in seiner Geschichte gab es auch Flinten, genau wie die, die ich bei mir gehabt hatte, als wir uns getroffen hatten, während ich den Fuchs in der Lichtung beobachtete.

Tulip sprach gewöhnlich umständlich – vor allem, wenn er meinte, sich in seine Geschichten vertiefen zu müssen; aber der Kern seiner Geschichte war – nicht mit diesen Worten und ohne die Nebengedanken, die er angeblich gehabt hatte –, daß Lee Branch sagte: »Da ist was im Anzug«, und den Kopf etwas senkte, um unter seiner schwarzbraunen Hutkrempe durch die Schilfkolben zu spähen.

Fünf Enten erschienen, schwarz auf dem matten perlfarbenen Novemberhimmel; man sah ihr helles Untergefieder, als sie über unsere Köder flogen und gegen den Wind kurvten.

Tulip sagte: »Dann mal drauflos, Kleiner.« Die 20er Foxflinte wirkte in seinen großen Händen wie eine zierliche Waffe. Er feuerte, ohne sich von seinem Sitzplatz unter der absterbenden Weide zu erheben, erst den linken Lauf, und dann den rechten, während die getroffene Ente für einen Augenblick bewegungslos in der Luft hing, als wollte sie, etwas übersteil, aufsteigen. Beide Vögel kamen zu gleicher Zeit auf dem Wasser auf. Der eine war tot. Der andere schwamm einen Dreiviertelkreis und starb dann.

Lee Branch war aufgesprungen und feuerte nun mit seiner größeren Waffe etwas mehr nach rechts, wandte sich dann noch mal nach rechts und feuerte noch mal. Beide Vögel stürzten ab. Einer von ihnen verlor eine Menge Federn. Lee grinste zu Tulip herunter, der nachlud. »Für heute haben wir wohl, was wir brauchen.«

Tulip blickte gleichgültig auf die toten Enten, die neben ihm auf dem trockenen Unkraut lagen, und auf die vier auf dem See. »Mhmhm.« Er kramte in einer Tasche nach Zigaretten. »Aber aus der ersten hast du mit deiner Kanone den Herrn Jesus rausgeblasen.«

»Ich hätte länger warten sollen. Ich habe gern ein Gewehr, das in der Hand richtig zuckt. Ich glaube, ich besorge mir eine Zehner.« Lee steckte neue Patronen in seine belgische Entenflinte und legte sie sanft zu Boden. »Wer soll sie diesmal holen?«

Tulip zeigte mit dem Daumen auf Lee und legte sich wieder ins Gras. Lee Branch war achtundzwanzig Jahre alt, mit weichem dunklen Haar, das in der Mitte gescheitelt war und natürlich in diesem Moment unter dem dunkelbraunen Hut versteckt war; er hatte glänzend schwarze Augen. Er war nicht klein, aber seine stramme Behendigkeit – z. B. als er sich in seiner Rotlederkleidung durch das Dornengestrüpp auf der anderen Seite der Insel schlug, wo ihr Boot versteckt lag – ließ ihn kleiner erscheinen, als er war.

Als er zurückkam, lag Tulip auf dem Rücken und rauchte mit geschlossenen Augen.

Lee sagte: »Eine von deinen war wieder eine Holzente.« Er hielt sie hoch.

»Weiß ich.« Tulip machte ein Auge auf und blinzelte durch den Rauch auf die Ente. »Wenn der Mensch nicht immer so hungrig wäre, wären sie zu hübsch zum Abschießen.« Er schleuderte seine Zigarette über die Rohrkolben ins Wasser und breitete seine Arme auf dem Boden aus. »Du hast nicht gelogen, Jungchen. Das ist alles gewesen, was du gesagt hast.«

Lee fing zu reden an, er hockte sich auf die Absätze, seine dunklen Augen waren hellwach. »Was meinst du mit ›ist gewesen‹?« fragte er. »Ist!« Er machte eine Pause. »Wird sein!« Er wirkte sehr jung.

Tulip schloß wieder seine Augen. »Ich weiß nicht, Bursche. Wie lang bin ich hier gewesen?«

»Eine Woche. Zehn Tage. Weiß nicht. Wieso ist das wichtig? Als wir immer darüber gesprochen haben, daß wir nach dem Krieg hierherkommen würden, haben wir nicht –«

Tulip räkelte sich und runzelte die Stirn, aber er machte die Augen nicht auf. »Na schön, na schön, aber meinst du nicht, man sollte bei den Plänen bleiben, die man sich zurecht legt, in der Armee, für die Zeit nach dem Krieg?«

»Natürlich nicht, aber das ist – das ist wirklich was anderes. Oder nicht, alter Schwede?»

»Das ist selbstredend was anderes«, sagte Tulip.

»Also, und was folgt daraus?«

»Niemand kennt alle Antworten.«

»Ich will dich nicht festnageln, aber – hör zu, alter Schwede, liegt es nicht daran, daß das hier Paulie gehört?«

»Nein.«

»Weil sie dich gern mag und möchte, daß du bleibst.«

»Ich bin froh, daß sie mich mag«, sagte Tulip, »weil ich sie sehr mag.«

»Und daran liegt es nicht?«

»Nein.«

Lee wird sich wohl einen kleinen Weidenzweig angedreht haben und ihn mit dem Daumennagel in der Mitte zerschnitten haben. »So ein alter Kerl wie du sollte nicht für nichts und wieder nichts herumvagabundieren.«

»Weiß ich. Ich wandere nicht gern herum, es ist nur so, daß mich immer alles an andere Orte erinnert.« Er öffnete die Augen und setzte sich auf; die Flinte legte er sich über die Schenkel. »Du benutzt diese kleine Flinte gar nicht. Würdest du sie verkaufen?«

»Ich würd sie dir schenken, aber sie gehört Paulie. Frag sie doch.«

Tulip schüttelte den Kopf: »Sie ist wie ihr Bruder. Sie würde sie mir schenken.«

»Was ist denn mit dir los? Bist du der letzte Südstaatler oder was, daß du von Frauen kein Geschenk annimmst?«

»Na, viele Südstaatler scheinst du nicht gekannt zu haben, Master. Hat Paulie ihren Mann sehr geliebt?«

Lee schaute Tulip an, der über den See auf die Köder blickte. »Ich weiß es wirklich nicht. Er ist ziemlich in Ordnung. Du kennst ihn wohl gar nicht, was?«

»Er kriegte seinen Heimatschuß, bevor ich hinkam. Sie redeten noch immer über ihn.«

»Sie haben ihn gemocht.« Lee warf den zerfaserten Weidenzweig fort. »Warum hast du das über Paulie gefragt?«

»Ich bin halt neugierig, weiter nichts.«

»Ich hab nix dagegen. Lieber Gott, es ist so schwer, mit Leuten zu reden!«

Tulip zuckte mit seinen großen Schultern. »Mit mir kannst du über alles reden, nur gibt's vielleicht Sachen, wo du es nicht unbedingt gemußt hättest.«

»Du meinst Sachen über dich und Paulie?«

Tulip wandte seinen Kopf und schaute den jüngeren Mann aufmerksam an. »Ach Gott, der typische kleine Bruder.«

Lee wurde rot, lachte und sagte: »Geh zum Teufel.« Nach

einer kurzen Pause sagte er: »Aber das hast du gemeint, stimmt's?«

Tulip schüttelte den Kopf. »Ich glaube nicht, daß es viel gibt, worüber du nicht reden kannst.«

Paulie Horris bog um einen großen Tulpenbaum am anderen Ende des Sees, legte ihre Hände als Trichter an den Mund und rief: »Hallo! Ihr Mörder! Die Sonne ist fort! Seit zehn Minuten brecht ihr das Gesetz!«

Sie standen auf und winkten ihr zu, nahmen ihre Flinten und die toten Enten und gingen durch das Dornengestrüpp zum Boot. Tulip stand hinten im Boot und stakte es hinaus, in Richtung auf die Köder.

Lee Branch wollte zweimal etwas sagen – so sah es aus –, aber er sprach erst, als er sich weit über den Bootsrand bückte, um eine künstliche Stockente aufzunehmen. Dann fragte er: »Du spielst nicht einfach den Idioten, oder?«

Tulip sagte: »Laß das Gemurmel« und bückte sich, um zwei Köderenten einzusammeln, während das Boot an ihnen vorbeiglitt.

Lee richtete sich auf und sagte mit deutlicher Stimme: »Ich meine, weil ihr Mann ein Kriegsheld ist und so weiter. Davon läßt du dich nicht unterkriegen, oder?«

Tulip sagte: »Ch-ch-ch, und ich dachte, ich habe alles schon gehört.«

Lees Gesicht wurde wieder rot. Er lachte und sagte: »Es hat noch nie einen Zweck gehabt, mit dir zu reden«, dann sammelten sie die restlichen Ködervögel auf.

Als Tulip das Boot in Richtung auf das Bootshaus stakte, bog Paulie Horris um einen Sumachbusch am anderen Ende des Sees und schlenderte ihnen auf dem steinernen Pier entgegen. Sie war eine große, dunkelhaarige, dunkeläugige Frau von dreißig Jahren in einem grauen Cordsamtrock und einem gelblichen halblangen Ledermantel.

»Du bist gut zu Fuß für eine Frau, Mrs. Horris«, rief Tulip zu ihr rüber.

Sie machte einen Knicks. »Devotesten Dank, hoher Herr.«

Lee verstaute die Köder im Bootshaus, während Tulip das Boot vertäute, so daß es nicht gegen den Landesteg schlug, wenn der Wind blies. Dann wanderten sie, jeder mit einer Sorte Enten in der Hand, nebeneinander, zu beiden Seiten des Mädchens, auf das Haus zu.

Nachdem sie so etwa hundert Meter gewandert waren, sagte Lee Branch zu seiner Schwester: »Tulip verläßt uns.«

Auf seinen Ton hin schaute sie ihn scharf an und fragte: »Na und?«

Lee sagte: »Ich glaube, ich bin ein Idiot, aber ich dachte, wir – naja, jedenfalls, er sagt, er will fort.« Er stieß einen kleinen Kieshaufen auseinander, während wir gingen.

Sie blieb stehen, und die beiden Männer hielten mit ihr an. Sie wandte ihr Gesicht Tulip zu und war jetzt sehr blaß. »Hat er«, fing sie an und zögerte, »hat er versucht, dich mit mir zu ködern?«

Tulip sagte: »Das ist doch idiotisch, es so zu betrachten, Paulie.«

Sie sah auf ihre Füße herab und sagte sehr leise: »Ja, das ist es wohl«, und machte sich weiter auf den Weg.

Sie kamen dann ins Haus zurück, luden jeder seine Portion Enten in der Küche ab, und Tulip begab sich eine Treppe höher in sein Zimmer und machte sich daran, einem Mädchen in Atlanta einen Brief zu schreiben.

Liebe Judy:

Vielleicht wundert es dich, nach so vielen Jahren von mir zu hören, aber aus einem bestimmten Anlaß habe ich vergangene Woche oder seit zehn Tagen viel an dich denken müssen, und da ich sowieso bald nach Atlanta muß, dachte ich ...

Donald war ins Wohnzimmer gekommen und sagte, das Essen sei fertig, während Tulip seine Version von seiner Geschichte erzählte. Wir waren ins Eßzimmer gegangen, und Tulip hatte fast während des ganzen Essens geredet und war erst zum Ende gekommen, als wir mit dem Nachtisch anfingen – schwarze Walnußtörtchen. Natürlich war er nie nach Atlanta gefahren, obwohl er sagte, er hätte die Absicht gehabt. Auf dem Weg dorthin hatte er eine Unterbrechung in Washington eingelegt und war auf einmal ausführlich in irgendeine Angelegenheit mit einer Veteranenorganisation verwickelt – oder einer Veteranenorganisation in spe –, und danach war er nicht mehr so sicher, ob Judy nach all den Jahren noch immer in Atlanta lebte und ob er ihre Adresse richtig im Gedächtnis hatte, und natürlich war auch Paulie nicht da, um ihn an Judy zu erinnern.

»Das ist gut und schön«, sagte ich, als er zum Ende gekommen war, »aber mit dir hat es nicht viel zu tun. Du bist bloß eine Nummer drin – natürlich, falls du nicht zugeben willst, daß du – sobald du fürchten mußt, von Leuten vereinnahmt zu werden – dir eine Einbildung zurechtmachst, die du Erinnerung nennst, Erinnerung an einen anderen Ort, um dich jeglicher Verantwortung zu entziehen.«

Tulip senkte seine mit Torte beladene Gabel und sagte: »Ich weiß nicht, warum ich meine Zeit verschwende, um mit dir zu reden. Hör zu, ich habe dir gesagt, was für ein Gefühl ich für Paulie empfand, und welches für das Mädchen in Atlanta. Ich –«

»Was du mir da erzählst, was damals in deinem Kopf vor sich ging, hat mit nichts etwas zu tun. Ich beachte das gar nicht.«

Er schüttelte den Kopf. »Du bist mir 'ne feine Marke Kein Wunder, daß die Schreiberei nicht viel mit dem Leben zu tun hat, wenn alle Schreiberlinge sich so verhalten.«

»Los, iß«, sagte ich, »deine Gedanken über das Leben haben nicht viel mit dem Leben zu tun. Glaubst du wirklich, du hättest dich von Paulie losgemacht?«

Er kaute ein Stück Torte und sagte: »Naja, ich bin immer so ein Typ gewesen: Lieb sie, wo du sie kriegst, und laß sie, wo du sie liebst; und ich –«

»Genau das meine ich; und das soll ich ›denken‹ nennen?«

Er nahm noch einen Bissen Torte und schüttelte wieder den Kopf. »Du hast schlechte Laune.«

»Meinst du denn, daß sie recht hatte, wenn sie glaubte, daß ihr Bruder mit Horris dasselbe gemacht hat?«

»Ich habe mich das nie gefragt. Hör mal zu, Pop, was auch immer in Lee drinsteckt – ich glaube nicht, daß er das gewußt hat. Er ist kein schlechter Junge.«

»Das Hauptproblem mit Leuten wie dir ist nicht, daß deine Gedanken infantil sind, sondern daß du dafür sorgst, daß die Leute beim Denken nicht an dir vorbeikommen.«

»Weiß ich. Ich habe einfach nicht den rechten Vorrat an ›Oh!‹ und ›Ah!‹ für diese halbgaren Stücke Freud, die du irgendwo in einem Buch falsch verstanden hast; ich kann nicht dein Inneres nach außen holen. Mädchen sind besser bei sowas, nicht?«

»Nicht die, die ich kenne. Ich habe da wohl kein Glück.«

»Naja, wenn ich ein bißchen Ruhe gehabt habe, sehe ich mal nach, ob ich ein paar Nummern finde. Die Art von Dämchen, mit denen du so herumgerannt bist, hab ich nie so toll finden können, ausgenommen vielleicht –«

»Mir wär's gar nicht recht, wenn ich mit Dämchen herumgerannt wäre, auf die du scharf bist. Willst du den Kaffee hier oder im Wohnzimmer?«

Wir gingen wieder ins Wohnzimmer, und Donald brachte uns dort Kaffee. Donald Poyntin war ein adretter mittelgroßer Neger, fünfunddreißig Jahre alt, mit einem hübschen, sehr dunklen Gesicht. Ich mochte ihn. Er hatte einen guten Schuß Humor, den er aber nicht zeigte, wenn man ihn nicht gut kannte. Er sagte: »Die Hunde sind in der Küche draußen, wenn Sie sie brauchen.«

»Es eilt nicht«, sagte ich. »Du kannst sie reinlassen, wenn du fertig bist – wenn sie dir nicht im Weg sind.«

»Das Problem mit dir ist«, fing Tulip an, als Donald hinausgegangen war – dann verbesserte er sich. »Eines der Probleme mit dir ist, daß du immer allzu sicher bist, daß du mich verständest.«

»Ich glaube nicht, daß ich dich sehr oft verstehe. Der Unterschied zwischen uns ist, daß ich nicht glaube, daß es viel Verstehenswertes gibt.«

»Theoretisch stimmt's. Aber da geht auch ein Zeitfaktor ein, und ich kann nicht mehr mit fünfzig oder sechzig weiteren Lebensjahren rechnen.« Ich ging mit einem Glas voll Zigarren zu ihm hin, und er nahm sich eine.

»Sind das deine? Oder gehören sie zum Haus?« fragte er.

»Meine.«

»Gut. Deine Zigarren sind vielleicht das einzige an dir, was ich immer geschätzt habe – oder hast du gedacht, deine Haare? Wenn du nicht so überzeugt gewesen wärst, du hättest mich damals in Baltimore verstanden, dann hätten wir den ganzen Ärger nicht gehabt.«

»Ach das – das war eigentlich kein Ärger.«

Er biß das Ende seiner Zigarre ab und starrte mich dumpf an. »Manchmal ist es schwer, mit dir zu reden, Pop. Kein Wunder, daß sie dich ins Gefängnis geschickt haben.«

»Du machst dir zuviel Sorgen wegen damals in Baltimore, daß du damals im Streit von mir fort bist. Ich hätte es schon vor Jahren vergessen, wenn du es nicht immer wieder aufwärmen würdest. Vergiß es doch mal!«

Er sagte: »Du herablassendes Miststück«, aber er lachte, als ich lachte. »Du bist ganz wild auf die Vorstellung, nur du seist menschlich!«

»Ich mag das Wort *nur* nicht, es sei denn, natürlich, wenn du sagst, der Mount Everest ist *nur* 9000 Meter hoch oder der Blauwal ist *nur* das größte Tier oder –«

»Worauf willst du hinaus?« fragte er angewidert. »Willst du mir ein Theater vorspielen? Oder willst du eine dieser idiotischen Reden über die Zukunft des Menschengeschlechtes loslassen und über die ungenutzten Möglichkeiten und Fähigkeiten der Menschheit? Vielleicht bist du nicht zu alt für solche Reden, aber ich bin zu alt zum Zuhören.« Er brach in Gelächter aus. »Ach, übrigens«, sagte er und lachte noch immer, »ich habe doch was von dir gelesen. So ein Typ hat es mir in San Franzisko gegeben. Eine kleine Winzigkeit.«

»Was ist es denn?«

»Ich hab es in meiner Reisetasche. Ich zeige es dir morgen. Ich will dir nicht Honig um den Bart schmieren, indem ich drüber rede. Es ist Zucker! Ich wußte ja immer, daß du schlagfertig bist, aber –« Er schüttelte den Kopf.

»Willst du was zu trinken? Vielleicht einen Cognac. Du regst dich immer so auf, wenn du an Baltimore zurückdenkst, genauso wie vorhin, als du Kiska erwähnt hast. Du mußt wohl 'ne Menge Sachen in deinem vergangenen Leben haben, die dich aufregen, wenn du zufällig dran denkst.«

»Das ist heute abend das zweite Mal, daß du Kiska erwähnst«, sagte er, »und das gehört nun wirklich nicht dazu. Was soll ich denn machen? Du weißt genau, daß ich nie besonders auf Beförderung aus war, trotzdem war ich ein Oberstleutnant, und du warst ein mieser Reserveoffizier, der versuchte –«

»Damals waren nicht mehr viele Jacketts von japanischen Offizieren übrig, wenn überhaupt noch welche da waren.«

»Ich hab sie selbst gesehen. Brauchst du mir nicht zu sagen.«

»Ein paar Typen, die im Privatleben Schneider gewesen waren, schnitten diese japanischen Decken auseinander und nähten daraus Offiziersmäntel, mit allerhand Fantasie-Tressen und Streifen, und die Jungs verscherbelten die gegen Boote für 125 Dollar das Stück oder den gleichen Wert in Schnaps, was für damals nicht besonders viel Schnaps war.«

»Glaubst du das wirklich?«

»Das glaube ich. Du hast die ganze Sache verdorben, als du nach einem versteckten Mantellager gesucht hast, das es gar nicht gab. Decken hatten wir genug, aber du wußtest das genau.«

Er sagte: »Du lügst. Jetzt werde ich doch das Dings holen, das du geschrieben hast. Wo sind meine Taschen?«

»In dem gelben Zimmer. Du gehst die Treppe hinauf und dann rechts den Flur ganz vor.«

Er ging hinauf, stieg die Treppe hoch, und gleich darauf hörte ich seine Füße über mir. Als er zurückkam, hatte er ein vergilbtes Stück Papier in der Hand. »Hier«, sagte er, »wenn du das lesen kannst, ohne zu lachen, dann bist du ein besserer Pokerface-Komiker als ich.«

Das Blatt war aus einer Wochenzeitschrift ausgeschnitten

worden, die in den frühen dreißiger Jahren, in der Wirtschaftskrise, eingegangen war.

»Es ist eine Buchbesprechung«, sagte ich.

»Es ist eine Winzigkeit.«

Ich las:

»Inmitten des außerordentlichen Chaos von Vermutungen, Widersprüchlichkeiten, Marktschreierei und Undeutlichkeit, welche die Geschichte der Rosenkreuzer darstellt, hat Arthur Edward Waite in ›Die Bruderschaft der Rosenkreuzer‹ (William Rider & Sohn, London 1924) den Versuch gemacht, eine geordnete Zusammenstellung und Würdigung der Daten zustande zu bringen. Mit pedantischer Gründlichkeit, aufgrund ausgedehnter Erfahrungen in der Mystik-Forschung, hat er die Bücherborde erfolgreich von einem großen Haufen Schund befreit, der von Gelehrten angesammelt wurde, die in ihrer Begeisterung in jedem Alchimisten, Kabbalisten und jedem gewöhnlichen Zauberkünstler einen echten Rosenkreuzer-Bruder gesehen hatten.

Die Fakten von Waite scheinen wirkliche Fakten zu sein, obgleich seine Interpretation nicht immer überzeugt. So zeigt er klar und deutlich, daß es keinen wirklichen Hinweis auf die Existenz des Rosenkreuzer-Ordens vor dem Erscheinen der anonymen *Fama Fraternitatis R:C* und *Confessio Fraternitatis R:C* (im Jahr 1614 bzw. 1615) gibt, auch nicht vor Johann Valentin Andreaes *Chimischer Hochzeit* (1616), doch bestreitet er, daß Andreae auf irgendeine Weise der Gründer des Ordens sein könnte. Diese Behauptung stützt er durch ein Zitat aus *Vita ab Ipso Conscripta*, worin Andreae die *Chimische Hochzeit* unter seinen Werken der Jahre 1602–3 aufführt und es als einen jugendlichen Scherz bezeichnet, das viele andere lachhafte Ausgeburten nach sich gezogen habe: ›Eine spielerische Phantasmagorie, wunderlicherweise von einigen als Wahrheit angesehen und mit viel Gelehrsamkeit ausgedeutet, die dazu närrisch genug waren, und worin die Hohlheit der Gelehrten gezeigt werden sollte.‹

Waite glaubt, daß der Text der *Chimischen Hochzeit* mit seiner Rosenkreuzer-Symbolik versehen wurde, nachdem der Autor die *Fama* und die *Confessio* gelesen hatte. Er übersieht eine viel wahrscheinlichere Möglichkeit: daß der unbekannte Autor, oder die Autoren der beiden Pamphlete, die Symbolik aus der *Chimischen Hochzeit* bezogen haben. Es ist keineswegs unwahrscheinlich, daß sie es in den vierzehn Jahren zwischen der Niederschrift und der ersten uns bekannten Drucklegung gesehen haben. In diesem Fall wäre natürlich die vorherrschende Theorie, daß Andreae der Vater des Rosenkreuzertums war, richtig – auch wenn diese Vaterschaft das Ergebnis eines Scherzes wäre. In diesem Zusammenhang kann man durchaus vermuten, daß die *Fama* und die *Confessio* keineswegs von den ›Ausgeburten‹, die nach Andreaes Worten so zahlreich durch seine Schrift angeregt wurden, ausgenommen waren; sie waren vielleicht sogar ausdrücklich mitgemeint.

Ungeachtet seiner eigenen, entgegengesetzten Ansicht gibt es in Waites Zusammenstellung der Fakten kein Anzeichen dafür, daß ein organisierter Orden der Rosenkreuzer, dessen Mitglieder keine wissentlichen Betrüger waren, vor dem achtzehnten Jahrhundert existierte; zu dieser Zeit ist dieser Orden offensichtlich parallel neben der spekulativen Freimaurerei herangewachsen – wenn diese Strömungen nicht sogar stärkere Berührung miteinander hatten. In *Clavis Philosophiae at Alchymiae Fluddanae*, 1633, hat Robert Fludd – gewiß ein Kenner seines Gegenstandes – eine siebzehn- oder mehrjährige Forschungsarbeit mit dem Satz zusammengefaßt: ›Ich bestätige, daß jeder Theologus der Mystischen Kirche ein wirklicher Bruder des Rosenkreuzes ist, wo auch immer er sich befindet und welcher Kirchengemeinde er untertan sein mag.‹ Dies bezeugt nun gewiß nicht, daß Fludd mit irgendeiner regelrecht organisierten Körperschaft in Berührung war.

Der Orden des Rosenkreuzes und des Goldenen Kreuzes, der in Deutschland von Sigmund Richter gegründet oder wiedergegründet worden war, wurde nach bestem Glauben seiner Mitglieder der eigentliche Rosenkreuzer-Orden. Es gibt demnach bis in die Gegenwart hinein (Waite behandelt in einem Kapitel auch die amerikanischen Rosenkreuzer) Anzeichen für mehr oder weniger verstreute Gruppen von Menschen, die sich des Namens und der Symbolik der Rosenkreuzer bedient haben, um damit irgendwelche Vorstellungen zu benennen und ihre jeweiligen Zwecke zu verfolgen, seien es alchimistische, medizinische, theosophische oder sonstige. Es gibt kaum Spuren einer Verbindung zwischen den Gruppen – selbst unter Zeitgenossen –, die so etwas wie einen Stammbaum konstituieren würden. Der Stein und das Wort haben jedem Menschen bedeutet, was immer sie für ihn bedeuten sollten.

Waite hat sich vorgenommen, eine kontinuierliche mystische Aktivität nachzuweisen, die von der Erfindung der Rosenkreuzerei bis zum heutigen Tage reicht. Glücklicherweise verfälscht er die Tatsachen nicht, um seine Theorien zu belegen. Überall, wo er sie erkannt hat, hat er unbewiesene Annahmen beiseite geräumt, ohne Rücksicht auf ihr Gewicht, und hat damit eine profunde – und soweit in einem so chaotischen Gebiet möglich: verläßliche – Geschichte eines Symbolkultes verfaßt, der seit dem frühen siebzehnten Jahrhundert die theosophisch und okkult geneigten Köpfe gefesselt hat.«

Als ich zu Ende gelesen hatte und zu Tulip aufsah, sagte er: »Du hast nicht mal dein Gesicht verzogen. Sag bloß, daß es dir gefallen hat.«

»Wem gefällt schon irgend etwas, was er früher geschrieben hat? Aber, ausgenommen ein paar Kleinigkeiten ... Na, also, ich war doch ein hochgelehrter Mensch damals, 1924, oder nicht?«

»Hmhm. Und ganz gewiß hattest du deine Hand genau auf dem fiebrigsten Puls des täglichen Lebens, nicht wahr? Der Mann auf der Straße hat sich bestimmt furchtbar schwer getan, rauszukriegen, wie herum er hüpfen muß, bevor dieses Kabinettstückchen erschien, um ihm den Weg zu weisen.«

»Und du meinst, das sei ein Ausgleich für deine Blödmännerei in Kiska?« fragte ich.

»Naja, wenn du darauf hinauswillst, dann stimmt es natürlich, aber ich dachte mir, ich hätte ein bißchen die Oberhand.«

»Kann ich eine Kopie davon haben? Ich hatte das ganz vergessen.«

»Du kannst es haben. Ich verstehe sehr gut, daß du es verbrennen willst.«

»Hast du gesagt, du hast sie von einem Menschen in San Franzisko?«

»Ein Kerl namens Henkle oder so ähnlich. Kennst du ihn? Er sagte, ihr wäret früher öfter zusammen gewesen.«

»Wahrscheinlich kenne ich ihn, aber an seinen Namen erinnere ich mich nicht. In San Franzisko habe ich angefangen zu schreiben.«

»Das sagte er auch. Er wußte einige Geschichten von dir, die ganz gut waren, vor allem eine, wie du unten in Chinatown unter ein paar Gangster geraten bist und –«

»Jetzt erinnere ich mich wieder an ihn, ein Junge namens Henley oder so, mit dem ich öfters im Radio Club war. Die Gangster waren wohl Bill und Paddy, es sei denn, es ist eine Pointe, die du dazu erfunden hast.«

»Ich erfinde keine Pointen. Ich erzähle dir nur, was der Mann gesagt hat.«

»Ich habe selten eine so unglaubhafte Feststellung gehört, aber in Gottes Namen, sei's drum. Das war damals, als man eine Leibwache hatte, wenn man ein Lokal betrieb – ob sie nun nötig war oder nicht, nur wegen des Ansehens. Bill hatte einen rundlichen Chinesen, mittelalt, und er bot mir an, ich könnte ihn ausleihen, wenn ich irgend jemand mal ein bißchen hart angefaßt haben wollte, z. B. ein Bein brechen oder so; aber er sagte, ich sollte ihn nicht verwöhnen, indem ich ihm Geld gebe. ›Fünf oder zehn Dollar als Trinkgeld ist in Ordnung‹, sagte er, ›aber bitte nicht verwöhnen, indem du ihm Geld gibst.‹ Für den Chinesen habe ich eine Rolle geschrieben, in den dreißiger Jahren in Hollywood, aber wir hatten so einen Mordskerl von Direktor, der mühsame Szenen nicht drehen wollte; also mußte er wieder ausgetauscht werden.«

Tulip nickte. »Dieser Hembry, oder wie er auch immer hieß, erzählte mir von einem schwulen Revolverhelden. Er erzählte mir auch, du hättest ein Mädchen namens Maggie Dobbs gehabt, die mit einem Kerl in Tokio verlobt war und –«

»Er redete wohl gerne, was?«

»Ja. Irgendwas war mit seiner Stimme los, und Leute, bei denen was mit der Stimme los ist, reden immer gern. Ich glaube, er war so 'ne Art von Bewunderer von dir.«

Die Hunde kamen jetzt aus der Küche herein, zusammen mit Donald. Die Irongates hatten zwei braune Pudel und einen schwarzen. Einer der braunen, namens Jummy, war riesig für einen Pudel. Sie kamen herüber, um ein bißchen mit mir zu spielen, und dann liefen sie auf die andere Seite, um zu versuchen, wieviel Streicheln sie von Tulip kriegen konnten. Donald sagte gute Nacht und nahm die Kaffeesachen weg.

Tulip kraulte einen Hundekopf und blickte Donald nach; er sagte: »Er hat einen guten Gang.«

Es fiel mir ein, daß dies etwas war, das Tulip immer an Menschen feststellte. Er selbst war ein Mensch von nur mittlerer Größe, aber er hielt sich so aufrecht, daß er trotz seiner mächtigen Brust und den breiten Schultern größer wirkte; er hatte eine Gangart, die selbstbewußt vorwärts drängte, als sei er entschlossen, niemals zurückgehalten oder in einem schwachen Moment ertappt zu werden. Jemand – ich glaube es war sein Freund Dr. Mawhorter – sagte einmal, er hätte überall hingehen können, wenn er einen Kompaß gehabt hätte.

»Vor fünfzehn, sechzehn Jahren war er mal ein ziemlich guter Weltergewicht-Boxer, er boxte in der Gegend von Philadelphia unter dem Namen Donny Brown.«

»Nie von ihm gehört.«

»Trotzdem, er ist ziemlich gut; aber er sagt, er hatte nicht die Hände dafür, und für einen Neger ist es schwer davon zu leben, es sei denn, daß er sich für einen schnellen Aufsteiger hält oder wirklich nichts anderes kann.«

»Es ist sowieso hart als Broterwerb in Philadelphia, egal, wie deine Hautfarbe ist. In der Stadt ist es sogar schwer, ein Taxi zu kriegen, stimmt's? Du mußt ganz an den Rand des Trottoirs gehen und mit den Armen winken, um sie aufmerksam zu machen.«

Die Hunde waren zur Ansicht gelangt, sie hätten nun alle zur Zeit verfügbare Zuwendung von Tulip bekommen, und verließen ihn; Jummy legte sich auf seinen üblichen Platz hinter dem Sofa, und Meg ließ sich für die Nacht auf dem Boden an einer Seite des Sofas nieder. Cinq, die schwarze, hatte noch immer ein Junges in sich, und so fing sie an, von einem Ort zum anderen zu laufen, um endlich den idealen Liegeplatz zu finden, wobei sie Orte bevorzugte, wo sie die Zugluft vom Türschlitz bekam.

»Du hast wirklich viel Ärger«, sagte ich zu Tulip, »warum machst du nicht –«, ich brach ab, als draußen in der Einfahrt ein Auto hupte.

Tony Irongate kam herein und schleppte ein paar Segeltuchsäcke. Er stellte sie in der Türe ab, als die Hunde auf ihn losrannten. Er war ein drahtiger, nicht allzu großer Junge, vierzehn Jahre alt, mit braunen Augen und blassem, hellem Gesicht. »Hallo!« sagte er. »Was hörst du von Paulie und Gus?«

»Sie werden wohl morgen spät oder irgendwann am Mittwoch nach Hause kommen«, sagte ich und stellte ihn Tulip vor.

Tony stelzte über die Hunde, um Tulip die Hand zu schütteln, dann sagte er zu mir: »Ich habe einen neuen Bogen von Mingey Baker bekommen. Er ist sehr kräftig, aber die Pfeile rutschen ab, wenn ich abwärts ziele. Was können wir da machen?«

»Das müßte leicht gehen.«

»Prima. Können wir's morgen machen? Sexo und Lola haben sich wohl noch nicht blicken lassen, was?«

»Noch nicht.«

»Naja, ich hol mir ein bißchen Milch und dann geh ich ins Bett. Braucht ihr was aus der Küche?«

Ich sagte: »Nein danke«, und er sagte: »Also bis morgen dann« zu uns beiden, nahm seine Segeltuchtaschen und ging hinaus, wobei die Hunde hinterdreinliefen.

Tulip fragte: »Was ist das mit Sexo?«

»In diesem Monat ist das der Spitzname seiner älteren Schwester. Sie ist jetzt in dem Alter, wo sie alles wissen will und dauernd Fragen stellt.«

»Und du hast sie beantwortet. Oh, Junge, ich sehe es förmlich vor mir, wie du dir die Lippen leckst und sie mit Antworten eindeckst. Kann man sie gut umlegen? Bei manchen Kindern geht das.«

»Halt, halt, so ist das nicht. Das hat überhaupt nichts damit zu tun. Das geht nicht um ja oder nein, das läuft auf einer Ebene, wo du wahrscheinlich nichts verstehst.«

»Wenn es so nicht ist, dann ist es eine Tour, die ich sicher nicht begreife«, stimmte er zu. »Ich bin ein Mann, der nur ja und nein kennt.«

»Weiß ich«, sagte ich, »du bist einer, der immer obenauf sein will, und dementsprechend läufst du mit dem Gedanken herum, du hättest 'ne Menge Abwechslung, dabei – wenn du es mal richtig anschaust – ist es bloß Onanie auf die eine oder andere Art, außer die paar Mal, wo jemand dich überlistet hat.«

Er lachte. »Ich muß mal drüber nachdenken – und das ist mehr, als ich sonst von den Sachen sagen kann, die du mir so erzählst. Verstehst du, deshalb ist es manchmal so öde, also nicht wirklich langweilig, aber langweiliger, als es sein müßte.«

»Bei deinem Hirn und deiner Methode müßte es eigentlich immer langweilig sein.«

»Bei solchen Sachen benutzt du kein Hirn, Pop, jedenfalls nicht, wenn du noch was anderes hast. Das gilt nur für Schriftsteller. Hör mal, wo wir schon grade dabei sind, du hast mir mal einen Ratschlag gegeben, den du, wie du sagtest, von deiner Mutter hattest. Weißt du noch?«

»Sie hat mir nur zwei Ratschläge gegeben, und die waren beide gut. ›Fahr nie ohne die Ruder mit einem Boot raus, mein Sohn‹, sagte sie, ›auch wenn es die Queen Mary ist; und verschwende deine Zeit nicht an Frauen, die nicht kochen können, denn die sind wahrscheinlich auch in den anderen Zimmern nicht sehr vergnüglich.‹«

»Du weißt genau, daß deine Mutter schon jahrelang tot im Grabe lag, bevor die überhaupt dran dachten, die Queen Mary zu bauen.«

»Sie war ein bißchen schottisch«, sagte ich, »und einige von denen können in die Zukunft sehen.«

»Na schön, aber wir haben über den anderen Ratschlag geredet. Der enthält mehr Wahrheit, als ich anfänglich dachte, aber er stimmt auch nicht immer.«

»Es gibt 'ne Menge Sachen, die nicht immer stimmen.«

Er stand auf und ging hinüber zum Tisch in der Ecke. »Ich werde mir jetzt meinen Schlaftrunk zurechtmachen, so daß ich eine kurze Ruhepause im Bett machen kann, wenn du weiter solche Sachen redest. Du bist ein kümmerliches Kaninchen, wenn du philosophierst, Pop. Warum reden wir nicht weiter über Schnuckelbienen?« Er kehrte mit seinem vollen Glas zurück und setzte sich.

»Tulip«, sagte ich, »du siehst aus wie ein Mann, der mir was über sein kleines Mädchen in Boston erzählen will, und –«

»Ja, eigentlich hab ich sie ja in Memphis kennengelernt, aber –«

»Und ich hoffe, daß ich wie ein Mann aussehe, der nicht weiter zuhören wird, sondern jetzt rauf ins Bett geht und ein bißchen liest, bevor er einschläft.«

»Gut, gut«, sagte er gutmütig, »ich habe keine Eile, irgendwelchen Kummer loszuwerden, obwohl dieses Kindchen in Memphis nicht das geringste vom Kochen verstand – bloß überall immer Knoblauch rein.«

»Früher mochten wir Knoblauch gern.«

»Na klar, ich mag ihn auch, aber es gibt in dieser Welt so viele miserable Köche, die meinen, man kann einfach alles verbessern, indem man nur genug Knoblauch reinhaut, und wenn du was dagegen hast, dann grinsen sie dich an, als ob sie dich beim Taschendiebstahl erwischt haben, und sagen: ›Oh, also mögen Sie eigentlich keinen Knoblauch?‹ Um wieviel Uhr stehst du morgens auf?«

»Um diese Jahreszeit so um acht, aber du brauchst –«

»Ruf mich, wenn du aufstehst. Ich werde mit dir frühstücken. Gibt's irgendeinen besonderen Grund, warum du mir verschwiegen hast, daß die Irongates jetzt auf dem Heimweg sind?«

»Nein, nur meine übliche Heimtücke.«

Er trank aus, während ich die Lichter ausmachte, und dann gingen wir zusammen nach oben. Ich schaute mir routinemäßig sein Zimmer und sein Bad an, um festzustellen, ob alles in Ordnung war, sagte dann gute Nacht und ging in mein eigenes Zimmer am anderen Flurende. Cinq, der junge schwarze Pudel, machte es sich am Fuß meines Bettes gemütlich, und nachdem ich mich ausgezogen hatte, kam er rüber und holte sich ein Kopfkraulen und einen Klaps zur guten Nacht. Dann ging ich ins Bett und las Samuels *Essay in Physics*, mit Einsteins höflichem Brief, worin er schreibt, er könne in dem Zwei-Phasen-Äther nichts entdecken, was für einen Physiker von Interesse wäre.

Ich wollte eigentlich anschließend über Tulip nachdenken, aber ich geriet ins Nachdenken darüber, daß die Vorstellung eines sich ausdehnenden Universums doch nur wieder ein Versuch war, die Unendlichkeit einzuschmuggeln, und darüber, wie die Mathematik notwendigerweise zu verändern sei, wenn eins, die Einheit, das einzelne, nicht mehr als Zahl betrachtet würde – außer vielleicht als Rechenbequemlichkeit. Gleich darauf war ich ziemlich schläfrig, löschte das Licht und schlief ein.

Tony war im Eßzimmer, als ich zum Frühstück nach unten kam; er aß Kipper und las eine der Zeitungen. Wir sagten guten Morgen, und ich setzte mich mit einer anderen Zeitung dazu. Donald brachte mir Orangensaft, danach Kipper und Toast. Ich war ungefähr halb fertig mit meiner Mahlzeit, da gesellte sich Tulip zu uns; wir ließen ihn allein mit dem Rest seines Frühstücks, während ich mit dem Jungen auf die Veranda ging, um uns den neuen Flitzbogen anzuschauen, wie der Junge mich am vorigen Abend gebeten hatte.

»Der ist scharf«, sagte Tony, indem er ihn mir gab. »Natürlich sind sie alle scharf, aber der hier ist wirklich scharf.« Es war so eine Art Kreuzung zwischen einer Armbrust und dem Apparat, den die Burschen in West-Pennsylvanien sich früher aus Autofedern machten. »Er hat eine Riesenkraft, aber – siehst du? – der Pfeil rutscht ab, wenn du ihn schräg hältst.« Seine dunklen Augen strahlten. Er liebte Waffen.

»Wir können das Ding so zurechtmachen, daß der Pfeil draufbleibt, bis du den Abzug drückst. Aber warum soll ich mich damit herumärgern? Du wirst hier sowieso nicht viel damit schießen. Wickle doch einfach ein Stück Scotch Tape um den Pfeil, wenn du ihn da festmachen willst. Schnell laden und schießen kannst du mit diesen Dingern sowieso nie, und durch das bißchen Klebeband verlierst du nichts an Kraft und Genauigkeit.«

»Naja, wenn du wirklich meinst«, sagte er langsam, »aber –«

Ich guckte zu ihm runter. »Vielleicht will ich mich ja auch nur vor einer Arbeit drücken? Rede doch nicht immer wie Tulip!«

Er lachte und sagte: »Dein Freund Tulip ist ein Original, was?«

»Irgendwie schon, aber du mußt auch bedenken, daß er und ich immer unsere Spielchen spielen, und vielleicht kommst du der Wirklichkeit näher, wenn du nicht jedem von uns allzusehr glaubst. Meistens versucht er, sich selbst ein bißchen schlechter zu machen, als er ist, und ich versuche mich ein bißchen besser zu machen. Alte Männer tun das oft, wenn sie alte Rechnungen begleichen, und viel von diesem Männerquatsch soll sowieso nur Frauen oder Kindern Eindruck machen oder bei dem anderen Mann oder vielleicht sich selbst.«

»Hast du mir schon mal gesagt«, sagte er.

»Deswegen kann es noch immer irgendwo wahr sein«, sagte ich. »Los, wir gehen jetzt mal mit dem Ding hinter die Garage und probieren es aus.« Wir stiegen von der Veranda – die Jalousien waren noch nicht hochgezogen – und gingen über die Wiese, die unter den Füßen dieses vorfrühlingshafte Knirschen von sich gab, und zum Kiesweg an der Garage vorbei, wo der Ahorn – dem Aussehn nach – noch einen Monat vor der Blüte stand. »Einiges an Tulip ist ganz nett. Was ich immer geschätzt habe, ist seine gute Erziehung. Du weißt, er ist ein Harvard-Mann.«

Tony ging neben mir her und trug seinen Flitzbogen und den Lederköcher, der dazugehörte; er sagte: »Kein Witz?« – in einer Art, die ich nicht recht verstand. Ich konnte Tony nicht immer verstehen.

»Nein. Ich weiß nichts über Tulips Familie oder wo er herkommt – er hat mir so einiges darüber erzählt, was ich lieber nicht glaube –, aber jedenfalls ist er vier Jahre in Harvard gewesen, und als er dann seinen Abschluß hatte, glaubte er ganz selbstverständlich, nun sei er ein gebildeter Mensch, bis er ein Jahr darauf jemand namens Eubanks unten in Jacksonville kennenlernte; der erklärte ihm, um ein gebildeter Mensch zu sein, bräuchte es mehr als ein Universitätsstudium, obgleich das wohl als erster Schritt notwendig sei. Tulip hatte vorher nie darüber nachgedacht, aber nachdem Eubanks ihm das erklärt hatte, glaubte er es, sagte zum Teufel damit und war von diesem Tag an kein gebildeter Mensch mehr.«

Tony sagte: »Mann, das gefällt mir auch«, und dann fingen wir an, mit dem Bogen auf einen Baumstumpf zu zielen, den wir früher schon für verschiedene Waffen benutzt hatten. Dahinter ging es steil hoch, zu dem Hügel hinter dem alten Obstgarten. Es war wirklich eine mörderische Waffe: Sie schleuderte ihre fingerlangen Stahlpfeile mit großer Wucht und – wenn man den Trick mal raus hatte – auch genau. Tony grinste mich an. »Toll, was?«

Ich nickte. »Hmhm.«

Sein Grinsen wurde breiter. »Und es wäre einfach idiotisch, wenn man sich beklagte, daß es bloß für so was zu brauchen ist, stimmt's?«

»Für uns stimmt das.«

Er seufzte und nickte.

Als wir ins Haus zurückkamen, las Tulip über einer Kaffeetasse die Morgenzeitung; er saß in dem weiß-braunen Erdgeschoßzimmer, das aus irgendeinem Grund das Studio genannt wurde, ein hübsches Zimmer mit vielen Fenstern und Büchern, das der Länge nach an den Rasen grenzte, der sich zwischen den Bäumen in die Ferne verlor.

Er blickte von seiner Zeitung auf, auf den Flitzbogen. »Seid ihr nicht ein bißchen hintendran?« fragte er. »Ich lese da über Laserkanonen und Sprengrohre und Materie-Auflöser und –«

»Alles nur Modeströmungen«, sagte ich, »die sich schließlich selbst erledigen, wie das Schwarzpulver. Wandern wir ein bißchen zum See?«

»Machen wir.« Er trank seinen Kaffee aus und stand auf.

Ich fand einen Plaidmantel für ihn – es war noch immer kühl –, und dann schritten wir drei quer über den Rasen zu dem Weg, der zum See führt. Einige Schneefinken waren noch nicht wieder nach Norden abgeflogen und scharrten unter einem Vogelhäuschen; einer der Kleiber, die in dem schwarzen Walnußbaum lebten, füßelte eilig den Stamm herunter, eine Meise zwitscherte, und drei andere flatterten erwartungsvoll auf uns zu.

»Sie warten auf Sonnenblumenkerne«, sagte Tony zu Tulip. »Er füttert sie sonst aus der Hand.«

»Das ist die franziskanische Ader in ihm«, sagte Tulip. »Er ist ein schlurfender alter Mann, der zuviel liest; eigentlich war er das immer.«

Der Junge hob den Kopf zu ihm und lachte; er ging zwischen uns. »Hast du schon mal seine Nummer mit dem Fliegenstreicheln gesehen? Die ist mords.«

»Kann ich mir vorstellen«, sagte Tulip. »Pop ist auf vielerlei Art ein prima Junge. Ich würde dir gern mal von einer Sache erzählen, die er in einem Ort bei Spokane –«

»Tony kann es ruhig hören«, sagte ich. Wir wanderten den schlammigen Weg entlang. Er war breit genug, daß wir nebeneinander gehen konnten. Einige der Hartriegelsträucher sahen aus, als wollten sie beinahe jeden Moment losblühen; aber die halten sich ja immer kurz davor, wochenlang, bevor sich was tut.

»Du meinst, ich kann ihm das erzählen, von damals draußen in Cœur d'Alenes?« fragte Tulip.

»Ich weiß nicht, woran du genau denkst, aber du kannst es ihm erzählen. Wegen der Fliegen – da ist ja gar nichts dabei. Du weißt ja, wie gern die sich die Flügel putzen. Naja, und wenn du aufpaßt, daß du sie nicht mit dem Schatten deiner Hand erschreckst, kannst du sie vorsichtig an den Flügeln streicheln – sie mögen das und lassen sich's gefallen. Weiter ist da nichts dabei.«

»Also gut«, sagte Tulip. »Also du meinst, daß sie es mögen. Aber warum machst du es wohl?«

»Falls etwas Wahres an der Theorie ist, daß die Insekten eines Tages die Welt beherrschen werden, dann ist es sicher nicht schlecht, wenn man ein paar Freunde unter ihnen hat.«

»Ist er nicht ein widerlicher alter Saurier?« fragte er den Jungen. Er schüttelte den Kopf. »Ich erinnere mich noch an die Zeit, als er behaart war.«

Tony sagte: »Ihr beide kennt euch schon lange, was?«

»Lang genug, aber du brauchst nicht zu denken, daß wir so gute Freunde wären. Er läßt sich eben einfach hin und wieder bei mir blicken und bleibt ein paar Tage da. Sehr lange bleibt er nie.«

Tulip sagte etwas bösartig über den Kopf des Jungen: »Du weißt genau, wann ich komme und warum ich nicht lange bleibe.«

Als ich nichts sagte, fragte Tony: »Weißt du es?«

»Er spinnt«, sagte ich, »ich weiß es schon, aber er spinnt trotzdem.«

»Das kann man leicht sagen«, sagte Tulip gleichgültig.

»Hört mal, ihr«, sagte Tony. »Gerade eben habt ihr gesagt, vor mir könnte man reden. Aber ihr erzählt ja nichts vor mir. Vielleicht redet ihr irgendwo anders, aber sicher nicht vor mir.«

Tulip tippte Tonys Schulter mit dem Ellenbogen an. »Ein jugendlicher Schlaumeier, was? Ihr Knülche!« Er knurrte über den Kopf des Jungen zu mir rüber. »Sollen wir die ganze Sache mal vor dem Jungen ausbreiten und sehen, was er dazu sagt?«

»Wie du willst«, sagte ich, »aber du mußt wissen, daß ich meine eigenen Ansichten drüber habe, egal, wer hier was sagt.«

»Weiß ich. Du bist ein Feind der Demokratie.«

»Kein Feind, obgleich sie unter kleinen Gruppen nach meiner Meinung nicht viel taugt. Jetzt laufe nicht herum und erzähle, ich sei ein Feind der Demokratie, sonst stecken sie mich wieder ins Gefängnis.«

»Darüber kannst du dir mal an einem trüben Morgen Gedanken machen, bevor du Kaffee getrunken hast. Jetzt hör mal, Pop, warum betrachten wir die Sache nicht mal realistisch? Ich –«

»*Realistisch* ist so ein Wort – wenn es in die Debatte geworfen wird, nehmen vernünftige Leute ihren Hut und gehen nach Hause«, sagte ich zu Tony. »Wie bist du mit der Lampe zurechtgekommen, die du ausprobieren wolltest?«

Er hatte eine Idee gehabt – teils wegen einem kindischen Mal-sehn-was-passiert, teils wegen einem Buch über dynamische Symmetrie, das seinem Vater gehörte, teils auch weil er niemand kannte, der den allgemein akzeptierten Theorien des Lichtes viel

Glauben schenkte: Könnte ein glänzendes Stück Blech, das an beiden Enden zu einer Art rechteckiger Spirale eingerollt wäre, vielleicht als sparsamer Lampenschirm dienen? Er berücksichtigte natürlich die Wärmeabstrahlung nicht ganz oder hoffte, der Zufall würde schon eine Lösung bringen – aber bei welcher Theorie der Beleuchtung ist das anders?

»Ach so ist das? Damit hab ich mich nie befaßt.«

Die Hunde holten uns ein, als wir die Weggabelung erreichten; nach links ging es über einen Hügel zu McConnells Vogelasyl, nach rechts ging es zum See hinunter. Die Hunde tobten einen Augenblick um uns herum, dann hechelten sie weiter bergab, wo man ein Stück See durch die noch immer kahlen Bäume erblickte – das ganze Eis war seit einigen Wochen abgeschmolzen; die meisten immergrünen Sträucher standen am anderen Ufer. Es war ein acht oder zehn Morgen großer See, der von Quellen gespeist war; es gab ein paar Inseln in ihm; an seiner tiefsten Stelle war er höchstens drei Meter tief, und es gab je nach Jahreszeit ein paar Barsche, Hechte, Sonnenfische, Schlangen, Frösche und Schildkröten. Ich habe noch nie probiert, wie Wasserschlangen schmecken, und die Barsche schmeckten etwas zu schlammig, jedenfalls für mich, aber die anderen Tiere konnte man gut essen. Für Forellen wurde das Wasser im Sommer zu warm; im warmen Wasser ist nicht genug Sauerstoff für sie. Ich dachte wieder dran, daß der See hier der Beschreibung nach dem See von Horris' Frau ähnlich gewesen war, obgleich er von einem steinernen Pier gesprochen hatte, während dieser hier nur ein hölzernes hatte, das mit ein paar Meter Segeltuch bedeckt war.

»Dicke Pappe, auf die man Alufolie geklebt hat, könnte man genausogut wie glänzendes Blech nehmen«, sagte ich. »Die Hauptsache ist der Ständer und dann das obere Ende mit Spiralrillen als Führung. Überhaupt wäre Pappe besser, geht besser zu schneiden und zu bekleben, wenn du ausprobieren willst, wie groß sie sein muß, um das meiste Licht zu ergeben.«

»Also du meinst, ich sollte mich daranmachen? Ich habe erst gedacht, vielleicht verstehe ich ja nicht genug von solchen

Sachen. Aber irgendwie würde ich's schon gerne ausprobieren, wenn du meinst, es geht.«

»Ich glaube, du solltest es versuchen«, sagte ich. »Daß man was davon versteht, ist nur die Hälfte einer guten Arbeit. Man muß es auch anwenden können – nicht nur, was man über das Problem weiß, mit dem man sich eingelassen hat; für eine gute Arbeit muß man auch mal was Neues herausfinden. ›Fast‹ ist schon gut genug als Ergebnis: Aber wenn du das, was du weißt, als das einzig Vernünftige ansiehst, und wenn dir das als Ziel genügt – dann steht es schlimm mit dir. Das ist der Unterschied zwischen einem Tischler und einem Menschen, der wirklich etwas hervorbringt.«

»Mein Vater war ein Tischler«, sagte Tulip. »Ich verstehe nicht, daß ich dich so darüber reden lasse.«

»Dein Vater war entweder ein Taschendieb oder ein Zuhälter.« Wir hatten den Weg verlassen und wanderten in Richtung auf das kleine Pier am Rande des Sees. Ich blickte zu Tulip hinüber, aber ich konnte nicht herausfinden, ob er wie ein Mann aussah, der den See schon mal gesehen hatte.

»Aber er war nicht gut genug darin, um ganz davon leben zu können. Meistens mußte er Tischlerarbeit machen.« Er machte eine Kopfbewegung zum See hin und sah mich schräg dabei an, als läse er meine Gedanken. »Dieser See von Lee, von dem ich dir erzählt habe, der sah so ähnlich wie dieser aus, nur daß er einen steinernen Anleger hatte, und das Bootshaus war direkt am Wasser, nicht weiter hinten wie dieses hier; der See von denen war auch größer.«

Was er das Bootshaus nannte, war früher direkt am Wasser gewesen, bevor die Irongates es auf trockeneren Boden versetzt hatten, außerdem waren in Tulips Geschichten die Dinge immer größer. Nur noch der steinerne Anleger blieb übrig.

Die Hunde wateten ins Wasser und wieder heraus, sie untersuchten wie üblich das Ufer. In zehn Meter Entfernung, vom Rand einer Insel, wurden wir oder die Hunde von einem Paar Kanadagänsen – frühen Zugvögeln – beobachtet; um diese Jahreszeit waren die Wildgänse eher neugierig als scheu.

»Am meisten stört mich«, sagte Tony, »daß der Anfang der Spirale zu dicht an der Birne ist, sofern man das ganze Ding nicht zu groß macht.«

»Du stellst dir eine Riesenspirale vor«, sagte ich, »und wahrscheinlich brauchst du eine kleinere, als du meinst. Mit dem Lichtmesser kannst du gut feststellen, wie lang sie am besten ist. Wenn du unbedingt was Schwieriges haben willst, dann brauchst du vielleicht eine dreidimensionale Spirale und nicht eine zweidimensionale, die wir im Sinn haben.«

Der Junge schloß seine dunklen Augen, machte sie wieder auf und fragte: »Aber wie kriegt ihr denn Licht aus eurer dreidimensionalen Spirale? Es geht drin verloren, jedenfalls der größte Teil, oder? Ich weiß auch nicht, wie man diese Spirale so dreidimensional befestigen soll.«

Meine Mathematik war nicht gut genug, um seine Fragen zu beantworten, und das sagte ich ihm auch, wobei ich hinzufügte: »Natürlich handelt es sich vielleicht gar nicht um ein mathematisches Problem. Vielleicht sehen manche Leute die Topologie als Teil der Mathematik an; aber ich glaube, die spinnen, und um Topologie geht es bei uns. Ich meine nicht nur uns – ich meine jeden, der sich mit einem Lichtproblem herumschlägt.«

Tony gluckste ein wenig vor Vergnügen, als ich Topologie sagte, als hätte ich einen alten Freund erwähnt. Er war mal dabei, als Gus und ich in einer Unterhaltung den Bildhauern ihre Räumlichkeit an den Kopf schmissen und stundenlang darüber redeten, daß Malerei zu tun habe mit den räumlichen Verhältnissen der Oberfläche der Gegenstände und mit nichts anderem. Ich liebte die Topologie.

Vor ein paar Jahren hatte ich eine Geschichte über eine Möbius-Schleife geschrieben, die so gemacht war, daß man auf ihr von jedem Punkt an lesen konnte, bis man wieder an diesem Punkt ankam, und die immer eine vollständige und sinnvolle Geschichte wäre, egal, wo man zu lesen anfing. Sie war ganz gut geworden; sie war natürlich nicht perfekt: Welche Geschichte ist das schon! Aber ziemlich gut.

Tulip warf ein Stöckchen aufs Wasser hinaus, damit Cinq was zum Hinpaddeln hatte. Die Hunde konnten ziemlich gut schwimmen, bis man Jummy irgendein Gewächs in den Ohren beschneiden mußte und das Wasser ihm da zu schaffen machte; also schwamm er nicht mehr so viel, und die anderen machten nichts, was er nicht auch machte. Jetzt schwamm Cinq zu dem Stock hinaus – den Kopf steil aus dem Wasser, so wie eben Pudel schwimmen, auch wenn sie nicht dafür gebaut sind. Jummy und Meg liefen an einem gebogenen Stück des Seeufers ins Wasser rein und wieder heraus.

Tony sagte – irgendwie schlau, schien mir – zu Tulip: »Wir hatten eine Idee für eine Lampe, und –«

Tulip beobachtete den schwimmenden schwarzen Kopf und sagte: »Wenn Pop dabei ist, dann ist es vielleicht irgendwie interessant, aber wohl unpraktisch, oder wenn es jetzt noch nicht unpraktisch ist, dann wird es das sein, bis er damit fertig geworden ist. Er ist ein redseliger alter Knabe, wenn's um Theorien geht, und es wird euch viel Zeit kosten, wenn ihr ihn reden laßt.« Er ging zur Seite, in die Richtung, wo Cinq mit dem Stock zurückkehrte.

»Er ist schlechter Laune«, sagte ich zu dem Jungen.

»Du hast dich gedrückt; als wir anfingen, wollte er über irgendwas reden, aber du hast dich davor gedrückt. Du hast immer gesagt, man könnte schon drüber reden, aber dann hast du dich doch davor gedrückt.«

»Ich hoffte, jeder würde es merken«, sagte ich.

»Es ist doch nur zu deinem Besten«, sagte Tulip und gesellte sich wieder zu uns. Wir saßen nun auf dem kleinen Landesteg, und ich zündete mir eine Zigarette an. »Für mich bedeutet es nichts oder nicht sehr viel.«

»Eigentlich sollte ich aufstehen und wegrennen«, sagte ich zu Tony. »Nach den Regeln müßte man das tun, wenn jemand sagt, etwas wäre zu seinem eigenen Besten.«

Tulip stöhnte und setzte sich neben uns; er streckte die Hand nach meinen Zigaretten aus. »Meinst du nicht, daß einiges allmählich langweilig wird?« fragte er. »Hau ab«, sagte er zu Cinq, der triefend naß daherkam, mit einem triefenden Stock im Maul. Der schwarze Hund, obgleich fast noch ein Baby, war sehr artig, er entfernte sich ein wenig, schüttelte sich und legte sich ins Gras, um an dem Stock zu nagen. Tulip steckte sich seine Zigarette an meiner an und sah mich an. »Mit diesem Firlefanz kommen wir nicht weiter. Du bist noch genau da, wo du vorher warst.«

»Ist das schlimm?«

»Das ist schlimm«, sagte er mit ruhiger Gewißheit, »du kannst dich drüber lustig machen, solang du willst, und weißt doch, daß es stimmt.«

Tony hockte mit übergeschlagenen Beinen auf dem Steg und beobachtete uns mit funkelnden dunklen Augen, die uns scheinbar nicht sahen. Er wußte nicht, in was er da geraten war, aber er wußte, daß er in etwas geraten war, und das gefiel ihm. Ein netter Junge. Wahrscheinlich hatte mein Reden meist ihm gegolten, und Tulip wußte das wohl und richtete sich danach. Ich war Tulip immer über gewesen, wenn ich nicht redete, jedenfalls, wenn ich nicht über die Sachen redete, über die er reden wollte.

»Diesmal glaubt er, er hätte mich geschnappt«, sagte ich zu Tony. »Ich bin gerade aus dem Gefängnis. Meine letzten Radiosendungen liefen noch, während ich die Strafe absaß, und vom Staat und vom Bund bekam ich mächtige Einkommensteuern aufgebrummt. Bei dieser Kommunistenfurcht geht in Hollywood auch nichts. Also überlegt er sich, daß ich wieder mal ein Buch schreiben muß – man muß dazu nicht viel überlegen –, und jetzt kommt er hier an, schleppt sein mieses Leben hinter sich her, damit ich drüber schreibe.«

»Du würdest nie alles in ein einziges Buch kriegen«, sagte Tulip ganz einfach.

»Wenn's nach mir geht, soll davon überhaupt so wenig wie möglich in ein Buch«, sagte ich nicht ganz so einfach; ich schätzte Tulip am meisten, wenn er solche Sachen sagte. »Hör mal zu«, sagte ich wieder zu Tony – oder vielleicht über ihn zu Tulip, »ich bin schon in mehreren Kriegen gewesen – oder jedenfalls war ich Soldat, während sie im Gang waren –, ich war in Bundesgefängnissen, hatte sieben Jahre lang Tbc und war verheiratet, sooft es mir gefiel, ich habe Kinder bekommen und Enkel, und außer einer ganz netten, aber sinnlosen Kürzestgeschichte über einen Lungenkranken, der sich von seinem Krankenhaus in der Nähe von San Diego an seinem Nachmittags- und Abendurlaub nach Tijuana begibt, habe ich nie ein Wort über diese Sachen geschrieben. Warum? Ich kann nur sagen, es ist nichts für mich. Vielleicht noch nicht, vielleicht nie. Ich hab's manchmal versucht – und ich glaube, ich habe mich angestrengt, so wie ich viele Sachen versucht habe –, aber nie ist was draus geworden, was mir viel bedeutet hätte.«

»Mir ist schon klar, daß du nicht so gut bist, um darüber schreiben zu können«, sagte Tulip, »aber irgendwie habe ich das ja schon die ganze Zeit gesagt.«

»Naja, ich bin's eben nicht«, sagte ich, »wieso sollte es bei dir anders sein?«

»Lieber Gott«, sagte er ernsthaft, »ich bin interessanter.«

»Ich glaube das nicht, aber darüber kann man nicht streiten, und es hat ja sowieso nichts mit dem zu tun, was ich meine.«

Tulip sagte mürrisch: »Ich bin froh, daß wenigstens einer von uns weiß, was du meinst«, und fragte Tony: »Weißt du, was er meint?«

Der Junge schüttelte den Kopf. »Aber auf irgendwas will er hinaus.«

Tulip sagte: »Du bist jung. Du hast Zeit genug, abzuwarten, bis er endlich zur Sache kommt«, und dann zu mir, denn ich hatte darüber nachgedacht, was ich gesagt hatte: »Was höre ich da über deine Enkel? Das ist wohl was Neues, seit ich dich zuletzt gesehen habe?«

»Hmhm, ein Mädchen von zwei Jahren und ein Junge im Januar – seitdem ich aus dem Bau gekommen bin. Ich habe ihn noch nicht gesehen.«

»Gut, gut. Sind sie drüben in Kalifornien?«, und als ich genickt hatte: »Die Tochter, die du so gern hattest?«
»Ich mochte beide Kinder gern.«

Tulip schaute zu Tony und hob seine dicken sandfarbenen Augenbrauen. »Manchmal ist er ein altmodischer alter Knabe, nicht wahr?«

Er wandte sich wieder an mich. »Ich bin ein Analphabet; du mußt mir das mal erklären: Wenn ich ein interessanterer Typ bin, wieso soll ich dann nicht besser drüber schreiben können? Du mußt es nicht unbedingt erklären; nur wenn du willst, daß ich dich verstehe –«

»Sagen wir's mal so«, sagte ich zu dem Jungen – oder durch ihn durch. »Ich bin also 1920 in einem Lungensanatorium, das sich in einer ehemaligen Indianerschule an der Puyallup Road am Stadtrand von Tacoma, Washington, befindet. Die meisten von uns waren das, was man später die beschädigten Veteranen des Ersten Weltkriegs nannte, aber die Veteranenbehörde besaß damals keine eigenen Krankenhäuser – vielleicht gab es überhaupt noch keine Organisation dieses Namens –, also mußte der Staatliche Gesundheitsdienst der Vereinigten Staaten uns versorgen. In diesem waren die Hälfte Lungenkranke; die andere Hälfte waren sogenannte Opfer des Beschießungsschocks; im Hinblick auf Schlafquartiere und Essen waren sie getrennt, weil sie wahrscheinlich unter Aufsicht standen – viele gab es davon nicht – und weil sie mit Tbc angesteckt werden konnten. Es war ein nettes, schlampiges Krankenhaus, und ich glaube, die meisten von uns, die es sich bequem machten, wurden so mit der Krankheit fertig – ich spreche über die Lungenkranken. Ich weiß nicht, wie die mit dem Schock (wir nannten sie ›die Flaschen‹) damit fertig wurden; die gewissenhafteren jedenfalls, die sich streng an die Vorschriften hielten, starben. Der Major, dem das Sanatorium unterstand, soll angeblich ein Säufer gewesen sein, aber ich erinnere mich an keine Anzeichen dafür. Aber ich erinnere mich, daß er Angst vor der neu aufgestellten Amerikanischen Legion hatte und daß wir ihm damit drohten, wenn er versuchte, sich allzu streng zu gebärden, obgleich die meisten von uns, glaube ich, zu einer anderen Organisation namens ›Kriegsbeschädigte Veteranen‹ gehörten. Unsere übliche Abwehr aller Versuche, irgend etwas wie eine Aufsicht über uns zu verhängen, bestand in der Feststellung – die mürrisch oder triumphierend gemurmelt oder gerufen wurde, je nachdem wer und welche Umstände es waren – ›Wir sind hier nicht in der Armee!‹ Unsere Ärzte und Schwestern – die meisten waren selbst frisch aus der Armee – hatten bald genug davon, aber das war lange, bevor wir selbst genug davon hatten. Wir bekamen entweder sechzig oder achtzig Dollar Entschädigung im Monat von der Regierung – die genaue Zahl fällt mir nicht ein –, ich glaube aber, daß die Summe von dem Ausmaß unserer Krankheit abhing – denn die Thermometer wurden ›Entschädigungsstiele‹ genannt. Es gab genug Gratis-Zigaretten, um sich zu behelfen, obgleich es nicht genug war, um einen starken Raucher zu versorgen; natürlich freie Wohnung und Essen, und viel Kleidung brauchten wir nicht. Es war kein schlechtes Leben. Damals war Schnaps immer geschmuggelt – außer einem gelegentlichen Schluck, den man einer Schwester oder einem Doktor abluchsen konnte; das gekaufte Zeug war ziemlich übel, aber es war stark. So etwa um zehn Uhr wurden die Lichter ausgemacht, aber das Zimmer, das ich mit einem Jungen aus Snohomisch teilte, war in den früheren Indianer-Schultagen das Zimmer einer Aufseherin gewesen und hing an demselben Stromkreis wie die Toilette, also mußten wir nur eine Decke vor das Fenster hängen und konnten dann, solange wir wollten, Poker spielen. Soweit ich mich erinnere, gingen wir in dem Sanatorium nach Belieben ein und aus, einen Passierschein brauchten wir nur für Ausflüge über Nacht nach Seattle und so, obgleich wir wohl zu bestimmten Zeiten im Hause sein mußten. Jedenfalls fanden die meisten von uns das viel besser, als für den Lebensunterhalt zu arbeiten. Manchmal waren wir pleite. Ich erinnere mich an Whitey Kaiser – einen kurzen, kräftig gebauten, blonden Mann aus Alaska, der fast alle bekannten Krankheiten hatte. Er konnte zuschlagen wie eine Dampframme, aber seine Knochen waren so brüchig wie Teegebäck. Er lieh sich einen Totschläger von mir – ich hatte vor dem Sanatoriumsaufenthalt in einer Detektei in Spokane gearbeitet, und wenn man jung ist, kriegt man immer solche Sachen in die Finger; am nächsten Morgen gab er ihn mir wieder, dazu zehn Dollar. Als ich in der Abendzeitung las, daß vergangene Nacht auf der Puyallup Road ein Mann niedergeschlagen und um hundertachtzig Dollar beraubt worden sei – die Straße ging von Tacoma nach Seattle –, zeigte ich das Whitey; der sagte, daß Leute, die beraubt werden, stets übertriebene Summen angeben. Manchmal schwammen wir im Geld; da war mal ein magerer, hakennasiger dunkler Junge namens Gladstone, der bekam endlich seinen Bonus von der Armee – eine beträchtliche Summe, obwohl ich mich an die genaue Zahl nicht mehr erinnere –, und wir gaben alles für zwei gebrauchte Autos und für die gesammelten Werke von James Gibbons Huneker aus, denn er verlangte Kultur, und ich erklärte ihm, Huneker, das sei Kultur. Meistens langweilten wir uns. Ich glaube, wir langweilten uns ziemlich leicht. Ich meine nicht, daß wir uns schlimm langweilten – obgleich es manchmal schon so war –, aber wir langweilten uns eben. Weißt du, das Wetter ist dort ziemlich gut. Von September bis Mai regnet's jeden Tag mindestens einmal, aber nur selten stark, und sehr kalt wird es nicht, also brauchst du keinen Wintermantel, aber einen Regenmantel nimmst du eben automatisch mit, wenn du rausgehst und –«

Von drei verschiedenen Stellen fingen die Hunde jetzt zu bellen an. Sie rannten auf den Weg zu, auf dem wir gekommen waren, und verschwanden lärmend um die Biegung.

Ich sagte: »Besuch kommt«, Tony sagte: »Wohl Do und Lola«, und Tulip warf seine Zigarettenkippe aufs Wasser hinaus, wo sie zischte und sich auflöste.

Nun kamen die drei Pudel eilig wieder um die Biegung des Weges herum, und hinter ihnen gingen die beiden Irongates. Do war ein schlankes, blondes Mädchen, sechzehn Jahre alt, Lola war ein zwölfjähriges, sehr hübsches, dickliches Mädchen mit schwarzen Haaren, schwarzen Augen und rosa Wangen. Lola sah aus wie ihr Vater und Tony, Do glich niemandem, den ich kannte, obgleich ich mir habe sagen lassen – in den meisten Familien schlägt ja jeder irgendwem nach –, daß sie einer ihrer Tanten ähnelte. Sie wechselten ihre »Hallos« mit Tony, küßten mich und schüttelten Tulip die Hand.

Lola sagte: »Die Leute da kommen heut abend heim.« Sie war aufgeregt.

Do sagte: »Die kommen nie drauf, uns zu sagen, ob das heißt zum Essen oder danach.« Sie war aufgeregt.

Tony sagte: »Jetzt müssen wir uns also um das Essen kümmern.« Er war aufgeregt.

Ich sagte: »Wie schön«, denn ich hatte die älteren Irongates nicht gesehen, seit ich aus dem Gefängnis raus war. Sie hatten mir einfach mitgeteilt, daß das Haus zu meiner Verfügung sei, und falls ich Geld brauchte, auch das, und daß sie aus Florida zurückkehren würden, sobald Gus da mit dem Mal-Pensum fertig sei.

Tulip suchte meinen Blick und fragte gedämpft, ob seine Anwesenheit stören würde. Ich wollte schon meinen Kopf schütteln – nein –, dann hatte ich einen besseren oder jedenfalls anderen Gedanken: Warum sollte der glauben, daß ich sein Bleiben wünschte? Ich zuckte die Achseln.

Lola setzte sich auf den Landesteg in meine Nähe und fragte hoffnungsvoll: »Wir sind doch nicht in irgendwas Delikates reingeplatzt?« Sie trug dunkelblaue Skihosen und einen kurzen scharlachroten Mantel.

Ich sagte: »Nein.«

Tulip setzte sich wieder hin und sagte: »Ich glaube, Pop erzählte gerade seine Lebensgeschichte; ich weiß auch nicht.«

Do sagte: »Pop?«, und dann zu mir: »Ach du!« und lachte. Sie hatte ein hübsches, schmallippiges Lächeln. »Das gefällt mir«, sagte sie zu Tulip.

Lola lehnte sich gegen mich und sagte: »Ich will deine Lebensgeschichte hören, Pop.«

»Von mir wirst du sie nicht hören, Süße.«

»Du nennst wohl alle Leute Süße.«

»Früher hab ich sie alle ›Schätzchen‹ genannt«, sagte ich, »aber jetzt finde ich ›Süße‹ viel subtiler.«

Do sagte: »Wir haben euch unterbrochen, nicht wahr?« Sie stand noch immer, sie sah größer und sehniger aus, als sie war, in einem langen braunen Polo-Mantel, der ihr um mehrere Nummern zu groß war.

»Oder nicht, Tony?«

Ihr Bruder warf erst einen Blick auf mich und sagte dann: »Naja – doch.«

»Gar nichts habt ihr«, sagte Tulip. »Wenn Pop da weitererzählen will, wo wir gerade waren, dann tut er es. Wenn er nicht weiterspricht, dann tut er so, als hättet ihr ihn unterbrochen. Setz dich mal, und laß ihn machen.«

Do setzte sich hin.

Tony sagte: »Du warst an dem Punkt, als ihr euch gelangweilt habt und es regnete.«

»Nun, Regen bedeutete nicht viel«, sagte ich. »So ein Regen war das nicht. Und die Langeweile hatte, glaube ich, auch nichts zu sagen. Keiner von uns war allzu lange von der Armee fort, und wir müssen noch immer im Trott gewesen sein.« Ich erklärte Lola und Do: »Es geht um ein Lungensanatorium in der Nähe von Tacoma, gleich nach dem Ersten Weltkrieg. Das letzte Mal hab ich die Pavlova damals in Tacoma tanzen gesehen – obgleich das nun mit gar nichts was zu tun hat. Was die Langeweile betrifft, ich weiß nicht mal mehr, ob ich mich überhaupt dran erinnere. Vielleicht weiß ich nur, wie es gewesen sein müßte. Jemand sagte den Einwohnern von Tacoma, sie würden sich nicht um uns kümmern, und dann hatten wir zwei oder drei Sonntage Besuch. Geschichten von Grausamkeiten waren damals sehr beliebt – vor allem die, in denen den Soldaten die Zungen rausgeschnitten werden; wir überredeten die Krankenpfleger dazu, sich in Rollstühle zu setzen und sich von uns vor diese einfältigen Besucher schieben zu lassen, damit ihnen das

Blut erstarrte – oder um sie glücklich zu machen, was oft ein und dasselbe war –, indem wir ihnen die tollsten Schreckensstories servierten, die man sich ausdenken konnte.

Ich war ziemlich gut befreundet mit einem früheren Marineinfanteristen namens Bizzarri. Seit Gott weiß wieviel Jahren oder Jahrzehnten oder Jahrhunderten kennt man in Holzfällerlagern oder auf Baustellen – eben überall, wo Männer zusammen arbeiten und leben müssen und dessen überdrüssig werden – den Ulk, daß zwei Männer zum Schein eine Feindschaft anwachsen lassen, die schließlich auf dem Höhepunkt zu einem Faustkampf führt – oder einer Schießerei oder Messerstecherei, je nachdem, wo es ist –, und daß die Kontrahenten plötzlich die Versammlung auslachen und Arm in Arm davongehen. Nun also, dieser Bizzarri und ich haben also so eine Geschichte inszeniert, haben es sorgfältig in Gang gehalten, bis schließlich fast das ganze Sanatorium Anteil nahm – einige waren auf der einen Seite, andere auf der anderen, es war eine ›Feindschaft‹ zwischen zwei ehemals guten Freunden. Nun zogen wir also aus zu unserem letzten wilden Entscheidungskampf, setzten uns gegenseitig ein paar Hiebe, so an der Grenze zwischen Spiel und Wirklichkeit, waren aber beide zu schlau, um uns unseren Spaß zu verderben, indem wir zum Ernst übergingen, und brachen dann die Sache rechtzeitig ab, um unsere Lacher zu haben – aber danach waren wir nie wieder gute Freunde.

Ein Filipino, dessen Namen ich vergessen habe, mühte sich damit ab, ein Falschspieler zu werden – ich glaube, in seinem Zivilleben hatte er jeden Samstag seinen Lohn in einer chinesischen Spielhölle verspielt; er hatte ein Päckchen mit gezinkten Karten, und wir ließen ihn manchmal damit Poker spielen, denn die meisten von uns kannten die Zeichen besser als er. Einmal geriet er in eine Rauferei – Falschspieler müssen in Ehrensachen immer sehr empfindlich sein –, und sein Gegner mußte warten, bis der Filipino in sein Zimmer gegangen war und seine Kinder-Boxhandschuhe geholt hatte, um sich zu schützen; so muß es jedenfalls gewesen sein, denn sie waren innen nicht beschwert, die Nähte taugten überhaupt nichts, und dann waren sie auch noch etwas zu eng, so daß er die Hand nicht richtig ballen konnte. Solche Sachen mochten wir gern, also werden wir wohl ziemlich gelangweilt gewesen sein.«

Ich quälte mich jetzt ein bißchen ab. Über Tony hinweg zu reden hatte mir die Sache wohl etwas erleichtert, und Tulip hatte das wohl gewußt, aber den Schlüssel zu unserer neuen Kombination hatte ich noch nicht gefunden. Ich sage nicht, daß Do und Lola vielleicht kein unfreundliches Publikum gewesen wären. Keineswegs. Sie hatten mich gern, das Gefängnis hatte mir sogar einen gewissen Glanz verschafft, aber das, worüber ich nun redete – oder zu reden versuchte –, hatte damit gar nichts zu tun. Ein besserer Redner hätte wahrscheinlich genauso weitergesprochen und sie übersehen – aber ich mußte – oder meinte das – irgendein Mittel finden, um sie mit einzubeziehen. Natürlich hätte ich abbrechen können und darauf warten können, bis ich Tony und Tulip wieder für mich hätte, aber wahrscheinlich war mir nach Reden zumute. Ich machte also weiter und bemühte mich, so gut ich konnte, sie dabei mit ins Spiel zu bringen.

»Die Regierung hat dann da unten bei San Diego ein Krankenhaus eröffnet – oder wiedereröffnet; es war ein altes Armeehospital auf dem ehemaligen Camp Kearney, und dorthin wurden vierzehn von uns versetzt – ich schätze, es waren hauptsächlich unerwünschte Burschen, die irgendwie übriggeblieben waren. Wir reisten in einem privaten Schlafwagen, unterwegs wurden noch einige weitere Patienten in Portland an Bord genommen. Unter uns waren einige, die glaubten oder sagten, sie seien opiumsüchtig, ein einbeiniger Bursche namens Austen – man glaubte, daß er Knochentuberkulose hätte, und schnibbelte immer weitere Stücke von seinem Bein ab – und ein häßlicher Mensch mit roten Haaren namens Quade mit tuberkulösen Eingeweiden. Whitey und ich waren pleite; neben anderen Krankheiten hatte er auch was an den Nieren, und der Doktor in Tacoma hatte ihm irgendwelche weiße Pülverchen zum Einnehmen gegeben, die in Papierchen eingefaltet waren wie Rauschgift, also verscherbelten wir es während der Fahrt an Austen und Quade; die schnupften es und wurden auf der ganzen Fahrt nach San Diego ganz schön high davon oder glaubten es wenigstens. Im Camp Kearney begegneten wir unserem Feind: den Vorschriften. Wir kamen spät am Abend dort an und wurden zu früher Stunde von einem Hilfspfleger geweckt, der Urinproben wollte, bevor er seinen Dienst beendete. Natürlich war das noch einfach: Wir sagten ihm, wir würden gehen, um ihm seine Urinproben zu produzieren, legten uns aber wieder schlafen, und er mußte seinen Dienst ohne Urinproben beenden. Es stellte sich heraus, daß wir zum Verlassen des Krankenhauses Passierscheine brauchten – dabei war Tijuana, das gleich hinter der Grenze lag, mit seinen Vergnügungen einer der Gründe für unsere Bereitwilligkeit, hierherzukommen – Agua Caliente war damals noch nicht offen; aber diese Passierscheine wurden nur sehr zurückhaltend ausgegeben, außerdem mußten wir Neuankömmlinge erst mal zwei Wochen in Quarantäne verbringen, bevor wir überhaupt zu etwas berechtigt waren – sogar für die Erlaubnis, im Krankenhaus umherzugehen. Also machten wir eine lustige kleine Revolution, daß wir das Krankenhaus verlassen und nach San Diego fahren würden. Die Verwaltung bat uns rüber zu einer Konferenz und setzte die Quarantänezeit auf zehn Tage herab, soweit ich mich noch erinnere, aber sie blieb bei den anderen Vorschriften; darauf hielten wir unsere eigene Konferenz ab, denn so allmählich freuten wir uns schon gewaltig auf Tijuana und San Diego und auf das örtliche Rotkreuz-Büro, das wir heimsuchen wollten, wenn wir pleite waren. Nun kam aber hinter uns, auf dem Fußpfad, eine von den Zivilangestellten des Krankenhauses daher – ein hübsches kleines Mädchen in einer gestreiften Bluse und einem dunklen Rock, mit hübschen Beinen in Seidenstrümpfen, von denen einer hinten eine Laufmasche hatte, und sogleich war's vorbei mit unserer Revolte: Wir kamen darauf, daß das Krankenhaus vielleicht doch nicht gar so schlimm war – wenn wir wollten, konnten wir ja immer noch abhauen –, und also schickten wir Whitey, der inzwischen unser

Sprecher geworden war, um dem Oberbeamten mitzuteilen, daß wir hierbleiben würden. (Keiner von uns konnte je irgendwas bei der hübschen Kleinen ausrichten; ich weiß nicht, ob es einer von uns wirklich versucht hat.) Einer von uns – ich habe vergessen, wer – war inzwischen zutiefst überzeugt, daß in unserer Revolte etwas Grundsätzliches stecke, und der verschwand in Richtung San Diego. Wir übrigen fanden uns mit dem neuen Tagesablauf eines neuen Krankenhauses ab. Whitey blieb nicht lange bei uns; nach ein paar Wochen kamen er und ein anderer Kumpan eines Abends ziemlich besoffen aus der Stadt, und er verprügelte einen Arzt; ich glaube, er machte das, weil der Doktor Whiteys Genossen gegen seine Betrunkenheit eine Spritze voll Apomorphin gegeben hatte – jedenfalls wurde er rausgeschmissen. Es wurde etwas davon geredet, daß wir mit ihm gehen sollten, aber es wurde nichts daraus, und er verschwand.

Das Krankenhaus war am Rand einer Wüste, da gab es Hornkröten, die man wie Haustiere halten konnte, man konnte Kämpfe zwischen Klapperschlangen und Gilamonster-Echsen in einem leeren Güterwagen auf einem nahegelegenen verlassenen Eisenbahngeleis veranstalten: Das Gilamonster war immer der Sieger, aber eine Menge Dummköpfe setzten ihr Geld auf die Klapperschlangen, und als keine Klapperschlangen-Einsätze mehr kamen, wurden die Kämpfe eingestellt; schließlich, alle paar Wochen, hauten wir in Tijuana auf den Putz. Ich erinnere mich nur noch wenig an San Diego, nur daß man, wenn man den Hügel runterfuhr, einen hübschen Blick darauf hatte, auf rosa und blaßblaue Stuckhäuser, das U.S. Grand Hotel und die Drogerien, wo man damals, während der Prohibition, eine große Auswahl von hochprozentigen Patent-Arzneien kaufen und trinken konnte. Ich habe in dem Krankenhaus wohl eine Menge gelesen, aber ich kann mich nicht an das geringste erinnern. Jedenfalls war es für mich eine vergnügliche Zeit im Camp Kearney, aber als in Tijuana die Rennen eingestellt wurden – ich glaube, das war im Mai –, bat ich um meine Entlassung aus dem Krankenhaus, und sie entließen mich auch. Sie konnten nicht gerade sagen, es sei ein Fall von stummer Tbc – ich wurde die Tbc erst fünf oder sechs Jahre später wirklich los –, also schrieben sie ›Maximale Besserung erreicht‹ und ließen mich ziehen.«

Als ich aufhörte zu reden, um mir eine Zigarette anzuzünden, fragte Lola: »Wo bist du dann hin?«

Tony sagte »Pst« zu ihr.

»Zurück nach Spokane, denn ich hatte ein Eisenbahnticket dorthin bekommen; ich wollte dort einige Leute besuchen, dann wollte ich ein paar Wochen nach Seattle – das war damals eine laute Stadt, aber mir gefiel das damals –, und dann nach San Franzisko, wo ich vorhatte, höchstens zwei Monate zu bleiben, bevor ich nach Baltimore heimkehrte. Aber ich blieb sieben oder acht Jahre in San Franzisko, und nach Baltimore kam ich nie zurück – es sei denn zu kurzen Besuchen. Doch, worauf ich eigentlich hinauswill« – jetzt sprach ich wieder zu Tony und Tulip – »aus all dem kriegte ich nicht mehr heraus, als eine kurze und ziemlich witzlose Geschichte von einem stillen Lungenkranken, der einen gemächlichen Tagesausflug nach Tijuana machte. Und das ist noch mehr Text, als ich aus Krieg und Gefängnis rausgeholt habe. Und du« – zu Tulip – »kannst mir bloß diese Art von Geschichten anbringen: Irgendwie ist dein ganzes mieses Leben so gewesen, das mag für dich gut und schön sein, aber nicht für mich. Ich weiß nicht, was ich damit anfangen soll.«

»Die Wahrheit zu sagen«, sagte Tulip, »ich habe nie Tbc gehabt, und die drei Burschen, der eine mit Spitznamen Whitey, an die ich mich erinnere, waren ganz anders als deine, obgleich einer von ihnen ein halbprofessionelles Baseball-Team gemanagt hat, in dem ich mal einen Sommer mitgespielt habe, wobei ich uns durch Betrug um unseren Anteil brachte. Aber ich sehe genau, warum nichts, was dir zugestoßen ist, irgendwas taugte. Es passierte dem Falschen. Du mußt bedenken, daß alles durch den Kopf geschieht, und natürlich wird alles langweilig, wenn man dermaßen daran herumvernünftelt.« Er sah Tony an. »Stimmt's nicht, Junge?«

Tony sah Tulip an und sah mich an und sagte kein Wort.

»Du und deine unreifen Gefühle ertragen das Gewicht der Vernunft nicht«, sagte ich ein bißchen pädagogisch, obgleich ich dieser Anklägerei müde war. »Kein Gefühl kann sehr stark sein, wenn es vor der Vernunft abgeschirmt werden muß. Betrunkene Kerle, die ihre Frau verprügeln und wegen einem lahmen Vogel heulen.«

Lola fragte: »Was war mit diesem Whitey, der Manager in dem Baseball-Team war?«

Tony zischte wieder, um sie zum Schweigen zu bringen.

Tulip sagte: »Ich weiß nicht immer, was du meinst, Pop. Warum kannst du nicht alles einfach so aufschreiben, wie es passiert ist, damit dein Leser auch bekommt, was er sich wünscht?«

»Sicher, so kann man auch schreiben, und wenn man gut genug aufpaßt, daß man sich nicht engagiert, kann man verschiedene Leser ganz verschiedene Bedeutungen aus dem, was man geschrieben hat, herauslesen lassen; schließlich kann fast alles irgend etwas anderes symbolisieren. Ich habe eine Menge Zeug von der Art gelesen, und es gefiel mir; es ist aber nicht meine Art zu schreiben, und es hat keinen Sinn, das vorzutäuschen.«

»Du arbeitest alle Sachen ab, bis sie dünn und scharf sind«, sagte Tulip. »Ich habe nicht gesagt, du solltest deinen Leser derartig scharf auf dich machen, obgleich ich nicht einsehe, warum die nicht deine Arbeit für dich besorgen sollen, wenn sie unbedingt wollen, aber –«

»Nicht genug Bedarf, um was abzuwerfen«, sagte ich, »obgleich man vielleicht ein paar hübsche Kritiken bekommt.«

»Geld, Geld«, sagte Tulip. So was von ihm zu hören, war eigentlich komisch, aber wir debattierten eben, und in so einer Debatte neigt man dazu, alles mögliche zu sagen, um dem eigenen Standpunkt zum Sieg zu verhelfen.

»Sicher, Geld«, sagte ich. »Wenn man schreibt, dann wünscht man sich Ruhm, Geld und persönliche Befriedigung. Man will das schreiben, was man schreiben will, man will das Gefühl haben, daß es gut ist, man will Millionenauflagen verkaufen, man wünscht, daß jeder, auf dessen Meinung man Wert legt, es gut findet, und man will, daß es Hunderte von Jahren so weitergeht. Es ist unwahrscheinlich, daß man dies alles auch bekommt, und man wird deshalb wahrscheinlich nicht zu schreiben aufhören oder Selbstmord begehen, aber eigentlich ist das das Ziel – und es sollte das Ziel sein. Alles darunter ist Kleinkrämerei.«

Do, die sich sehr ernsthaft auf ihre heranrückende Weiblichkeit vorbereitete, war der Meinung, daß Frauen die Männer vom Streit abhalten müssen; sie sagte: »Ich habe Donald gesagt, daß wir früh essen wollen. Das ist doch in Ordnung?« Tony runzelte die Stirn.

Ich sagte: »Ich habe nichts dagegen« und sah auf meine Armbanduhr: 11.54 Uhr. »Wollen wir jetzt zum Haus zurückgehen?«

Tulip sagte: »Habe ich dir schon mal gesagt, Pop, daß wir gewisse Dinge mit verschiedenen Augen ansehen?« Wir standen auf.

Die Hunde waren in den Wäldern jenseits des Sees verschwunden. Wir gingen auf dem Weg zurück, Tulip und Do wanderten voran, Lola, Tony und ich nebeneinander hinter ihnen her. Als wir an dem alten steinernen Pumpenhaus – es ist jetzt eine Räucherkammer – vorbei waren und quer über die hintere Wiese zum Haus gingen, sagte Tony: »Das, worauf du eigentlich hinauswolltest, hast du nicht fertig erzählt, nicht?«

»Nein; ich bin nicht mal sicher, ob ich überhaupt damit angefangen habe. Ich glaube, ich bin vom Thema abgekommen. Grob gesprochen gibt es auf der Welt zwei Arten zu denken: diejenige, mit der du Punkte machst, mit denen du in einem Streit gewinnst, und diejenige, durch die du den Dingen auf den Grund gehst. Wir versuchen's ein anderes Mal wieder.«

Lola fragte: »Kann ich zuhören?«

Ich sagte: »Klar«, wobei Tony schnell zu mir herüberlächelte, weil er glaubte, daß ich es nicht ernst meinte.

Ich kam dann ins Grübeln und erinnerte mich an das erste Mal, als ich Tulip gesehen hatte, im Haus von Mary Mawhonter in

Baltimore, 1930. Ich war auf dem Weg von New York zu meinem ersten Hollywood-Auftrag für eine Woche nach Baltimore gefahren; mein Vater lebte damals noch, und auch meine Schwester lebte in Baltimore, und natürlich hatte ich einen Besuch bei Mary gemacht, die nun Kinderärztin war; Tulip war einer der Gäste in ihrem Haus an dem Abend, als ich dorthin ging. Er war damals, soviel ich weiß, Aufseher einer Bande von schwarzen Dockarbeitern, an den Docks von Sparrow's Point, die der Pennsylvania Railroad gehörten, und nach meiner Erinnerung war es so, daß er dritter Baseman im Yankee Farmsystem gewesen war, aber damit aufgehört hatte, da in dieser Art von Arbeit keine Zukunft war, solange Red Rolfe aktiv war. Red Rolfe stieg aber erst sehr viel später zu den Yankees auf, und er spielte damals wohl noch Vorstopper in Darthmouth, als ich Tulip zuerst begegnete; es kann also sein, daß ich Tulip mit einem Armee-Unteroffizier verwechsle, den ich 1942 mal auf einem Schießplatz bei Seagirt kennenlernte. Damals trank ich viel, zum Teil, weil es mich noch immer verwirrte, daß die Gefühle der Menschen und ihre Taten nicht viel miteinander zu tun haben; außerdem sind viele meiner Erinnerungen ziemlich unscharf. Der Red-Rolfe-Komplex paßt aber auf Tulip, sogar wenn es mit den Daten nicht stimmt.

Er mochte Mary – sie war eine große, weißhäutige Brünette, sehr anziehend und nett –, aber aufgrund männlicher Eitelkeit oder wegen seines speziellen Humors wollte er sie unbedingt unter Schwierigkeiten erobern und machte dabei damals keine großen Fortschritte. Sie war ein gutmütiges Mädchen, aber sie nahm damals ihren Beruf sehr ernst, und er gar nicht. Er sagte, er habe eine gründliche ärztliche Untersuchung nötig, und wollte zu ihr nach Hause als Patient, und sie sagte, sie pflege keine Erwachsenen und er wolle sowieso nur mit ihr ›Doktor spielen‹, und das sei ja Kinderkram; die beiden machten daraus das Hauptthema ihres scherzhaften Wettstreits. Als ich wieder in ihre Wohnung kam, nachdem die anderen gegangen waren, sprach sie viel über ihn. Sie redete überhaupt immer viel und verwendete nie ein dreisilbiges Wort, wenn ihr ein viersilbiges einfiel – eben dieser Spezialistenjargon, den man oft von Ärzten und ähnlichen Leuten zu hören kriegt, die in ihrer Art von Arbeit irgendwas Esoterisches zu sehen glauben; aber sie war nett, und es störte sie nicht, wenn man einfach da herumhing, eine Zigarette rauchte, ab und zu »Hmhm« sagte und sie weiterplappern ließ. Sie war ein nettes Mädchen. Offenbar mochte sie Tulip.

Damals war er in seinen späten Zwanzigern – nur ein paar Jahre älter als Mary – und hatte schon die Vorstellung, daß sein Leben interessant gewesen sei und daß jemand drüber schreiben sollte. Mir machte das nicht so viel aus, denn ich hatte schon acht Jahre lang geschrieben und war an Leute gewöhnt, die mir Geschichten und Handlungen und Sachen erzählten. Ich tat immer so, als hörte ich höflich zu, während ich an was anderes dachte, aber vermutlich war ich immer noch etwas empfindlich, was die allgemeine Meinung angeht, daß alle Schreiber unbedingt blasse Buchhaltertypen sein mußten, die an ihren Schreibtischen saßen und Papierarbeit verrichteten. Und es kam mir so vor, als ob dieser stämmige junge Bursche einem das ziemlich dick unter die Nase rieb; wir vertrugen uns also nicht besonders. Es war nicht so sehr, daß ich streitlustig war, wenn ich trank, als vielmehr, daß ich mich nicht zusammennahm. Ich weiß nicht, ob er auch betrunken war; es muß einer schon ziemlich betrunken sein, damit ich es merke – sogar jetzt, wo ich doch selbst nicht mehr trinke.

Meine Erinnerung an die bedeutsamen Handlungen und Worte in dieser Nacht ist nun die folgende – obgleich es so lange zurückliegt und ich nicht weiß, wie stark ich vielleicht die Dinge abgeändert habe, damit ich einen besseren Eindruck mache, oder um Argumente für meinen Standpunkt zu bekommen. Wir waren dort jedenfalls vielleicht ein Dutzend Menschen; nachdem ich ringsum meine Vorstellung absolviert hatte, mit Verbeugungen, Händeschütteln und Worten, ließ Mary mich in einer Ecke mit Tulip zurück; während sie uns was zu trinken holen ging, sagte er: »Also, das hier ist Ihre Heimatstadt, stimmt's?«

»Ja. Ich bin hier aufgewachsen, bis auf eine kurze Zeit in Philadelphia und obwohl ich weiter unten im Süden des Staates geboren wurde.«

»Sind Sie lang weg gewesen?«

»Zehn oder elf Jahre, glaub ich.«

»Heutzutage werden Sie feststellen, daß es eine recht langweilige Stadt ist.«

»Das war sie damals auch.«

»Aber jetzt ist sie häßlicher«, sagte er, und ich fragte: »Welche Stadt ist das nicht?« und er sagte: »Aber darüber wollte ich mit Ihnen nicht reden.« Also wußte ich nun, daß er mit mir über etwas reden wollte.

Dann kam Mary mit unseren Drinks, und dann kam ein kleines braunäugiges Mädchen aus Catonsville, die sagte, ich möchte doch eine ihrer Freundinnen in Pasadena besuchen; sie sprach eine Weile mit mir, und Tulip hörte zu. Schließlich entfernte sie sich, und er sagte: »Hören Sie, Sie schreiben, und ich schreibe nicht, aber Sie sind so ziemlich die Art von Autor, die mir gefällt, und deshalb will ich mit Ihnen reden.«

Das war in Ordnung. Ich mochte Tulip, und ich mag ihn noch immer, obwohl nicht so sehr, wie er glaubt.

»Ich komme mehr herum als Sie«, sagte er, »und ich erfahre eine Menge Sachen.«

Jetzt war es nicht mehr in Ordnung. Erst mal glaubte ich nicht, daß er mehr herumkam als ich, und zweitens: auch wenn es stimmte, so kam es darauf gar nicht an, außer man wollte aufgrund wirklicher Erfahrung Fahrpläne schreiben. Jeder hat seine vierundzwanzig Stunden am Tag, nicht mehr und selten weniger, und die eine Art, die Zeit auszufüllen, schien mir nicht schlechter als die andere, es kam natürlich auf den Charakter an; also sagte ich »So?« und fing an, mich im Raum umzusehen.

»Hören Sie«, sagte er. »Ich meine ja nicht, daß Sie nur Bibliotheken und Universitäten und so weiter kennen. Ich würde mich mit Ihnen gar nicht einlassen, wenn Sie so ein Autor wären.

Aber ich habe 'ne Menge Zeug hier drin« – und nun stippte er doch tatsächlich mit dem Daumen an seine Brust.

Ich stippte an meinen Kopf. »Dann suchen Sie sich einen Autor mit 'ner Menge Zeug da drin«, riet ich ihm, »dann wird daraus ein gutes Paar.«

Er sagte: »Ach, um Gottes willen!« Mary merkte, daß wir uns nicht gut miteinander vertrugen, und kam rüber, um zu sehen, wie wir uns vertrugen. »Dein Freund ist irgendwie empfindlich«, sagte er zu ihr.

»Dein Freund macht einen irgendwie empfindlich«, sagte ich zu ihr.

Mary lachte und legte ihre langen weißen Arme beiderseits um uns. »Wollt Ihr's mir erzählen?«

Ich sagte »Nein«, und Tulip sagte »Nein«, und dann sagte er zu mir: »Ich möchte Ihnen ein Beispiel geben und Ihnen eine dieser Sachen erzählen, damit Sie sehen, was ich meine.«

»Wenn es nicht zu schrecklich ist, laß es ihn doch erzählen!« sagte Mary, und ich merkte, daß es ihr ernst war, da sie nur ein einziges Wort mit mehr als zwei Silben benutzt hatte, und so drückte sie sich üblicherweise nicht aus. »Also, ich werde euch noch was zu trinken besorgen«, sagte sie, nahm unsere Gläser und ging fort.

Ich sagte: »Na schön – los«, und darauf erzählte er mir die erste von vielen Geschichten, die er mir von da an erzählt hat oder versucht hat, zu erzählen.

Sie handelte von einigen armen Leuten in Providence, die alle die richtige Einstellung zu allem hatten, was ihnen zustieß oder um sie herum passierte – und es passierte viel; aber sie behielten weiterhin die richtige Einstellung, so daß mir nichts von alledem sehr wichtig erschien. Mary kam mit unseren Gläsern zurück, und ich stand da und hörte mir die letzten zwei Drittel der Geschichte an. Tulip sagte nichts weiter dazu, als er fertig erzählt hatte, und sie sagte auch nichts.

»Hübsch«, sagte ich, »aber ist es nicht ziemlich literarisch?«

Tulips Gesicht rötete sich ein wenig – so schien es mir

wenigstens – unter der starken Sonnenbräune, die er von der Hafenarbeit hatte; er sagte: »Vielleicht habe ich sie ein bißchen verschönt, vielleicht etwas zuviel«, und als ich dazu weiter nichts sagte: »Es ist aber wirklich passiert«, und als ich noch immer nichts dazu sagte: »Woher wissen Sie eigentlich, wenn ich so etwas verschöne?«

Mary sagte zu mir: »Man muß sich nicht unbedingt so verhalten«, und das war nun ihrer normalen Redeweise etwas ähnlicher; ich merkte, daß sie unbedingt wollte, daß ich Tulip zuhörte, daß es ihr aber egal war, ob ich so oder so über ihn dachte.

»Was wollt ihr eigentlich?« fragte ich die beiden.

Mary lachte und sagte: »Du weißt, was ich will: Steig von deinem Roß«, während Tulip mich stirnrunzelnd ansah und sich mit seinen dicken Fingern durchs Haar fuhr. »Wie lange bleiben Sie in der Stadt?« fragte er.

»Noch drei oder vier Tage. Vielleicht danach noch ein oder zwei Tage, obwohl ich gern nach Santa Monica fahren würde, um meine Kinder zu sehen.«

»Wie viele haben Sie denn?« fragte er.

»Zwei. Einen achtjährigen Jungen und ein Mädchen, das jetzt etwa vier sein muß. Viele Leute hören auf, wenn sie von jeder Sorte eines haben.«

Das Mädchen aus Catonsville kam nun rüber und sagte: »Ihr zwei seid so nette Männer, und dabei versteckt ihr euch den ganzen Abend in dieser Ecke und schwätzt miteinander.« Sie redete hauptsächlich zu mir hin, meinte aber hauptsächlich Tulip, also überließ ich ihn ihr augenblicklich und setzte mich mit Mary ab.

Tulip rief mir nach: »Ich kann Sie über den Doktor erreichen, nicht wahr?«

Mary und ich nickten bejahend, und ich fragte sie: »Was nagt denn an dem?«

Sie schüttelte den Kopf: »Man kann sich schwer vorstellen, daß an dem irgendwas nagt. Ich würde sagen, was ihn da so beschäftigte, war seine Versessenheit auf Kongruität. Er beschäftigt sich sehr stark mit den verschiedenen Theorien, daß ein irgendwie folgerichtiger – wenn auch nicht unbedingt chronologischer – Ereignisablauf – egal, wie heterogen im einzelnen – dem Leben – jeglichem Leben, inklusive vielleicht vor allem seinem eigenen – eine Form verleihe, vielleicht *die* Form. Aber man kann nicht sagen, daß irgendwas an ihm *nagt.*«

»Ach so«, sagte ich, »und ich soll nun für ihn die Perlen sortieren und sie auf eine Schnur ziehen?«

»Du oder jemand anders.«

»Was glaubt er denn, was die Leute mit ihrem eigenen Leben anfangen wollen?«

»Du bist doch bestimmt nicht so naiv, daß du von den Menschen irgendeine Vorstellung davon erwartest, was andere Leute beschäftigt, oder daß es ihnen überhaupt bewußt wäre, daß andere Leute überhaupt ein Innenleben haben«, sagte sie; sie war recht hübsch, und ich hatte genug zu trinken, um ihren Worten einen Anschein von Vernünftigkeit zu geben, also wechselte ich das Thema und fing an über uns zu reden, und das war angenehm, und dann kamen noch andere Leute dazu, oder wir gingen zu den anderen, und das war auch angenehm. Nun war auf einmal alles gut.

Später stöberte Tulip mich in so etwas ähnlichem wie einem Wohnzimmer auf, hinten im zweiten Stock – Mary besaß ein altes dreistöckiges Haus gleich hinter der Cathedral Street; ich saß zusammen mit einem dunkelblonden Mädchen namens Mrs. Hatcher oder so ähnlich, und nachdem sie fortgegangen war, sagte er: »Ich möchte mit Ihnen reden, aber ich wollte natürlich nichts unterbrechen.«

»Ehrlich gesagt, ich weiß nicht, ob Sie was unterbrochen haben oder nicht.«

»Ach so, na gut«, sagte er und setzte sich; er wollte mir eine Zigarette anbieten, sah aber, daß ich schon eine hatte, und ich goß ihm noch was in das Glas der Dunkelblonden und gab es ihm. Das war natürlich in der Prohibitionszeit, und Baltimore schien mehr Whisky und weniger Korn zu trinken, als je zuvor. »Wir vertragen uns nicht, stimmt's?« sagte er, nachdem er getrunken hatte. »Und das ist eine Schande, denn wir könnten einander sehr von Nutzen sein.«

Ich muß wohl mit den Achseln gezuckt haben – ich habe immer gern mit den Achseln gezuckt –, und dann sagte ich so ungefähr, das Gute am Mensch-Sein sei, daß die Menschheit alles überleben könne.

»Sie haben recht«, sagte er. »Ich sage ja gar nicht, daß es wichtig ist. Ich sage ja nur, es ist eine Schande – noch nicht mal eine große Schande, wenn Ihnen das nachgeht –, nur eben eine ganz kleine Schande, so wie wenn man nur ein paar braune Schuhe zu den blauen Hosen hat.«

Ich glaubte ihm nicht, oder ich weiß auch nicht, und jetzt versuche ich erst, mir ins Gedächtnis zu rufen, was damals vorging; also blieb ich still, bis auf irgendwelche Geräusche, die ich vielleicht beim Atmen oder Rauchen machte. Ich meine nicht, daß ich nicht glaubte, was er sagte, sondern ich glaubte nicht, daß er mit dem Gefühl dabei war. Und sogar damals, als ich ihm zum ersten Mal begegnete, hatte ich dieses unruhige Gefühl – sogar trotz des vielen Alkohols, den ich in mir hatte –, daß er schließlich für eine Seite meines Ichs stand. Natürlich war es schon recht, daß er ein Stück von mir war, denn jeder hat irgendeine Facette mit allen andern gemeinsam, wie könnte man sonst jemals hoffen, irgendwas an einem andern zu verstehen? Aber die Darstellungen schienen mir – wenigstens kommen sie mir jetzt so vor, und ich vermute, ich muß damals schon eine kleine Ahnung von dieser meiner Meinung gehabt haben, wie ein Verfahren der Alten und Müden oder der Älteren und Müderen –, die Repräsentationen also schienen mir hohler zu werden, wie bewußter Symbolismus oder wie Götzenbilder. Wenn man müde ist, sollte man ausruhen, finde ich, und nicht sich selbst und seine Kunden durch schillernde Blasen irreführen.

(Tulip *wurde nie fertig geschrieben, das Manuskript endet hier. Aber offensichtlich hat Hammett die Schlußpassage des Buches niedergeschrieben: hier ist sie. L. H.)*

Zwei oder drei Monate später hörte ich, daß Tulip in einem Krankenhaus in Minneapolis sei, wo man ihm ein Bein amputiert hatte. Ich fuhr hin, um ihn zu besuchen, und zeigte ihm das hier.

»Ich glaube, es ist in Ordnung«, sagte er, als er gelesen hatte, »aber du scheinst das Wichtigste nicht kapiert zu haben.«

Die Leute meinen das fast immer.

»Aber wenn du willst, lese ich's noch mal«, fügte er hinzu. »Beim ersten Mal ging es zu schnell, aber ich werde es noch mal und ein bißchen sorgfältiger lesen, wenn du willst.«

Literarische Thriller im Diogenes Verlag

● Eric Ambler

Die Maske des Dimitrios
Roman. Deutsch von Mary Brand und Walter Hertenstein. detebe 75/1

Der Fall Deltschev
Roman. Deutsch von Mary Brand und Walter Hertenstein. detebe 75/2

Eine Art von Zorn
Roman. Deutsch von Susanne Feigl und Walter Hertenstein. detebe 75/3

Schirmers Erbschaft
Roman. Deutsch von Harry Reuß-Löwenstein, Th. A. Knust und Rudolf Barmettler. detebe 75/4

Die Angst reist mit
Roman. Deutsch von Walter Hertenstein. detebe 75/5

Der Levantiner
Roman. Deutsch von Tom Knoth. detebe 75/6

Waffenschmuggel
Roman. Deutsch von Tom Knoth. detebe 75/7

Topkapi
Roman. Deutsch von Elsbeth Herlin. detebe 75/8

Schmutzige Geschichte
Roman. Deutsch von Günter Eichel. detebe 75/9

Das Intercom-Komplott
Roman. Deutsch von Dietrich Stössel. detebe 75/10

Besuch bei Nacht
Roman. Deutsch von Wulf Teichmann. detebe 75/11

Der dunkle Grenzbezirk
Roman. Deutsch von Walter Hertenstein und Ute Haffmans. detebe 75/12

Ungewöhnliche Gefahr
Roman. Deutsch von Walter Hertenstein und Werner Morlang. detebe 75/13

Anlaß zur Unruhe
Roman. Deutsch von Franz Cavigelli. detebe 75/14

Nachruf auf einen Spion
Roman. Deutsch von Peter Fischer. detebe 75/15

Doktor Frigo
Roman. Deutsch von Tom Knoth. detebe 75/16

Bitte keine Rosen mehr
Roman. Deutsch von Tom Knoth. detebe 75/17

Über Eric Ambler
Herausgegeben von Gerd Haffmans. detebe 187

● John Buchan

Die neununddreißig Stufen
Roman. Deutsch von Marta Hackel. Mit Zeichnungen von Edward Gorey. detebe 93/1

Grünmantel
Roman. Deutsch von Marta Hackel. Mit Zeichnungen von Topor. detebe 93/2

Mr. Standfast oder Im Westen was Neues
Roman. Deutsch von Marta Hackel. Mit Zeichnungen von Topor. detebe 93/3

Die drei Geiseln
Roman. Deutsch von Marta Hackel. Mit Zeichnungen von Tatjana Hauptmann. detebe 93/4

● Raymond Chandler

Der große Schlaf
Roman. Neu übersetzt von Gunar Ortlepp. debebe 70/1

Die kleine Schwester
Roman. Neu übersetzt von W. E. Richartz. detebe 70/2

Das hohe Fenster
Roman. Neu übersetzt von Urs Widmer. detebe 70/3

Der lange Abschied
Roman. Neu übersetzt von Hans Wollschläger. detebe 70/4

Die simple Kunst des Mordes
Briefe, Essays, Fragmente. Herausgegeben von Dorothy Gardiner und Kathrine Sorley Walker. Neu übersetzt von Hans Wollschläger. detebe 70/5

Die Tote im See
Roman. Neu übersetzt von Hellmuth Karasek. detebe 70/6

Lebwohl, mein Liebling
Roman. Neu übersetzt von Wulf Teichmann. detebe 70/7

Playback
Roman. Neu übersetzt von Wulf Teichmann. detebe 70/8

Mord im Regen
Frühe Stories. Vorwort von Prof. Philip Durham. Neu übersetzt von Hans Wollschläger. detebe 70/9

Erpresser schießen nicht
Detektivstories I. Neu übersetzt von Hans Wollschläger. detebe 70/10

Der König in Gelb
Detektivstories II. Neu übersetzt von Hans Wollschläger. detebe 70/11

Gefahr ist mein Geschäft
Detektivstories III. Neu übersetzt von Hans Wollschläger. detebe 70/12

Englischer Sommer
3 Stories und Essays. Mit einer Erinnerung von John Houseman und dem Vorwort von Patricia Highsmith.
Diverse Übersetzer. detebe 70/13

● Dashiell Hammett

Der Malteser Falke
Roman. Neu übersetzt von Peter Naujack. detebe 69/1

Rote Ernte
Roman. Neu übersetzt von Gunar Ortlepp. detebe 69/2

Der Fluch des Hauses Dain
Roman. Neu übersetzt von Wulf Teichmann. detebe 69/3

Der gläserne Schlüssel
Roman. Neu übersetzt von Hans Wollschläger. detebe 69/4

Der dünne Mann
Roman. Neu übersetzt von Tom Knoth. detebe 69/5

Fliegenpapier
5 Stories. Deutsch von Harry Rowohlt, Helmut Kossodo, Helmut Degner, Peter Naujack und Elizabeth Gilbert. Vorwort von Lillian Hellman. detebe 69/6

Fracht für China
3 Stories. Deutsch von Elizabeth Gilbert, Antje Friedrichs und Walter E. Richartz. detebe 69/7

Das große Umlegen
3 Stories. Deutsch von Walter E. Richartz, Hellmuth Karasek und Wulf Teichmann. detebe 69/8

Das Haus in der Turk Street
3 Stories. Deutsch von Wulf Teichmann. detebe 69/9

Das Dingsbums Küken
3 Stories. Deutsch von Wulf Teichmann. Nachwort von Steven Marcus. detebe 69/10

● Patricia Highsmith

Der Junge, der Ripley folgte
Roman. Deutsch von Anne Uhde

Leise, leise im Wind
Erzählungen. Deutsch von Anne Uhde

Der Stümper
Roman. Deutsch von Barbara Bortfeldt. detebe 74/1

Zwei Fremde im Zug
Roman. Deutsch von Anne Uhde.
detebe 74/2

Der Geschichtenerzähler
Roman. Deutsch von Anne Uhde.
detebe 74/3

Der süße Wahn
Roman. Deutsch von Christian Spiel.
detebe 74/4

Die zwei Gesichter des Januars
Roman. Deutsch von Anne Uhde.
detebe 74/5

Der Schrei der Eule
Roman. Deutsch von Gisela Stege.
detebe 74/6

Tiefe Wasser
Roman. Deutsch von Eva Gärtner und Anne Uhde. detebe 74/7

Die gläserne Zelle
Roman. Deutsch von Gisela Stege und Anne Uhde. detebe 74/8

Das Zittern des Fälschers
Roman. Deutsch von Anne Uhde.
detebe 74/9

Lösegeld für einen Hund
Roman. Deutsch von Anne Uhde.
detebe 74/10

Der talentierte Mr. Ripley
Roman. Deutsch von Barbara Bortfeldt. detebe 74/11

Ripley Under Ground
Roman. Deutsch von Anne Uhde.
detebe 74/12

Ripley's Game
Roman. Deutsch von Anne Uhde.
detebe 74/13

Der Schneckenforscher
Vorwort von Graham Greene.
Deutsch von Anne Uhde. detebe 74/14

Ein Spiel für die Lebenden
Roman. Deutsch von Anne Uhde.
detebe 74/15

Kleine Geschichten für Weiberfeinde
Deutsch von W. E. Richartz. Mit Zeichnungen von Roland Topor.
detebe 74/16

Kleine Mordgeschichten für Tierfreunde
Deutsch von Anne Uhde.
detebe 74/17

Venedig kann sehr kalt sein
Roman. Deutsch von Anne Uhde.
detebe 74/18

Ediths Tagebuch
Roman. Deutsch von Anne Uhde.
detebe 74/19

● **Maurice Leblanc**

Arsène Lupin – Der Gentleman-Gauner
Roman. Deutsch von Erika Gebühr.
detebe 65/1

Die hohle Nadel oder Die Konkurrenten des Arsène Lupin
Deutsch von Erika Gebühr. detebe 65/2

813 – Das Doppelleben des Arsène Lupin
Roman. Deutsch von Erika Gebühr.
detebe 65/3

Der Kristallstöpsel oder Die Mißgeschicke des Arsène Lupin
Roman. Deutsch von Erika Gebühr.
detebe 65/4

Die Gräfin von Cagliostro oder Die Jugend des Arsène Lupin
Roman. Deutsch von Erika Gebühr.
detebe 65/5

● **Ross Macdonald**

Dornröschen war ein schönes Kind
Roman. Deutsch von Wulf Teichmann.
detebe 99/1

Unter Wasser stirbt man nicht
Roman. Deutsch von Hubert Deymann.
detebe 99/2

Ein Grinsen aus Elfenbein
Roman. Deutsch von Charlotte Hamberger.
detebe 99/3

Die Küste der Barbaren
Roman. Deutsch von Marianne Lipcowitz.
detebe 99/4

Der Fall Galton
Roman. Deutsch von Egon Lothar Wensk.
detebe 99/5

Gänsehaut
Roman. Deutsch von Gretel Friedmann.
detebe 99/6

Der blaue Hammer
Roman. Deutsch von Peter Naujack.
detebe 99/7

Durchgebrannt
Roman. Deutsch von Helmut Degner.
detebe 99/8

Geld kostet zuviel
Roman. Deutsch von Günter Eichel.
detebe 99/9

Die Kehrseite des Dollars
Roman. Deutsch von Günter Eichel.
detebe 99/10

Der Untergrundmann
Roman. Deutsch von Hubert Deymann.
detebe 99/11

Sämtliche Detektivstories
Mit einem Vorwort des Autors.
Deutsch von Hubert Deymann.
Ein Diogenes Sonderband.

● Margaret Millar

Der Mord von Miranda
Roman. Deutsch von Hans Hermann

Liebe Mutter, es geht mir gut . . .
Roman. Deutsch von Elizabeth Gilbert.
detebe 98/1

Die Feindin
Roman. Deutsch von Elizabeth Gilbert.
detebe 98/2

Fragt morgen nach mir
Roman. Deutsch von Anne Uhde.
detebe 98/3

Ein Fremder liegt in meinem Grab
Roman. Deutsch von Elizabeth Gilbert.
detebe 98/4

Die Süßholzraspler
Roman. Deutsch von Georg Kahn-Ackermann und Susanne Feigl.
detebe 98/5

Von hier an wird's gefährlich
Roman. Deutsch von Fritz Güttinger.
detebe 98/6

● Georges Simenon

Betty / Die Tür
Zwei Romane in einem Sonderband.
Deutsch von Raymond Regh und Linde Birk

Der Neger / Das blaue Zimmer
Zwei Romane in einem Sonderband.
Deutsch von Linde Birk und Angela von Hagen

Maigret hat Angst / Maigret erlebt eine Niederlage
Zwei Romane in einem Sonderband.
Deutsch von Elfriede Riegler

Maigret gerät in Wut / Maigret verteidigt sich
Zwei Romane in einem Sonderband.
Deutsch von Wolfram Schäfer

Zum weißen Roß
Roman. Deutsch von Trude Fein

Der Tod des Auguste Mature
Roman. Deutsch von Anneliese Botond

Brief an meinen Richter
Roman. Deutsch von Hansjürgen Wille und Barbara Klau. detebe 135/1

Der Schnee war schmutzig
Roman. Deutsch von Willi A. Koch.
detebe 135/2

Die grünen Fensterläden
Roman. Deutsch von Alfred Günther.
detebe 135/3

Im Falle eines Unfalls
Roman. Deutsch von Hansjürgen Wille und Barbara Klau. detebe 135/4

Sonntag
Roman. Deutsch von Hansjürgen Wille und Barbara Klau. detebe 135/5

Bellas Tod
Roman. Deutsch von Elisabeth Serelmann-Küchler. detebe 135/6

Der Mann mit dem kleinen Hund
Roman. Deutsch von Stefanie Weiss. detebe 135/7

Drei Zimmer in Manhattan
Roman. Deutsch von Linde Birk. detebe 135/8

Die Großmutter
Roman. Deutsch von Linde Birk. detebe 135/9

Der kleine Mann von Archangelsk
Roman. Deutsch von Alfred Kuoni. detebe 135/10

Der große Bob
Roman. Deutsch von Linde Birk. detebe 135/11

Die Wahrheit über Bébé Donge
Roman. Deutsch von Renate Nickel. detebe 135/12

Tropenkoller
Roman. Deutsch von Annerose Melter. detebe 135/13

Ankunft Allerheiligen
Roman. Deutsch von Eugen Helmlé. detebe 135/14

Der Präsident
Roman. Deutsch von Renate Nickel. detebe 135/15

Der kleine Heilige
Roman. Deutsch von Trude Fein. detebe 135/16

Der Outlaw
Roman. Deutsch von Liselotte Julius. detebe 135/17

Die Glocken von Bicêtre
Roman. Deutsch von Hansjürgen Wille und Barbara Klau. detebe 135/18

Der Verdächtige
Roman. Deutsch von Eugen Helmlé. detebe 135/19

Die Verlobung des Monsieur Hire
Roman. Deutsch von Linde Birk. detebe 135/20

Der Mörder
Roman. Deutsch von Lothar Baier. detebe 135/21

Die Zeugen
Roman. Deutsch von Anneliese Botond. detebe 135/22

Die Komplizen
Roman. Deutsch von Stefanie Weiss. detebe 135/23

Die Unbekannten im eigenen Haus
Roman. Deutsch von Gerda Scheffel. detebe 135/24

Der Ausbrecher
Roman. Deutsch von Erika Tophoven. detebe 135/25

Wellenschlag
Roman. Deutsch von Eugen Helmlé. detebe 135/26

Maigrets erste Untersuchung
Roman. Deutsch von Roswitha Plancherel. detebe 155/1

Maigret und Pietr der Lette
Roman. Deutsch von Wolfram Schäfer. detebe 155/2

Maigret und die alte Dame
Roman. Deutsch von Renate Nickel. detebe 155/3

Maigret und der Mann auf der Bank
Roman. Deutsch von Annerose Melter. detebe 155/4

Maigret und der Minister
Roman. Deutsch von Annerose Melter.
detebe 155/5

Mein Freund Maigret
Roman. Deutsch von Annerose Melter.
detebe 155/6

Maigrets Memoiren
Roman. Deutsch von Roswitha Plancherel.
detebe 155/7

Maigret und die junge Tote
Roman. Deutsch von Raymond Regh.
detebe 155/8

Maigret amüsiert sich
Roman. Deutsch von Renate Nickel.
detebe 155/9

Hier irrt Maigret
Roman. Deutsch von Renate Nickel.
detebe 155/10

Maigret und der gelbe Hund
Roman. Deutsch von Raymond Regh.
detebe 155/11

Maigret vor dem Schwurgericht
Roman. Deutsch von Wolfram Schäfer.
detebe 155/12

Maigret als möblierter Herr
Roman. Deutsch von Wolfram Schäfer.
detebe 155/13

Madame Maigrets Freundin
Roman. Deutsch von Roswitha Plancherel.
detebe 155/14

Maigret kämpft um den Kopf eines Mannes
Roman. Deutsch von Roswitha Plancherel.
detebe 155/15

Maigret und die kopflose Leiche
Roman. Deutsch von Wolfram Schäfer.
detebe 155/16

Maigret und die widerspenstigen Zeugen
Roman. Deutsch von Wolfram Schäfer.
detebe 155/17

Maigret am Treffen der Neufundlandfahrer
Roman. Deutsch von Annerose Melter.
detebe 155/18

Maigret bei den Flamen
Roman. Deutsch von Claus Sprick.
detebe 155/19

Maigret und die Bohnenstange
Roman. Deutsch von Guy Montag.
detebe 155/20

Maigret und das Verbrechen in Holland
Roman. Deutsch von Renate Nickel.
detebe 155/21

Maigret und sein Toter
Roman. Deutsch von Elfriede Riegler.
detebe 155/22

Maigret beim Coroner
Roman. Deutsch von Wolfram Schäfer.
detebe 155/23

Maigret, Lognon und die Gangster
Roman. Deutsch von Wolfram Schäfer.
detebe 155/24

● **Henry Slesar**

Das graue distinguierte Leichentuch
Roman. Deutsch von Paul Baudisch und Thomas Bodmer. Ausgezeichnet mit dem Edgar-Allan-Poe-Preis. detebe 77/1

Vorhang auf, wir spielen Mord!
Roman. Deutsch von Thomas Schlück.
detebe 77/2

Erlesene Verbrechen und makellose Morde
Geschichten. Deutsch von Günter Eichel und Peter Naujack. Vorwort von Alfred Hitchcock. Zeichnungen von Tomi Ungerer.
detebe 77/3

Ein Bündel Geschichten für lüsterne Leser
Deutsch von Günter Eichel. Einleitung von Alfred Hitchcock. Zeichnungen von Tomi Ungerer. detebe 77/4

Hinter der Tür
Roman. Deutsch von Thomas Schlück. detebe 77/5

Aktion Löwenbrücke
Roman. Deutsch von Günter Eichel. detebe 77/6

Ruby Martinson
Geschichten vom größten erfolglosen Verbrecher der Welt. Deutsch von Helmut Degner. detebe 77/7

Schlimme Geschichten für schlaue Leser
Deutsch von Thomas Schlück. Sonderband

Coole Geschichten für clevere Leser
Deutsch von Thomas Schlück. Ein Diogenes Sonderband

Phantastische und Science-Fiction-Literatur im Diogenes Verlag

● John Bellairs
Das Haus, das tickte
Roman. Aus dem Amerikanischen von Alexander Schmitz. Mit Zeichnungen von Edward Gorey. detebe 131

● Ambrose Bierce
Die Spottdrossel
Ausgewählte Erzählungen und Fabeln. Auswahl und Vorwort von Mary Hottinger. Aus dem Amerikanischen von Joachim Uhlmann, Günther Eichel und Maria von Schweinitz.
Mit Zeichnungen von Tomi Ungerer. detebe 106

● Ray Bradbury
Die Mars-Chroniken
Roman in Erzählungen. Deutsch von Thomas Schlück. detebe 240/1

Der illustrierte Mann
Erzählungen. Deutsch von Peter Naujack. detebe 240/2

Fahrenheit 451
Roman. Deutsch von Fritz Güttinger. detebe 240/3

Die goldenen Äpfel der Sonne
Erzählungen. Deutsch von Margarete Bormann. detebe 240/4

Medizin für Melancholie
Erzählungen. Deutsch von Margarete Bormann. detebe 240/5

Das Böse kommt auf leisen Sohlen
Roman. Deutsch von Norbert Wölfl. detebe 240/6

● Fredric Brown
Flitterwochen in der Hölle
SF- & Schauergeschichten. Aus dem Amerikanischen von B. A. Egger.
Mit Illustrationen von Peter Neugebauer. detebe 192

● Karel Čapek
Der Krieg mit den Molchen
Roman. Deutsch von Eliška Glaserová. detebe 242

● Wilkie Collins
Ein schauerliches fremdes Bett
Gruselgeschichten. Aus dem Englischen von Elizabeth Gilbert und Peter Naujack. Zeichnungen von Bob van den Born. detebe 188

● Guy Cullingford
Post mortem
Roman. Aus dem Englischen von Helmut Degner und Peter Naujack. detebe 132

● Alexandre Dumas Père
Horror in Fontenay
Roman. Aus dem Nachlaß herausgegeben von Alan Hull Walton. Deutsch von Alexander Schmitz. detebe 129

● Lord Dunsany
Smetters erzählt Mordgeschichten
Fünf Kriminalgeschichten. Aus dem Englischen von Elisabeth Schnack. Zeichnungen von Paul Flora. detebe 190/1

Jorkens borgt sich einen Whisky
Zehn Clubgeschichten. Deutsch von Elisabeth Schnack. Zeichnungen von Paul Flora. detebe 190/2

● David Ely
Aus!
Eine Atomkatastrophengeschichte. Aus dem Amerikanischen von Felix Gasbarra. detebe 32

● Egon Friedell
Die Rückkehr der Zeitmaschine
Phantastische Novelle. detebe 81

● **Felix Gasbarra**
Schule der Planeten
Roman. detebe 181

● **Eric Geen**
Tolstoi lebt in 12N B9
Roman. Aus dem Englischen und mit einer Nachbemerkung von Helga und Alexander Schmitz. detebe 89

● **Gespenster**
Englische Gespenstergeschichten von Daniel Defoe bis Elisabeth Bowen. Herausgegeben von Mary Hottinger. Mit 13 Zeichnungen von Paul Flora. Ein Diogenes Sonderband

● **Mehr Gespenster**
Die besten Gespenstergeschichten aus England, Schottland und Irland. Herausgegeben von Mary Hottinger. Ein Diogenes Sonderband

● **Noch mehr Gespenster**
Die besten Gespenstergeschichten aus aller Welt, von Balzac bis Čechov. Herausgegeben von Dolly Dolittle. Ein Diogenes Sonderband

● **Klassische und moderne Gruselgeschichten**
Von Poe bis Hemingway. Herausgegeben von Mary Hottinger. Mit Zeichnungen von Paul Flora. Ein Diogenes Sonderband

● **Rider Haggard**
Sie
Roman. Aus dem Englischen von Helmut Degner. detebe 108

● **W. F. Harvey**
Die Bestie mit den fünf Fingern
Gruselgeschichten. Aus dem Englischen von Günter Eichel und Peter Naujack. Mit Zeichnungen von Peter Neugebauer. detebe 191

● **Patricia Highsmith**
Der Schneckenforscher
Gesammelte Geschichten. Vorwort von Graham Greene. Aus dem Amerikanischen von Anne Uhde. detebe 74/14

Leise, leise im Wind
Erzählungen. Deutsch von Anne Uhde

● **Joris-Karl Huysmans**
Gegen den Strich
Roman. Deutsch von Hans Jacob. Einführung von Robert Baldick. Essay von Paul Valéry. detebe 235

● **Gerald Kersh**
Mann ohne Gesicht
Phantastische Geschichten. Aus dem Englischen von Peter Naujack. detebe 128

● **Klassische Science-Fiction-Geschichten**
Von Voltaire bis H. G. Wells. Ein Diogenes Sonderband

● **Sheridan Le Fanu**
Carmilla, der weibliche Vampir
Vampirgeschichte. Aus dem Englischen von Helmut Degner. detebe 189

● **W. Somerset Maugham**
Der Magier
Ein parapsychologischer Roman. Aus dem Englischen von Melanie Steinmetz und Ute Haffmans. detebe 35/10

● **Peter Naujack (Hrsg.)**
Science-Fiction-Geschichten
Von Robert Heinlein bis Isaac Asimov. Übersetzt und mit einem Nachwort des Herausgebers. Ein Diogenes Sonderband

● **Edgar A. Poe**
Der Untergang des Hauses Usher
Ausgewählte Erzählungen und sämtliche Detektivgeschichten. Aus dem Amerikanischen von Gisela Etzel. Herausgegeben und mit einem Vorwort von Mary Hottinger. detebe 105

● Herbert Rosendorfer
Der Ruinenbaumeister
Roman. detebe 10/3

● Saki
Die offene Tür
Ausgewählte Erzählungen. Aus dem Englischen von Günter Eichel. Mit einem Nachwort von Thomas Bodmer und Zeichnungen von Edward Gorey. detebe 62

● Hermann Harry Schmitz
Buch der Katastrophen
Tragikomische Geschichten.
Vorwort von Otto Jägersberg.
Holzstichmontagen von Horst Hussel.
detebe 179

● Bram Stoker
Draculas Gast
Sechs Gruselgeschichten. Aus dem Englischen von Erich Fivian und H. Haas. Mit Zeichnungen von Peter Neugebauer.
detebe 73

● Roland Topor
Der Mieter
Roman. Aus dem Französischen von Wolfram Schäfer. detebe 126

● Jules Verne
Werke
in 19 Bänden. Diverse Übersetzer.
detebe 64/1–19

● H. G. Wells
Der Krieg der Welten
Roman. Deutsch von G. A. Crüwell und Claudia Schmölders. detebe 67/2

Die Zeitmaschine
Eine Erfindung. Deutsch von Peter Naujack.
detebe 67/3

● Urs Widmer
Die gelben Männer
Roman. detebe 39/6